Jean Warmbold, 1946 in Chicago geboren, lebt in San Francisco. Ihre Ferien verbringt sie in ihrem Bauernhaus in Südfrankreich. Nach dem Studium schlug sie sich zunächst mit Jobs durch, unterrichtete dann in Montreal Englisch, bis sie in San Francisco als Journalistin zu arbeiten begann. In den achtziger Jahren schrieb sie ihren ersten Sarah-Calloway-Roman. ›Der arabische Freund‹ ist ihr erstes Buch, das in deutscher Sprache erscheint.

Der arabische Freund: Eigentlich wollte sie in Paris nur ein paar Tagebücher ersteigern, für ihre Zeitschrift über die Zweihundertjahrfeier der Französischen Revolution berichten und ein paar schöne Tage mit ihrem Freund Stanley, der in Israel recherchiert hatte, verbringen.

Doch es kommt alles anders. Die Tagebücher sind unauffindbar. Und im Auktionshaus Fabres lernt die amerikanische Journalistin Sarah Calloway einen kultivierten Araber kennen, der behauptet, ihr bei der Suche nach den Tagebüchern der Afrikareisenden Isabelle Eberhardt (1877–1904) helfen zu können. Zwei Tage später findet sie ihn tot in seiner Wohnung auf. Kurz darauf ist die Leiche verschwunden. Von der französischen Polizei wird Sarah einem strengen Verhör unterzogen. Ihr Freund Stanley meldet sich nicht, und die Polizei präsentiert ihr ein Foto, das Stanley zusammen mit einer schönen Frau und dem geheimnisvollen Araber Assam zeigt.

Ist es möglich, daß der sympathische Assam, mit dem sie so anregende Gespräche geführt hat, in Wirklichkeit – wie die Polizei vermutet – ein Mitglied der palästinensischen Terrorgruppe Abu Nidal war? Oder hat der alte Monsieur Schutzman recht, der einen der vielen Bücherstände an der Seine betreibt und behauptet, Sarahs arabischer Freund sei ein Friedenskämpfer gewesen, Mitglied einer Organisation, die es sich zum Ziel gesetzt habe, zwischen Palästinensern und Israelis zu vermitteln, und deshalb von den Hardlinern beider Seiten gnadenlos verfolgt wird?

Wie Sarah Calloway immer tiefer in das mörderische Gewirr von Geheimdiensten, Terrorgruppen, Geschäfts- und Politikinteressen hineingezogen wird, ist eine atemberaubende Geschichte. »Die amerikanische Autorin knüpft ihre Spannungsfäden so dicht, daß sich auch der Leser gefangen fühlt.«

Spiegel Spezial

Jean Warmbold

Der arabische Freund

Roman

Aus dem Amerikanischen
von Susanne Aeckerle

Fischer Taschenbuch Verlag

Veröffentlicht im Fischer Taschenbuch Verlag GmbH,
Frankfurt am Main, Juli 1994

Lizenzausgabe mit freundlicher Genehmigung des
Eichborn Verlags, Frankfurt am Main
Titel der Originalausgabe: ›The Third Way‹

Gesamtherstellung: Clausen & Bosse, Leck
ISBN 3-596-12024-1
Printed in Germany

Gedruckt auf chlor- und säurefreiem Papier

Für Martin

Erkenntnis aus dem Konzentrationslager Treblinka:

»Mußt Du Dich zwischen zwei Alternativen entscheiden,
wähle stets die dritte.«

Anonym

Erkenntnis aus den »Besetzten Gebieten«:

»Zwischen stummer Unterwerfung und blindem Haß
wähle ich den dritten Weg.
Ich bin Samid; der Standhafte.«

Raja Shehadeh,
Bewohner der palästinensischen West Bank

Donnerstag, 8. Juni 1989

PREFECTURE DE POLICE
PARIS, FRANKREICH

»Und als Sie den jungen Mann dort im Badezimmer liegen sahen, scheinbar tot, was war Ihre ...«

»Nicht scheinbar, Inspektor! Der Mann war wirklich tot. Kein Puls. Keine Atmung. *Tot.*«

»Ich verstehe«, murmelte er skeptisch, zog eine Pfeife aus der Jackentasche und begann, sie pedantisch zu stopfen. Er machte ein umständliches Ritual daraus. »Und als Sie den jungen Mann dort liegen sahen – tot –, was taten Sie dann?«

Ich schaute den Inspektor aus zusammengekniffenen Augen an und wandte mich ab. Typen wie den kannte ich nur *zu* genau, starrköpfig und erbarmungslos – und dann noch sein dicker Bauch, der das Bild komplett machte.

»Ich habe Sie etwas gefragt, Miss Calloway.«

»Inspektor, *wie* oft habe ich das Ihrem Assistenten jetzt schon erzählt?«

»Dann erzählen Sie es mir eben noch mal«, beharrte er und verstaute seinen Tabakbeutel wieder in der Jackentasche. »Und seien Sie so freundlich und beginnen Sie ganz von vorn. Mit dem Moment, in dem Sie die Wohnung des Verstorbenen betraten ... Mademoiselle?«

»Ich klopfte an die Tür. Als niemand öffnete ...«

»Was sagten Sie, um welche Zeit am Nachmittag das war?«

»Zwei. Viertel nach zwei. Wir waren um ein Uhr im Café gegenüber verabredet. Als er nicht erschien, beschloß ich, in seiner Wohnung nachzusehen, bevor ich zurück ins Hotel ging. Nur um sicherzugehen, daß alles in Ordnung war.«

»Und hatten Sie irgendeinen Grund zu der Annahme, es könne etwas nicht in Ordnung sein?«

»Ich ... nein, absolut nicht. Als niemand öffnete, drückte ich die

Türklinke runter. Zu meinem Erstaunen war die Tür offen. Daher ging ich hinein.«

»Sie haben den jungen Mann öfter in seiner Wohnung besucht, Mademoiselle?«

»Inspektor, ich habe ihn erst am Dienstag morgen kennengelernt.«

»Aber Sie haben den Mann Mittwoch abend besucht, nicht wahr? In seiner Wohnung. Wo Sie die ganze Nacht blieben?«

»Bis zum Morgengrauen, wenn Sie es genau wissen wollen. Und würden Sie mir bitte sagen, was hier gespielt wird? Der arme Mann bringt sich um. Ich habe das Pech, als erste über ihn zu stolpern. Und das halten Sie für einen ausreichenden Grund, mich einem Verhör dritten Grades zu unterziehen?«

»Nachdem Sie die Wohnung betreten hatten«, fuhr der Inspektor fort und wischte meinen Einwand mit einer Bewegung seiner Pfeife weg, »was geschah dann?«

»Als ich ihn nicht im Wohnzimmer fand, sah ich im Bad nach.«

»Und?«

»Und da war er. Lag auf dem Boden. Tot.«

»Und was dann, Mademoiselle?«

»Und dann... ja, dann habe ich die Polizei gerufen. Ein paar Minuten später tauchte Ihr Assistent, Lieutenant Aube, auf. Und das war's. Was erwarten Sie denn sonst noch?«

»Und Sie beharren immer noch darauf, daß Sie in den paar Minuten, bevor mein Assistent kam, nichts Verdächtiges gesehen haben? Nichts wegnahmen? Nichts veränderten?«

»Allerdings.«

Er sah mich skeptisch unter seinen schweren Augenlidern an. Ich bemühte mich, still zu sitzen. Nicht einfach unter diesen Umständen! Endlich senkte er den Blick wieder auf die vor ihm liegenden Notizen.

»Sie haben den jungen Mann zum ersten Mal im Auktionshaus Fabres getroffen, Rue Jacob, am vergangenen Dienstag morgen. Stimmt das soweit?«

»Stimmt«, murmelte ich, schaute weg und machte in Gedanken einen Sprung zurück zu jenem regnerischen Morgen vor nur zwei Tagen. Das Gefühl seiner Hand in der meinen, als er sich mir vorstellte, und die schwermütige Intensität seines Blickes.

»Sie geben an, Mademoiselle, diese gewisse Auktion in der Hoffnung aufgesucht zu haben, die Tagebücher einer gewissen Isabelle Eberhardt ersteigern zu können. Stimmt das ebenfalls?«

»Stimmt ebenfalls, ja.«

»Sie gingen am Morgen des sechsten Juni in das Auktionshaus Fabres, mit dem Vorhaben, diese Eberhardt-Tagebücher zu erwerben, das behaupten Sie jedenfalls. Aber drei Stunden später verließen Sie das Auktionshaus Fabres ohne die Bücher, dafür in Gesellschaft eines gewissen Mohammed Kahlil Assam. Den Sie – wie Sie behaupten – an diesem gewissen Junitag zum ersten Mal getroffen haben, rein zufällig.« Ein Moment verstrich.

»Was wollen Sie damit andeuten, Inspektor?«

»Ich will gar nichts andeuten, Mademoiselle. Diese Tagebücher müssen für Sie von ungewöhnlichem Wert sein, wenn Sie ihretwegen 8000 Kilometer geflogen sind.«

»Wie ich bereits Ihrem Assistenten erklärte, wollte ich sie für meine Zeitschrift kaufen. Für eine Geschichte, die ich schreiben will. Moment mal«, sagte ich, gegen meine wachsende Frustration ankämpfend. »Haben Sie sich noch nicht mal die Mühe gemacht, meinen Redakteur bei *Probe* anzurufen? Um mein Alibi zu überprüfen?« fügte ich hinzu, bereute aber im gleichen Augenblick meine Wortwahl. Der Inspektor ignorierte die Frage, wie er alle vorherigen ignoriert hatte, und blätterte in seinen Notizen.

»Aber diese Eberhardt-Tagebücher sind nicht der einzige Grund für Ihre Reise nach Paris?« fragte er, wieder aufblickend.

»Inspektor, wie ich *ebenfalls* Ihrem Assistenten erklärte, bin ich hier, um über Ihre Zweihundertjahrfeier zur Französischen Revolution zu berichten. Ich bleibe bis Ende Juli.«

»Aber Sie *haben* doch vor, die Arbeit mit ein wenig Vergnügen zu vermischen, nicht wahr?«

»Vergnügen? Ich werde mich hier in Paris mit meinem... mit einem Freund treffen, wenn Sie das meinen.«

»Einem Mr. Stanley London, stimmt das?«

»Das stimmt, ja.«

»Und wo befindet sich dieser Herr im Augenblick?«

»Er trifft Freitag abend mit dem Flugzeug in Paris ein. Also morgen.«

»Woher kommend?«

»Ich versteh nicht, warum Sie das interessieren sollte, Inspektor.«

»Trotzdem, Mademoiselle. Ich muß auf einer Antwort bestehen.«

»Aus Jerusalem.«

»Und aus welchem Grund hält sich Mr. London in Jerusalem auf?«

»Was um alles in der Welt hat der Grund seines Aufenthalts in Jerusalem mit...«

»Mademoiselle!« unterbrach er. Wieder schaute ich ihn aus zusammengekniffenen Augen an und fragte mich, was zum Teufel denn hier eigentlich gespielt wurde.

»Mr. London ist Journalist«, sagte ich schließlich, »und arbeitet an einem Buch über die Intifada, den Aufstand der Palästinenser. Ein Buch mit Interviews, falls es Sie interessiert. Er arbeitet seit sechs Monaten daran.«

»Ah ja, ich verstehe. Und Sie, Mademoiselle, behaupten immer noch, daß Ihr erstes Zusammentreffen mit unserem Monsieur Ali Assam purer Zufall war? Mehr nicht?«

»Was läßt Sie vermuten, daß es etwas anderes als purer Zufall war?«

Er beäugte mich verdrießlich, seine unangezündete Pfeife fest zwischen die Lippen gepreßt.

»Inspektor«, begann ich erneut und beugte mich nach vorn, »wie ich bereits Ihrem Lieutenant Aube *ausführlich* erklärt habe, hatte dieser Mohammed Assam sich erboten, die Eberhardt-Tagebücher für mich ausfindig zu machen. Aus diesem Grund – *und nur aus diesem* – habe ich eingewilligt, mich noch mal mit ihm zu treffen.«

»Weil er Ihnen helfen wollte, diese Tagebücher zu beschaffen?«

»Ja, genau.«

»Dann sagen Sie mir eins, Mademoiselle. Bei Ihrem kurzen, aber offenbar engen Kontakt mit dem Verstorbenen, wie gut haben Sie den Mann kennengelernt?«

»Unser Kontakt war alles andere als eng, Inspektor. Ich habe ihn so gut wie gar nicht kennengelernt.«

»Ich bitte Sie. Sie haben einen ganzen Abend mit diesem Herrn verbracht – eine ganze *Nacht* –, und Sie wollen immer noch behaupten, daß er für Sie ein völlig Fremder blieb?«

»Ich habe noch nicht mal erfahren, woher er stammt.«

»Worüber haben Sie beide denn in diesen vielen gemeinsamen Stunden geredet, wenn ich mal so indiskret fragen darf?«

Ich zuckte die Schultern und schaute weg, mich auf einen Fleck an der Wand konzentrierend.

»Wir sprachen über Sufismus«, sagte ich und schaute den Inspektor wieder an. »Über Isabelle Eberhardt. Ihre Tagebücher, ihr Leben. Unsere Unterhaltung war ganz unpersönlicher Natur, falls es das ist, worauf Sie hinauswollen.«

»Und Ihr Eindruck von dem Mann? Sie müssen sich doch wenigstens ein Bild von ihm gemacht haben.«

»Ich würde sagen, er war, nun ja, intelligent, ein bißchen arrogant. Ausweichend vielleicht«, fügte ich hinzu, und kam mir ein wenig verräterisch vor, so mit dem Inspektor über Assam zu sprechen.

»Und in welcher Hinsicht war er so ausweichend?«

»In jeder eigentlich. Über sein Herkommen. Seine Familie. Was er hier in Paris machte, außer daß er mit Kunst handelte. Er war hier im Exil. Soviel habe ich verstanden. Aber woher er kam, hat er nicht gesagt.«

Der Inspektor nickte, schwenkte auf seinem Drehstuhl hin und her und sah mir dann wieder direkt ins Gesicht.

»Hatten Sie den Eindruck, dieser Mann war so einsam oder unglücklich, daß er sich deshalb das Leben nahm?« fragte er schließlich.

Ich schüttelte den Kopf, starrte auf meine Knie, sah wieder auf. »Ehrlich gesagt, die ganze Sache ist mir total rätselhaft. Er schien mir einfach nicht der Typ, Selbstmord zu begehen.«

»Der Typ?«

»Er war asketisch, aß wenig, meditierte regelmäßig.«

»Er war schließlich Moslem«, sagte der Inspektor trocken.

»Er war Sufi, glaube ich. Er wirkte so... Meinem Eindruck nach wollte er sein Leben soweit wie möglich einem Ideal anpassen. Selbstmord paßt nicht in dieses Bild, wenn Sie verstehen, was ich meine. Und zweitens, warum sich mit mir für den nächsten Tag verabreden, wenn er vorhatte, sich umzubringen?«

»Ja. Das haben wir uns auch gefragt, Mademoiselle«, sagte er und klopfte den Pfeifenkopf gegen seine Handfläche. »Wissen Sie«, fügte er hinzu, legte die Pfeife auf den Tisch und lehnte sich im Stuhl zurück, »in der Teetasse neben der Badewanne wurden Spuren von Strychnin gefunden.«

»Ich weiß. Ihr Assistent hatte das schon angedeutet«, fügte ich rasch hinzu, in Reaktion auf den Ausdruck, der auf dem Gesicht des Inspektors erschien. »Das war das erste, was er tat, als er in die Wohnung kam... er roch an der zerbrochenen Tasse. Sagte so was wie, sie würde nach Strychnin riechen«, fuhr ich nervös fort und fragte mich, warum mir dieser Mann so gottverdammte Schuldgefühle einimpfte.

»Wußten Sie, Mademoiselle, daß die Verabreichung von Strychnin schwere Krämpfe zur Folge hat?« fragte er und warf die Lippen auf. »Unausweichlich.«

»O ja?«

»Das Opfer einer Strychninvergiftung befindet sich stets im Zustand totaler Verkrampfung. Unausweichlich«, wiederholte er und blickte mir starr in die Augen.

»Aber Assam... Er war doch nicht...«

»Genau, Mademoiselle.«

»Was das nur alles bedeutet?« murmelte ich, noch verwirrter als zuvor.

»Ich will mal so sagen, wir haben allen Grund zu der Annahme, daß Ihr arabischer Freund weit mehr war als nur ein heimwehkranker Exilant. Weit mehr, würde ich sagen.«

»Aber wenn das Strychnin ihn nicht getötet hat, was war es dann?«

»Das können wir nicht mit Sicherheit sagen.«

»Aber die Autopsie hat doch bestimmt...?«

Einen Moment lang sah er auf seine Hände, bevor er wieder aufblickte.

»Es gab keine Autopsie.«

»Gab keine...? Wie soll ich das verstehen?«

»Die Leiche ist verschwunden.«

»Mein Gott. Wer *war* der Mann?«

»Genau, Mademoiselle. Herein«, fügte er hinzu, als jemand an die Tür klopfte.

Sein Assistent, Lieutenant Aube, betrat den Raum und streifte mich kurz mit einem Blick. Die beiden Männer sprachen in gedämpftem Ton miteinander. Mit einem kurzen Nicken in meine Richtung ging der Lieutenant wieder hinaus.

»Ihren Paß bitte«, sagte der Inspektor und streckte seine Hand aus.

»Meinen Paß?«

»Wir hatten Sie darum gebeten. Haben Sie Ihren Paß dabei?«

»Ja. Aber ich verstehe nicht...« Ich zog meinen Paß aus der Tasche und reichte ihn rüber. Langsam blätterte der Inspektor ihn durch, Seite für Seite, nach Gott weiß was suchend. Dann öffnete er eine Schreibtischschublade und ließ den Paß hineinfallen.

»Was erlauben Sie sich?« fuhr ich ihn an und sprang auf.

»Ihre Botschaft ist über unsere Schritte unterrichtet worden, Mademoiselle.«

»Meine Botschaft? Aber warum? Was hab ich getan? Das ist ja ungeheuerlich!«

»Würden Sie sich bitte mäßigen?«

»Nein, Inspektor! Ich werde mich *nicht* mäßigen! Nicht bevor Sie mir genau sagen, was das alles zu bedeuten hat! Ich war Ihnen gegenüber zu jeder Zusammenarbeit bereit! Und womit danken Sie mir das? Mit der Beschlagnahmung meines Passes?« Der Mann schwieg ungerührt, während sein Blick mir durchs Zimmer folgte. »Wessen verdächtigen Sie mich, Inspektor? Können Sie mir das wenigstens sagen?«

»Sie wohnen im Hotel Perreyve.« Das war eine Feststellung, keine Frage. Der Inspektor stand auf. »Wir werden uns Anfang kommender Woche wegen weiterer Fragen mit Ihnen in Verbindung setzen. In der Zwischenzeit, Mademoiselle«, fügte er hinzu, während er mich fest am Arm packte und in Richtung Tür dirigierte, »wäre es von Vorteil für Sie, wenn Sie sich alles über Ihren Sufi-Moslem-Heiligen ins Gedächtnis zurückrufen würden. Wir erwarten Ihre völlige Kooperation in dieser Angelegenheit. Wenn Sie uns auch nur das kleinste Detail verschweigen, könnten die Konsequenzen äußerst unangenehm für Sie werden. Habe ich mich deutlich genug ausgedrückt?«

Ich stand nur da, starrte den Mann an, wütend, verwirrt und ein wenig verängstigt. Langsam ging mir der Ernst meiner Lage auf.

»Wann kann ich damit rechnen, meinen Paß wiederzukriegen?« fragte ich schließlich.

»Wenn wir davon überzeugt sind, daß Sie wirklich mit uns zusammenarbeiten wollen. Vorher nicht, fürchte ich. Und nun auf Wiedersehen«, fügte er ungeduldig hinzu und schob mich aus der Tür.

Die nervtötende, monotone Stimme des Inspektors klang mir noch in den Ohren, als ich wie blind den Boulevard St. Michel entlang zum Hotel lief. »Wir haben allen Grund zu der Annahme... Es wäre ein Vorteil für Sie, Mademoiselle...«

Ich betrat den winzigen Hotelaufzug, und während ich auf den Knopf zum dritten Stock drückte, starrte ich mich im Spiegel an. Wenn Assam nicht durch Strychnin gestorben war, warum dann Spuren davon in der Tasse hinterlassen? Um einen Mord wie Selbstmord aussehen zu lassen? Aber wenn dem so war, warum die Scharade dann abbrechen und die Leiche stehlen?

Kaum war ich in meinem Zimmer, verschloß ich die Tür und griff nach dem Telefon, um wieder – zum fünften oder sechsten Mal, seit ich Dienstag morgen in Paris eingetroffen war – zu versuchen, Stanley in seinem Hotelzimmer in Israel zu erreichen. Aber wieder nahm am anderen Ende niemand ab. Zu all meinen Sorgen kam jetzt auch noch die ziemlich beunruhigende Frage hinzu, wo Stanley die letzten paar Tage und Nächte gewesen war.

Es war sechs Uhr nachmittags in Paris, neun Uhr in Jerusalem. Und zehn Uhr morgens in San Francisco. Ich wählte erneut, diesmal, um meinen Redakteur bei *Probe* anzurufen.

»Hallo, Süße«, sagte Eddie, als ich ihn an der Strippe hatte. Er klang, als wäre er nebenan, statt Tausende von Kilometern entfernt. »Hattest du Erfolg?«

»Erfolg? Eddie, hat sich niemand mit dir in Verbindung gesetzt? Die französische Polizei? Unsere Botschaft?« Schweigen. »Keiner?« wiederholte ich ungläubig.

»Was ist los, Sarah?«

»Zunächst mal, Eddie, sind die Eberhardt-Tagebücher Dienstag morgen überhaupt nicht versteigert worden. Der Besitzer hat sie noch vor Beginn der Auktion zurückgezogen.«

»Was willst du damit sagen?«

»Ich will sagen, daß die Tagebücher auf der Auktion nicht angeboten wurden. Verstanden? Und dann lerne ich Dienstag diesen Mann im Auktionshaus kennen, und er bietet mir seine Hilfe an. Er will mir helfen, den Besitzer der Tagebücher zu finden. Gut. Ich nehme sein Angebot an. Am *Mittwoch* gibt er mir, wie versprochen, den Namen des Besitzers – irgendein Holländer, ein Bouquinist an der Seine. Gut. Und am Donnerstag – also heute – komme ich in das Zimmer von dem Kerl und finde ihn tot auf! *Ermordet*, wie es scheint!«

»Den Holländer?«

»Nein, Eddie. Den Mann, der mir geholfen hatte!«

»*Welcher* Mann?«

»Das ist ja eben das Problem. Ich hab eigentlich keine Ahnung, wer zum Teufel er war. Er nannte sich Mohammed Assam. Kam irgendwo aus dem Nahen Osten, vielleicht aus dem Iran, vielleicht aus dem Irak – er hat's mir nicht gesagt. Also, nachdem ich ihn tot auffinde, rufe ich die Polizei, klar? Und was passiert als nächstes? *Ich* stehe unter Verdacht! Sie sind sogar so weit gegangen, meinen Paß zu beschlagnahmen! Ich stecke in der Klemme, Eddie. Und zwar reichlich tief.«

»Sie glauben, du hast den Kerl ermordet?«

»Ich habe keine Ahnung, was die glauben. Das ist eines der Probleme.«

»Warum hab ich nur das Gefühl, du hättest mir das schon mal angetan?« brummelte Eddie vor sich hin.

»Eddie, ich kann doch nichts dafür!«

»Von wegen, du kannst nichts dafür! Letztes Mal waren dir die Bullen von San Rodino auf den Fersen, wenn ich mich recht erinnere. Und jetzt die französische Polizei? Ein gewisser Fortschritt, Sarah, das muß ich dir lassen.«

»Verdammt noch mal, Eddie. Die Auktion war genauso deine Idee. Und jetzt holst du mich besser schleunigst hier raus.« Schweigen. »Ruf das Polizeipräsidium in Paris an«, fuhr ich fort. »Frag nach Inspektor Renard. Renard«, wiederholte ich und buchstabierte ihm den Namen. »Erzähl ihm, was du willst, aber hol mich hier raus.«

Eddie maulte noch eine Weile, war dann aber bereit, alles in seiner Macht Stehende zu tun, um die Sache zu bereinigen. Ich legte auf, griff unter das Bett nach der Literflasche Burgunder und schenkte mir ein ordentliches Glas voll ein, während die nervige, monotone Stimme des Inspektors mir wieder im Ohr klang.

»Es wäre ein Vorteil für Sie, Mademoiselle, wenn Sie sich alles über Ihren Sufi-Moslem-Heiligen ins Gedächtnis zurückrufen würden.« Warum konnte der Mann nicht wie ein normaler Mensch sprechen? *Von Vorteil?*

»Wer zum Teufel warst du, Assam?« brabbelte ich laut vor mich hin und trat auf den Balkon. »Wer warst du, und in was für dunkle Machenschaften warst du verwickelt, um ein so schmähliches Ende zu finden?«

Es wurde bereits dunkel. Paris lag im Zwielicht. Meine Gedanken wanderten zurück zu einem anderen Zwielicht. Nein, kein Zwielicht... Dämmerung. Assam und ich, einander im Schneidersitz auf dem nackten Holzboden gegenübersitzend, während er mit seiner Geschichte vom Mullah Nasrudin begann: »Der Mann, der die Frauen liebte.« Wie immer, wenn er sprach, war da dieser ironische Unterton, diese Doppeldeutigkeit, diese vage, verführerische Atmosphäre, die sich unter dem Dunstschleier von Räucherstäbchen und Kerzenlicht im Zimmer verbreitete...

Und was war übriggeblieben? Ein Alptraum, und zwar einer, der allmählich die Züge dieser optischen Täuschungsmätzchen annahm, die man ab und zu in Psychologiebüchern für Anfänger findet. Fixierbilder, »was ist Hintergrund, was ist Vordergrund?« Während der achtundvierzig Stunden meiner Bekanntschaft mit diesem Mohammed Assam war der Vordergrund weiß, eine freundliche, wenn auch etwas rätselhafte Erscheinung vor einem nächtlichen Himmel.

Aber durch den Tod des Mannes – durch seine *Ermordung*, korrigierte ich mich – und das Auftauchen der Polizei hatte sich das Bild plötzlich total umgekehrt. Hatte ich Grund zu befürchten, mein *eigenes* Leben sei in Gefahr? fragte ich mich schaudernd und trat ins

Zimmer zurück. Wieder griff ich unter das Bett nach dem Burgunder und goß mein Glas voll. Sich zu betrinken würde das Problem nicht lösen, mahnte ich mich und legte mich aufs Bett. Aber andererseits, schaden konnte es auch nicht.

»Es wäre von Vorteil für Sie, Mademoiselle... Es wäre von Vorteil für Sie...«

Was sollte dieser offensichtliche Sarkasmus, der aus jedem Wort des Inspektors sprach? Was wußte er mehr als ich?

Nachdenklich trank ich meinen Wein und dachte zurück, zwei Tage zurück, an letzten Dienstag morgen im Auktionshaus Fabres, als wir uns zum ersten Mal begegneten...

Es hatte stark geregnet an jenem Morgen – regelrecht gegossen –, und ich kam völlig außer Fasson bei Fabres an: naß, durchgefroren, hungrig. Außerdem litt ich noch unter den Folgen der Zeitverschiebung, denn ich war erst vor drei Stunden auf dem »Charles de Gaulle« gelandet. Die anderen Auktionsbesucher, die in den Saal strömten – um die 500 oder mehr – schienen kaum in besserer Verfassung. Aber die dumpfe Unruhe verwandelte sich von einem Moment zum anderen in erwartungsvolle Stille, als der silberhaarige Auktionator seinen Platz auf der Tribüne einnahm.

Als erstes kam ein Porzellanhengst zur Versteigerung. Ebenholzschwarz, mit beunruhigenden Saphiraugen, die einen durch den ganzen Raum verfolgten. Laut Beschreibung des Auktionators, in bestem Pariser Französisch vorgetragen, kam die Skulptur aus China und stammte aus der T'nang-Dynastie, wenn ich mich recht erinnere. Er begann mit einem Gebot von 50000 Francs. Der Preis ging rasch auf 200000 Francs hoch, wonach nur noch zwei Bieter übrigblieben, die sich gegenseitig auf 250000 Francs hochsteigerten.

»250000 zum *ersten*«, rief der Auktionator auf französisch. »Zum *zweiten.*«

»300000 Francs!« ertönte eine Stimme von hinten im Saal. Umgerechnet fast 50000 amerikanische Dollar. Köpfe fuhren herum, inklusive meinem, um einen Blick auf diesen extravaganten Spätankömmling zu erhaschen.

»*Vendu!*« rief der Auktionator und schlug mit dem Hammer auf. »*Verkauft!* An *Nummer neunundzwanzig!* Zum Preis von *300000 Francs*!«

Und so ging es die nächsten Stunden weiter, wobei die meisten Auktionsstücke von zwei Damen mit leuchtenden Augen und ständigem, wie festgefrorenem Lächeln auf die Bühne gerollt wurden, wodurch das Ganze unweigerlich an Quizsendungen wie »Der Preis ist heiß« erinnerte.

Je näher die Auktion dem unter Nummer zweiundddreißig eingetragenen Stück kam – den Eberhardt-Reisetagebüchern –, desto nervöser wurde ich. Eddie hatte mich gebeten, nicht über tausend Dollar zu gehen. Aber die meisten Stücke dieser Kollektion waren für sehr viel mehr weggegangen. »Numéro trente deux – *Notes de Route* de Mademoiselle Isabelle Eberhardt – a été retiré avant que la vente ait commencé. Ainsi que nous passerons à numéro trente trois, une tapisserie de la cour de Louis Quatorze.«

Was hatte der Mann gesagt? Die Eberhardt-Tagebücher waren... was?

»Zurückgezogen«, flüsterte mir die stattliche Dame zu meiner Linken zu, wobei sie ihren Blick nicht von dem nun auf der Bühne entfalteten Wandteppich nahm. »Die Tagebücher sind zurückgezogen worden.«

»Wie ist das möglich?« fragte ich einen Angestellten, dem ich aus dem Saal hinterherlief. »Ich bin extra aus Kalifornien gekommen, um diese Tagebücher zu ersteigern. Und jetzt sagen Sie mir, sie wären *zurückgezogen* worden?«

»So ist es«, sagte er und ging die Treppe hinauf.

»Aber *warum*?«

»Der Besitzer hat offenbar beschlossen, nicht zu verkaufen«, sagte er kurz und bündig und warf einen Blick auf das Klemmbrett, das er in der Hand hielt.

»Hören Sie«, sagte ich und zupfte ihn am Ärmel. »Könnten Sie mir nicht wenigstens den Namen des Besitzers nennen? Er oder sie könnte an meinem Angebot möglicherweise sehr interessiert sein.«

»Ich fürchte, solche Informationen sind unseren Kunden nicht zugänglich.«

»Wem sind sie *dann* zugänglich?«

»Niemandem. Und wenn Sie mich jetzt *freundlicherweise* entschuldigen würden«, sagte er pikiert, kehrte mir den Rücken zu und ging zur Tür hinaus. Ich stand da, starrte ihm nach und überlegte meinen nächsten Schritt… wenn es einen gab.

»Auch ich bin an diesen Tagebüchern interessiert«, schnurrte eine Stimme hinter mir. Ich drehte mich um und sah einen schlanken Mann mittlerer Größe vor mir stehen. Er hatte glatte, olivfarbene Züge, in denen der dünne schwarze Schnurrbart einen reizvollen Kontrast bildete; ein weiterer, allerdings frappierender Kontrast war die schwarze Klappe über dem linken Auge. »Erlauben Sie, daß ich mich vorstelle«, fügte der Mann hinzu, verbeugte sich leicht und reichte mir mit vornehmer Geste die rechte Hand. »Mohammed Ali Kahlil Assam.«

»Sie meinen die Eberhardt-Reisetagebücher?« fragte ich erstaunt und ergriff seine Hand. »Ihre *Notes de Route*?«

»Ja, allerdings. Stimmt es, daß Sie nur deswegen nach Paris geflogen sind, um sie zu ersteigern?«

»Nicht ganz«, gab ich zu, wobei mein Blick von seinem Gesicht zu dem hölzernen Baton in seiner linken Hand wanderte. Nummer neunundzwanzig.

»Vielleicht ist noch nicht alles verloren«, sagte er und trat zurück, um die Tür frei zu geben. »Vielleicht könnte ich den Besitzer der Tagebücher für Sie ausfindig machen? Wenn es das ist, was Sie wollen?«

»Ist das Ihr Ernst?«

»Ja natürlich. Ich habe ein paar gute Bekannte hier bei Fabres.«

»Ich verstehe. Aber wenn Sie doch auch an den Tagebüchern interessiert sind?«

»Ich würde sagen, mein Interesse ist eher sportlicher Natur.«

»Sportlicher Natur?« wiederholte ich, wobei mein Blick zu dem hölzernen Baton zurückglitt. Die Nummer neunundzwanzig. »*Sie* haben heute morgen die chinesische Skulptur gekauft«, stellte ich fest.

Er lächelte und seine strahlendweißen Zähne blitzten. »Sie ist wunderschön, nicht wahr?«

»Schon. Aber was *tut* man eigentlich mit so was?«

»Tut?« In gespielter Verzweiflung warf er seine Hände in die Luft. »Das sollten *Sie* doch wissen, Mademoiselle. Schöne Dinge sind nur dazu gedacht, sie um sich zu haben. Seine Augen daran zu ergötzen. Sie zu berühren. Sie zu liebkosen, sollte einen das Verlangen danach überkommen«, fügte er hinzu und lächelte wieder. »Hätten Sie Lust auf einen Kaffee?« fragte er dann.

Und so tranken wir Kaffee an jenem ersten Nachmittag. Und redeten. Vieles an unserem Gespräch war verwirrend, brüskierend und gleichzeitig faszinierend, was mich ganz schön aus dem Gleichgewicht brachte.

»Warum sind Sie so sehr an diesen Eberhardt-Tagebüchern interessiert?« fragte er, kaum daß wir in einem nahe gelegenen Café Platz genommen hatten.

»Der eigentliche Eberhardt-Fan ist mein Redakteur. Er möchte in unserer Zeitschrift gern eine Geschichte über diese Frau bringen.«

»Und er hat Sie nach Paris geschickt, um die Tagebücher zu ersteigern?«

»Hauptsächlich bin ich hier, um über die Zweihundertjahrfeier zu berichten. Aber dann... ja, wir haben tatsächlich mit dem Gedanken gespielt, daß ich anhand der Tagebücher Isabelle Eberhardts Reisen durch Nordafrika nachvollziehe. Eine Art hochkarätiger Reisebericht mit historisch-politischem Dreh«, fügte ich hinzu und machte Platz für die Espressi und Croissants, die wir bestellt hatten. »Im Moment ist das alles noch ziemlich in der Schwebe. Alles hängt davon ab, ob ich an die Tagebücher komme.«

»Diese Frau und ihre vielen Reisen sind Ihnen also bekannt?« hakte er nach und rückte seine Tasse zur Seite.

»Nein, ich... Na ja, ehrlich gesagt weiß ich nicht mehr über sie als das, was im Auktionskatalog stand. Daß sie als junges Mädchen – achtzehn, neunzehn Jahre alt? – ihre Heimat, die Schweiz, verließ, als Araber verkleidet durch die Wüsten Nordafrikas reiste und über die Reisen für eine französisch-algerische Zeitung berichtete. Daß sie mit siebenundzwanzig bei einer Überschwemmung umkam. Das ist so ziemlich alles... ach so, und daß sie zum Islam übertrat. Hat ein bißchen mit dem Sufismus geliebäugelt, wenn ich mich recht erinnere?«

»In manchen Kreisen, Mademoiselle, galt Isabelle als eingeweihte Sufi-Mystikerin.«

»Ehrlich?«

»Und dann gab es noch die Aspekte ihres Lebens, die im Katalog nicht erwähnt werden, nicht wahr?« meinte er und lächelte dünn, während er langsam seinen Espresso umrührte. »Ihre zeitweise exzessive Trinkerei. Ihre Vorliebe für Opium. Ihre sexuelle Promiskuität, die – man kann wohl sagen – Legende war?«

»Sie scheinen eine ganze Menge über sie zu wissen«, stellte ich fest und rutschte voller Neugier auf meinem Stuhl nach vorne.

»Nun, es gab eine Phase in meinem Leben, da blieb mir nichts anderes übrig, als ›die Zeit totzuschlagen‹, wie man so sagt. Zu jenem Zeitpunkt fielen mir die Werke dieser außergewöhnlichen Frau in die Hände. Und ich geriet eine Weile lang völlig unter den Einfluß dieser Frau. Seither ist es mein Hobby, die Bücher und Schriften all dieser romantischen Westeuropäer zu sammeln, die ihr Heim verließen, um fragwürdige Pilgerfahrten in den ›exotischen Orient‹ zu unternehmen. Auf der Suche wonach, frage ich mich. Abenteuer? Ruhm? Freiere Moralvorstellungen? Oder um vielleicht die Grenzen ihrer eigenen geschundenen Seelen zu erforschen? Was ist Ihre Meinung, Mademoiselle?« fragte er, ein spöttisches Blitzen in den Augen, so als würde unser Gespräch ihn insgeheim amüsieren.

»Also, ich vermute, daß Reisen zu fremden und fernen Orten für manche Menschen so was wie Freiheit bedeuten; die Möglichkeit, nach ihren eigenen Vorstellungen zu leben.«

»Doch wie wenig faßbar ist dieses Ding, das wir Freiheit nennen, nicht wahr?«

»Was wollen Sie denn damit sagen?« fragte ich und erwiderte sein Lächeln etwas spöttisch.

»Sie gleicht einer Fata Morgana. Je näher man ihr kommt, desto weiter scheint sie sich zu entfernen. Empfinden Sie es nicht auch so?«

»Nein, das kann ich nicht behaupten.«

»Dann sagen Sie mir eins, Mademoiselle«, meinte er, verschränkte die Arme und lehnte sich im Stuhl zurück. »Was bedeutet Ihnen ganz persönlich dieser Begriff ›Freiheit, frei sein‹?«

»Persönlich? Na ja, mit seinem Leben das zu machen, was man will, denke ich«, sagte ich obenhin, tunkte mein Croissant in den Kaffee und biß hinein.

»Und Sie, Mademoiselle? Machen Sie mit Ihrem Leben, ›was Sie wollen‹?«

Ich zögerte und fragte mich, worauf der Mann eigentlich hinaus wollte.

»Im allgemeinen schon«, sagte ich schließlich. »Oder doch die meiste Zeit. Na gut, sagen wir... teilweise, aber das reicht.«

»Das reicht?« wiederholte er mit einem kleinen Lächeln.

»Das reicht, um das Gefühl zu haben, frei zu sein«, fügte ich lahm hinzu, womit ich mir zum ersten Mal etwas eingestand – und das ausgerechnet hier, in einem Café in der Rue Jacob: Sollten die vergangenen zwei erbärmlichen Monate in San Francisco das gewesen sein, was man unter Freiheit versteht, dann war das zweifellos ein Armutszeugnis für mein ganzes Leben. »Und, ... Sie verdienen damit Ihren Lebensunterhalt?« fragte ich, um ihn in eine andere Richtung zu lenken. »Sie gehen zu diesen Auktionen und kaufen und verkaufen solche Sachen?«

»Ja, mehr oder weniger.«

»Aber Sie sind... ich meine, Sie sind kein Franzose, nicht wahr?«

Er schüttelte leicht den Kopf.

»Woher kommen Sie dann?« frage ich und kaute den letzten Bissen meines Croissants.

»Warum fragen Sie?«

»Aus Neugier.«

»Typisch amerikanisch, diese Neugier.«

»Eigentlich frage ich nur, weil ich mich wundere, woher Sie so gut Englisch können.«

»Ich habe einige Jahre in England gelebt.«

»Ehrlich?«

»Ehrlich«, wiederholte er, sich über meine Ausdrucksweise mokierend. Einen Moment saßen wir schweigend da und tranken unseren Espresso. Warum fühlte ich mich nur so schrecklich befangen in seiner Gegenwart?

»Sagen Sie mir, Mademoiselle«, meinte er, fuhr mit dem Finger über den Tischrand und betrachtete dann seine Fingerkuppe, als hätte er nach Staub gesucht. »Waren Sie schon einmal in Nordafrika?«

»Nein, noch nie.«

»Sie sind sich aber bewußt, daß ein solcher ›Reisebericht‹, wie Sie ihn vorhaben, mit gewissen Risiken verbunden ist?«

»Wenn Sie damit auf den Terrorismus anspielen, glaube ich kaum...«

»Lassen Sie es uns den Terrorismus der Umstände nennen«, unterbrach er mich. »Eine Frau wie Sie, die alleine durch diesen Teil der Welt reist.«

»Isabelle Eberhardt scheint keine Schwierigkeit gehabt zu haben.«

»Ah. Ja. Aber als Mann verkleidet.«

»Nun ja, die Zeiten haben sich geändert.«

»Nicht so sehr, Mademoiselle. Nicht so sehr. Der nordafrikanische Mann sieht in allein reisenden westlichen Frauen nach wie vor eine ständige Herausforderung seiner Männlichkeit.«

»Das trifft auf den nordamerikanischen Mann genau so zu«, murmelte ich und schaute im Café umher.

»Ah. Ja, vielleicht. Aber in dem Teil der Welt, von dem ich spreche, ist es natürlich viel ausgeprägter.«

»Sie sind also aus Nordafrika, oder?« fragte ich.

Wieder schüttelte er den Kopf, und unsere Unterhaltung schien zum Stillstand zu kommen.

»Warum trinken Sie so schnell?« fragte er, das Schweigen brechend, während ich meinen letzten Schluck Espresso nahm und vom Tisch abrückte. »Auch Ihr Croissant haben Sie hinuntergeschlungen. Warum diese Eile? Sie sollten langsam trinken, meine Freundin. Genießen Sie! Kosten Sie es aus! Lassen Sie die Wärme Ihren Körper durchrieseln! Lassen Sie sich von ihr streicheln wie von der Hand Allahs. Geben Sie sich dem bitteren Genuß hin!« lächelte er. »Ich will Ihnen noch etwas sagen, Mademoiselle«, fuhr er fort und deutete mit dem Teelöffel auf mich. »Als ich vorhin Ihre Hand schüttelte, in der Eingangshalle, war es, als würde ich eine tote Hand schütteln. Ja! Das stimmt! Das macht ihr alle so. Wenn Sie jemandem die Hand geben, müssen Sie sich in die Hand *hineinlegen*, müssen eins werden mit der Hand, den Fingern, der Handfläche! Nur so kann man sich wirklich die Hand geben! Wollen wir es noch einmal probieren?« schlug er vor und lächelte wieder, während er mir über den Tisch hinweg seine Hand hinstreckte. Ich ließ meine Hände, wo sie waren, auf meinem Schoß. »Ah«, murmelte er und zog die Hand zurück. »Habe ich Sie vielleicht beleidigt?«

»Ich muß sagen, ich bin nicht gerade wild darauf, mir von einem völlig Fremden erklären zu lassen, wie ich zu essen und zu trinken habe. Oder die Hand zu schütteln.«

»Ja, ich verstehe. Aber trotzdem stimmt es, was ich gesagt habe.«

»Sind Sie sich da so sicher?«

Das Lächeln. »Aber natürlich. Warum schauen Sie mich so an?« fügte er hinzu und lehnte sich im Stuhl zurück.

»Weil ich Ihre Arroganz doch etwas erstaunlich finde.«

Er lachte.

»Das ist mein Ernst«, sagte ich und schaute mich nach der Bedienung um.

»Aber vielleicht ist das, was Sie als meine Arroganz bezeichnen, nur meine Überzeugung?« sagte er mit einem schwachen Lächeln.

»Wie Sie meinen.«

»Sollte ich Sie beleidigt haben, Mademoiselle, bitte ich um Verzeihung. Ich hatte gehofft, wir könnten Freunde sein, Sie und ich.«

»Ist das Ihre übliche Art, Freundschaften zu beginnen?« gab ich zurück, in meinem Rucksack nach Kleingeld kramend.

»Nein. Das ist nicht meine übliche Art. Aber unsere Freundschaft ist nicht dazu bestimmt, dem Üblichen zu entsprechen. *Nicht wahr*, Mademoiselle.«

Das war keine Frage. Es war eine Feststellung. Und der Ausdruck auf seinem Gesicht war ernst genug, mir ein paar verirrte Schauder über den Rücken zu jagen.

»Ich habe keine Ahnung, wovon Sie reden«, sagte ich und legte einen Zwanzig-Francs-Schein unter die Tasse. »Ich muß schon sagen, Sie sind der seltsamste Mann, der mir je begegnet ist.«

Wieder lachte er.

»Das ist mein voller Ernst«, sagte ich, zog den Reißverschluß meines Rucksacks zu und stand auf.

»Davon bin ich überzeugt.«

Wie lange stand ich dort, den Rucksack über die Schulter geworfen, zögernd, sein halbes Lächeln mit einem unbehaglichen Halblächeln meinerseits erwidernd?

»Liegt hier ein Mißverständnis vor?« fragte ich schließlich.

»Ein Mißverständnis?«

»Wollen Sie mir nun helfen, diese Tagebücher zu finden, wie Sie gesagt haben?«

»Ja, natürlich.«

»Aber *warum*?«

»Warum?«

»Warum wollen Sie mir helfen?«

»Und warum nicht?«

»Sie hatten selber vor, die Tagebücher zu kaufen, stimmt's?«

»Vielleicht.«

»Warum sie dann mir überlassen?«

»Warum dieses Mißtrauen? Treffen wir uns morgen wieder hier, um zwei Uhr nachmittags? Dann werde ich den Namen für Sie haben, den Besitzer Ihrer kostbaren Tagebücher. Ich verspreche es.«

»In Ordnung. Gut.«

»Sollen wir uns darauf die Hand geben?« schlug er vor, stand auf und reichte mir seine Hand. »Sie machen Fortschritte, meine Freundin«, sagte er spöttisch, womit er offenbar meinen Handschlag meinte. Ich ignorierte seine Bemerkung, bestätigte unsere Verabredung für den folgenden Tag – zwei Uhr nachmittags – und machte mich schnellstens davon, mit dem deutlichen Gefühl, entkommen zu sein. Daß ich ihm in Wirklichkeit in die Falle gegangen war, merkte ich nicht.

»Und *das*, mein lieber Inspektor«, murmelte ich vor mich hin, während ich mein Weinglas absetzte und mühsam auf die Füße kam, »ist wirklich alles, was ich nach bestem Wissen und Gewissen von meiner ersten Begegnung mit dem Mann, den wir als Mohammed Ali Kahlil Assam kannten, im Gedächtnis behalten habe.«

Mich an der Wand abstützend, langte ich nach dem Telefon auf der Kommode und zog es aufs Bett. Dreimal mußte ich Stanleys Nummer neu wählen, bis ich sie endlich richtig hinkriegte – anscheinend ein bißchen zu tief ins Glas geschaut, was? –, und immer noch nahm der Kerl nicht ab.

»Hallo?«

Die Stimme einer Frau kam durch den Draht, ein Schock für meine Ohren, vor allem weil diese Stimme viel zu jung klang. Ich wartete, inzwischen stocknüchtern, und wurde mit jeder Sekunde nüchterner.

»Hallo?« murmelte sie erneut und hatte so was Atemloses. »Wer ist da?«

Ich hörte einen leichten Akzent heraus. Israeli, oder? Ich legte auf, sank zurück aufs Bett und starrte den Hörer an. Sollte ich mich *wieder* verwählt haben? Langsam und sehr exakt wählte ich noch einmal die Nummer.

»Ja?« Sie wartete an ihrem Ende der Leitung, ich an meinem. Ich konnte sie atmen hören. Schließlich legte sie auf. Ich tat das gleiche, während mir das Blut in den Adern gefror. Was hatte eine junge Frau in Stanleys Hotelzimmer zu suchen, verdammt noch mal? Machte er sich schnell noch einen hübschen Abend, bevor er sich morgen mit mir in Paris traf? Erklärte das seine Abwesenheit – seine Unerreichbarkeit – während der letzten vier Tage?

Ich ging ins Bad und spritzte mir kaltes Wasser ins Gesicht. Paris im Frühling. Den ich mit der Liebe meines Lebens genießen wollte. Was war falsch gelaufen? Alles, sagte ich mir jämmerlich, ging zurück ins Zimmer, starrte aus dem Fenster und verfluchte den Regen. Was ich jetzt gut gebrauchen konnte, war eine heiße Tasse Tee, aber es war zu spät und regnerisch, um rauszugehen. Ich begnügte mich mit Erdnußbutter und Crackers aus dem Vorrat in meinem Koffer und versuchte, ein wenig zu schlafen.

Gegen drei Uhr früh wachte ich auf und dachte nach. Wenn Stanley ein wirkliches Techtelmechtel hätte, wäre er dann so taktlos und ließe sie ans Telefon? Schließlich mußte er ja damit rechnen, daß ich versuchen würde, ihn zu erreichen? Er wäre doch bestimmt taktvoller, oder? Und wenn sie nicht Stanleys Freundin und/oder Geliebte war, wer zum Teufel war sie dann?

Hypothese Nummer eins, einfach und logisch. Stanley war aus dem Hotel ausgezogen. Oder hatte zumindest das Zimmer gewechselt. Ich drehte mich auf die Seite und beäugte das Telefon. Warum nicht? Wieder wählte ich die Nummer seines Hotels, ließ aber die Durchwahl zu seinem Zimmer weg, um direkt bei der Rezeption zu landen. Als der Mann an der Rezeption abnahm, fragte ich nach dem Zimmer von Mr. Stanley London. Ohne Zögern nannte mir der Mann die gleiche verdammte Zimmernummer – 607 – und stellte mich durch. Es läutete sechsmal. Achtmal. Zehnmal. Ich legte auf. Hypothese Nummer eins war gerade zusammengekracht.

Ich lief ins Bad, um mir ein Glas Wasser zu holen. Als ich ins Zimmer zurückkam, schoß mir die unbestimmte Erinnerung an ein Traumfragment durch den Kopf, ein beunruhigendes Bild des schwarzen Porzellanhengstes, den Assam am Dienstag morgen auf der Auktion gekauft hatte. Die Augen, hypnotisch, saphirblau, schienen mich fragend anzustarren. Oder versuchten sie, mir etwas zu sagen?

War Assam vielleicht ein Spion gewesen? Oder sogar Terrorist? Jessas, da verfiel ich doch glatt in dieselben alten Klischees, die Assam uns Westlern vorgeworfen hatte. Aber zum Teufel noch mal, der Kerl hatte recht. Wir – ich neigte tatsächlich dazu, Araber zu stereotypisieren. Besonders einen Araber, der tot in seinem Badezimmer aufgefunden wurde, mit Gift im Blut, einer undurchsichtigen Vergangenheit, und dessen Leiche dann auch noch verschwand.

Ich schloß die Augen und versuchte, mich an unsere zweite kurze Begegnung zu erinnern, am Mittwoch nachmittag, in dem gleichen Straßencafé. Wie üblich hatte es an jenem Nachmittag geregnet; ein alles durchdringender, deprimierender Nieselregen. Ich kam zwanzig Minuten zu spät und sah Assam bereits an einem Tisch im Innern sitzen, eifrig damit beschäftigt, in ein kleines, ledergebundenes Notizbuch zu schreiben, wobei die eleganten arabischen Buchstaben wie durch Zauberei aus seiner Feder flossen.

»Ah«, murmelte er mit einem Lächeln, schloß das Notizbuch und stand auf. »Ich hoffe, Sie haben gut geschlafen heute nacht?«

»Ganz im Gegenteil. Und Sie?« fragte ich und setzte mich ihm gegenüber.

Er schüttelte den Kopf und nahm wieder Platz. »Dieser Tage ist Schlaf für mich nicht so wichtig. Ihr Verbindungsmann ist ein Buchhändler«, fuhr er fort, direkt zum Geschäft kommend, »ein Holländer.«

»Eli Schutzman?« las ich von dem Zettel ab, den er mir reichte.

»Genau. Er...« Assam hielt inne, als der Kellner kam, um meine Bestellung aufzunehmen. »Der Mann hat einen Bücherstand an der Seine«, fügte er hinzu, als wir wieder alleine waren. »Zufällig kenne ich den Herrn ganz gut.«

»Ach?«

»Ja. Und ich sollte Sie warnen, sich nicht von seinem Äußeren täuschen zu lassen. Er sieht wie ein freundlicher alter Kauz aus. Aber hinter dieser freundlichen, ein wenig vertrottelten Schale steckt ein knallharter Geschäftsmann.«

»Sie haben also selber schon Geschäfte mit diesem Mann gemacht?«

»Diesem Herrn verdanke ich einen meiner exquisitesten Ankäufe. Ein handgeschriebenes Manuskript des Sufi-Mystikers A'ta'illah aus dem dreizehnten Jahrhundert. Sie können sich nicht vorstellen, was für ein außergewöhnlicher Fund dies war. Wie es ihm gelang, an ein solches Juwel zu kommen, würde mich außerordentlich interessieren. Aber er liebt seine kleinen Geheimnisse, dieser Monsieur Schutzman. Es wäre das beste, wenn Sie ihn so bald wie möglich aufsuchen würden. Inzwischen«, meinte er und zog ein Buch aus der Innentasche seines Mantels, »könnte es Sie vielleicht interessieren, sich dies einmal anzuschauen.«

Es war ein vergilbtes französisches Manuskript, das er da vor mich hinlegte, mit dem Titel *Mes Journaliers* von Isabelle Eberhardt.

»Das ist nicht ihr sogenanntes Reisetagebuch«, setzte er hastig hinzu. »Es ist ein privates Tagebuch, das nach ihrem Tod unter ihren Sachen gefunden wurde. Man könnte es als Chronik ihrer inneren Reise während ihrer letzten Lebensjahre bezeichnen, wohingegen das Buch, nach dem Sie suchen – ihre *Notes de Route* – ihre äußere Reise beschreibt. Und ich bin davon überzeugt, daß das eine Licht auf das andere wirft.«

»Ja bestimmt«, murmelte ich, erneut verblüfft über Assams Bereitschaft, mir zu helfen.

»Und jetzt müssen Sie mich entschuldigen«, meinte er, stand wieder auf und ließ Notizbuch und Füller in die Manteltasche gleiten. »Ich habe dringende Geschäfte zu erledigen.«

»Aber wie soll ich Ihnen das Buch zurückgeben?« fragte ich und hielt es hoch.

»Das gescheiteste wäre, ich würde mich mit Ihnen in Verbindung setzen. Sie wohnen im Moment im...?«

»Im Hotel Perreyve. Auf der anderen Seite des Jardin du Luxembourg. Voraussichtlich bis Ende dieses Monats.«

»Ah so, sehr gut. Dann bis zu unserem nächsten Treffen, ja?« Mit einer kurzen Verbeugung ging er davon, und ich mußte mir eingestehen, daß ich ziemlich enttäuscht war über sein schnelles Verschwinden.

Der Kellner näherte sich. Ich bestellte einen zweiten Espresso und schaute mir dieses private Tagebuch näher an. Das Datum auf der ersten Seite war der 1. Januar 1900. Der erste Tag des Jahrhunderts. Und der Eingangssatz: *Je suis seul.* Ich bin allein.

Ich fischte mein Französischwörterbuch aus dem Rucksack und las die ersten paar Seiten, wobei ich gleichzeitig versuchte, sie zu übersetzen.

Ich bin *allein*... allein, wie ich es schon immer und überall war, wie ich es durch das bezaubernde und enttäuschende große Universum hindurch immer bleiben werde... *allein*, hinter mir eine ganze Welt enttäuschter Hoffnungen, abgestorbener Illusionen und Erinnerungen, die von Tag zu Tag in weitere Ferne rücken, fast unwirklich geworden sind. Ich bin allein, ich träume...

Für das Publikum setzte ich die Maske des Zynischen, des Ausschweifenden, des großspurig Unbekümmerten auf... Niemand hat verstanden, daß in dieser, anscheinend nur durch Sinnlichkeit belebten Brust ein großzügiges Herz schlägt, das einst überfloß von Liebe und Zärtlichkeit und jetzt noch erfüllt ist von grenzenlosem Mitleid für alles ungerechte Leid, für alles, was schwach und unterdrückt ist... ein stolzes, unbeugsames Herz, das sich einer Sache freiwillig ganz und gar ergeben hat..., der Sache des Islam, für die ich einmal das glühende Blut, das in meinen Adern pocht, leidenschaftlich gerne lassen möchte.

In diesem Augenblick, wie übrigens in jeder Stunde meines Lebens, habe ich nur einen Wunsch: mich so schnell wie möglich wieder in die geliebte Person zu verwandeln, die in Wirklichkeit die *wahre* ist. Das Leben der Wüste. Ich möchte schlafen in der kühlen Frische und der tiefen Stille unter den schwindelerregend auf mich einstürzenden Sternen, mit dem grenzenlosen Himmel als Dach und der feuchten Erde als Bett..., einschlummern mit dem sanften, traurigen Gefühl meiner absoluten Einsamkeit und der Gewißheit, daß *nirgendwo auf dieser Welt* auch nur ein Herz für das meinige schlägt, daß auf keinem Flecken dieser Erde auch nur ein Menschenwesen um mich weint oder auf mich wartet. So werde ich als Nomade, mit keiner anderen Heimat als dem Islam, ohne Familie und ohne Vertraute, allein, auf immer allein in der erhabenen, dunkel sanften Einsamkeit der Seele meinen Weg durchs Leben fortsetzen...

Ich schaute vom Buch auf, erstaunt, wieviel Zeit vergangen war. Ich packte das Eberhardt-Tagebuch und mein Wörterbuch in den Rucksack, bezahlte meinen zweiten Espresso und machte mich auf den Weg zum Bücherstand des Holländers, der sich am Seineufer in der Nähe des Pont Neuf befinden sollte. Aber als ich dort ankam, war der Stand geschlossen... wie die meisten anderen Stände auch. Zweifellos wegen des schlechten Wetters.

Ich kaufte ein paar Lebensmittel für ein spätabendliches Mal auf meinem Zimmer – Oliven, Käse, ein Baguette – und kehrte ins Hotel zurück.

Ich ließ mir ein heißes Bad ein und las in der Wanne das Tagebuch weiter, fasziniert von der Außergewöhnlichkeit dieser Frau. Warum war sie bereits mit dreiundzwanzig Jahren so einsam und so desillusioniert? Und warum, trotz ihrer mystischen Neigungen, dieser besessene Drang zur Selbstzerstörung?

Als ich weiterlas, nahm die Idee, die mir noch vor einer Woche im Büro meines Redakteurs reichlich ausgefallen vorgekommen war – Eberhardts Spuren zu folgen und meine Eindrücke des heutigen Nordafrika mit Isabelles fast ein Jahrhundert zurückliegenden Impressionen zu vergleichen –, in meinem Kopf sehr reale und verführerische Formen an. Natürlich müßte ich an das Reisetagebuch kommen. Und die Zeitschrift müßte die nötigen Gelder zur Verfügung stellen, und zwar ohne großes Wenn und Aber. Doch vorausgesetzt, sowohl das eine wie das andere würde klappen, könnte das eine verdammt gute Story werden.

Das Läuten meines Zimmertelefons, scharf und für meine Ohren ungewohnt, schreckte mich aus meinen Gedanken auf. *Stanley*, dachte ich, sprang aus der Wanne und hinterließ nasse Spuren im ganzen Zimmer. Wird ja auch Zeit! Aber es war nicht Stanley. Es war der Rezeptionschef, der mir mitteilte, ein Herr warte in der Halle auf mich. Ich trocknete mich ab, zog mir rasch etwas an, sauste die drei Stockwerke runter und bremste auf der untersten Stufe scharf ab, als ich Assam erblickte, der mit dem Rücken zu mir im Hoteleingang stand und auf die Straße schaute. Bevor ich mich bewegen oder verstecken konnte, drehte er sich um und lächelte mich an, wobei er sich leicht verbeugte.

»Ich habe Sie doch nicht gestört?« fragte er und trat in die Halle.

»Na ja, nein, ich … also eigentlich doch. Ich wollte gerade essen. In meinem Zimmer«, fügte ich hastig hinzu, hinter mich deutend.

Er nickte, schaute zum Rezeptionschef hin, dann wieder mich an. »Ich dachte, Sie wären heute abend vielleicht an einem Spaziergang interessiert. Der Regen hat endlich aufgehört. Eine Gelegenheit, Paris von seiner bezauberndsten Seite kennenzulernen, nach all dem Regen.«

»Ja. Aber ich glaube, essen und dann ab ins Bett ist alles, was ich heute noch zuwege bringe. Anscheinend immer noch Auswirkungen der Zeitverschiebung.«

»Ich verstehe«, murmelte er. Aber er schien überhaupt nicht zu verstehen. Er stand nur da, lächelte rätselhaft, blickte zwischen dem Rezeptionschef und mir hin und her und wartete. Auf was?

»Ich habe angefangen, das Eberhardt-Tagebuch zu lesen«, hörte ich mich schließlich sagen, um die Stille zu durchbrechen. »Es ist … also, ich find's wunderschön. Danke, daß Sie es mir geliehen haben.«

»Das freut mich. Kommen Sie«, fügte er hinzu und nickte in Richtung Tür. »Ich sollte auch etwas essen.«

Einen Moment lang zögerte ich noch, hin- und hergerissen zwischen dem Bedürfnis, eine Nacht durchzuschlafen, und einem vagen Verpflichtungsgefühl gegenüber diesem Mann. Schließlich nahm ich sein Angebot an. Und im Gegensatz zu meinen Erwartungen fand ich seine Gesellschaft an diesem Abend recht erfreulich. Vielleicht hatte das Bad mich erfrischt. Oder es lag an der Unterhaltung, die sich um Isabelle Eberhardt drehte. Oder war es am Ende nur der viele Wein: zwei Flaschen eines sehr trockenen, zungenlösenden Bordeaux?

Bei Omelettes in einem Bistro in der Nachbarschaft ließ Assam sich weiter über Isabelles Familiengeschichte aus: der fanatische, russische, nihilistische Vater, der Isabelle als Junge erzogen hatte, um ihr mehr Freiheit zu geben; der Halbbruder, mit dem Isabelle über lange Jahre eine inzestuöse Beziehung hatte; ihre frühen Experimente mit Drogen und radikaler Politik in Genf und ihr instinktives Hingezogensein zur nordafrikanischen Wüste und deren Religion, dem Islam.

Vom Islam gingen wir auf den Sufismus über, der laut Assams

Behauptung die erleuchtende Kraft hinter Isabelles kurzem und abenteuerlichen Leben war. Seinen Ausführungen über den Sufismus – diesen islamischen Mystizismus – zuzuhören erinnerte mich stark an einen jener verrückten Mescalintrips, die ich vor einer kleinen Ewigkeit ausprobiert hatte. Allein der Akt des Zuhörens, des Aufnehmens der Worte war Auslöser genug; alles paßte zusammen, schien so richtig. Ja! Ja! Der Schleier fiel, und ich konnte das Licht sehen. Aber zehn Minuten später wäre es mir schwergefallen, irgend jemandem, auch mir selbst, zu wiederholen, was Assam mir gerade erzählt hatte.

»Wie erklären Sie sich aber die ganzen Widersprüche in ihrem Leben?« fragte ich, als der Tisch abgeräumt war und unser Espresso kam.

»Welche Widersprüche meinen Sie?«

»Die Trinkerei. Das Kifrauchen. Der Gelegenheitssex. Wie paßt das alles zu ihrer mystischen Seite?«

»Sagen Sie mir eins, Mademoiselle«, meinte er und fuhr mit dem Finger sanft am Rand seiner Tasse entlang. »Wer ist berechtigt, uns zu sagen, wo man Gott finden kann und wo nicht? In einer schönen Blume? In einem schönen Gedicht? In dem schönen Körper, mit dem wir das Bett teilen, und sei es nur für eine Nacht?«

»Aber Isabelle war praktisch Alkoholikerin.«

»Vielleicht. Doch um es mit den Worten eines der größten Sufi-Mystiker zu sagen:

O Herr,
Ich bin beschämt über jene Akte des Gehorsams
die mir Stolz einflößen.
Und glücklich über den Ungehorsam
der mich auf die Knie zwingt!

»Sie glauben, daß sie absichtlich bis zur Bewußtlosigkeit trank, um sich später schämen zu können? Um gedemütigt zu werden?«

»Vielleicht, ja. Um in die Knie gezwungen zu werden. Um zum Beten gezwungen zu werden.«

»Sie sündigte, um beichten zu können?«

»Es gibt nur eine Sünde, meine Freundin. Und das ist die Sünde, sich von Gott zu entfernen. Und was entfernt uns mehr von unserem Schöpfer als unser übermächtiger Stolz?«

»Moment mal«, sagte ich, denn das wollte ich genau wissen. »Sie meinen, Isabelle führte dieses ausschweifende Leben, um sich von ihrem Stolz zu befreien? Ist es das?«

»Isabelles Leben ausschweifend zu nennen geht völlig an der Sache vorbei.«

»Aber was war es dann?«

Er lachte und zitierte einen weiteren seiner Sufisprüche:

O Herr,
Wenn ich roh bin, dann koch mich!
Wenn ich gekocht bin, dann verbrenne mich!

»Es geht also darum, verbrannt zu werden?« fragte ich sarkastisch.

»Aber natürlich!« sagte er lachend und lehnte sich im Stuhl zurück. »Vielleicht gibt es eine bessere Möglichkeit, die Sache zu entwirren«, fügte er einen Moment später hinzu, schob seine Espressotasse zur Seite und gab dem Kellner ein Zeichen, noch zwei Tassen zu bringen. »Es gibt eine Sufigeschichte über einen Wahrheitssuchenden, der den Großen Berg besteigt, um den weisen Mann zu befragen. ›O weiser Mann‹, fragt er, als er dem Seher gegenübersteht, ›was ist das Geheimnis des Lebens?‹ ›*Gutes* Urteilsvermögen!‹ antwortete der Weise prompt. ›Aber sage mir, o weiser Mann‹, fragt der Wahrheitssucher, ›wie erlangt man ein gutes Urteilsvermögen?‹ ›Durch *Erfahrung!*‹ antwortet der Weise. ›Dann sage mir, o weiser Mann‹, fragt der Wahrheitssucher, ›wie erlangt man diese Erfahrung?‹ ›Durch *schlechtes* Urteilsvermögen!‹ erwidert der Weise. Bitte! Wir müssen doch zugeben, daß Isabelle bei all ihrem ›schlechten Urteilsvermögen‹, das sie in ihrem kurzen und abenteuerlichen Leben gezeigt haben mag, trotzdem niemals vor Erfahrungen zurückschreckte. Und um nichts anderes als Erfahrung geht es ja auch in unserem Leben. Darin würden Sie mir doch zustimmen, nicht wahr?«

»Ich denke schon... ja.«

»Das hatte ich mir gedacht«, bemerkte er und betrachtete mich amüsiert, während er mit der Gabel Linien auf der Tischdecke nachzog. »Ich betrachte Sie als einen Menschen, der sich nach Erfahrungen sehnt, wenn ich dieses Wort benutzen darf. Ein Mensch, der hinter jeder Ecke eine neue Begegnung, ein neues Abenteuer, eine neue Affäre sucht. Stimmt das nicht?«

Ich antwortete ihm nicht sofort. Ich schützte Interesse an den Nachbartischen vor – die offensichtlich unserer Unterhaltung lauschten – während ich mich fragte, wie zum Teufel dieser Mann es fertigbrachte, mich so gut zu erkennen. War ich denn wirklich so leicht durchschaubar?

»Und bei all meiner angeblichen ›Erfahrung‹, was ist dann mit dem ›guten Urteilsvermögen‹ geschehen?« murmelte ich und blickte ihn an.

»Vielleicht, meine Freundin, fehlt Ihnen nur eine Lektion über den dritten Weg?« sagte er, beugte sich nach vorn und betrachtete mich ernst und aufmerksam.

»Dritter Weg?«

»Das Leben – einfach betrachtet – scheint immer aus zwei gegensätzlichen Alternativen zu bestehen, wobei die eine oft so wenig verlockend ist wie die andere. Aber das stimmt natürlich nicht. Denn es gibt immer einen dritten – einen mittleren – einen besseren Weg, wenn man nur genau hinschaut.«

»Ich verstehe. Und was muß man tun, um diesen dritten Weg zu finden?«

Er lächelte und lehnte sich wieder zurück. »Ich vermute, daß Sie sich bald auf eine Reise zu diesem dritten Weg begeben werden. Sehr bald werden all Ihre Fragen eine Antwort finden.«

»Was?«

»Sie haben doch nichts dagegen, daß ich uns noch einen Kaffee bestellt habe?« sagte er und richtete seine Aufmerksamkeit auf den Kellner, der mit zwei weiteren Tassen Espresso erschien. »Und Sie entschuldigen mich doch bitte einen Moment?« fügte er hinzu, legte seine Serviette zur Seite und stand auf. Während ich ihm nachsah, wie er das Restaurant durchquerte und zum Telefon ging, dachte ich über seine eigentümliche Prophezeiung nach. Was zum Teufel hatte er mir damit sagen wollen? Doch ich war mir gar nicht so sicher, ob ich es wirklich wissen wollte.

»Wie soll ich Sie eigentlich nennen?« fragte ich, als er zum Tisch zurückkehrte, denn ich hatte mir vorgenommen, diese sphinxartige Gestalt in den Griff zu bekommen, die da plötzlich in mein Leben getreten war.

»Mich nennen?« wiederholte er und lächelte fragend.

»Welchen aus der Latte von Namen, die Sie mir gestern morgen genannt haben, benutzen denn Ihre Freunde?«

»Meine *wahren* Freunde«, sagte er und gab dem Wort einen mysteriösen Unterton, »meine wahren Freunde benutzen keinen der genannten Namen.«

»Wie werden Sie denn dann genannt?«

Einen Moment lang betrachtete er den Teelöffel, drehte ihn in der Hand, schaute wieder auf und lächelte.

»Al Besah. So werde ich genannt.«

»Al Besah?«

»Die Katze.«

Ja. Genau. Die Katze.

»Und warum werden Sie so genannt?« fragte ich.

»Vielleicht... weil man glaubt, daß ich neun Leben habe?«

»Ach so. Und wie viele dieser neun Leben haben Sie schon hinter sich?«

Wieder zögerte er.

»Sieben«, sagte er schließlich, legte den Löffel hin und faltete die Hände im Schoß. »Ja. Sieben meiner neun Leben habe ich gelebt.«

Ich starrte ihn an, aufs neue überrascht von seiner Gabe, die verrücktesten Dinge völlig normal klingen zu lassen. Trotz des Lächelns, trotz des unterschwelligen spöttischen Tonfalls hatte er mit einer Bestimmtheit gesprochen, die mir das Gefühl gab, er wisse genau, wie jedes dieser sieben Leben verlaufen war.

Der Kellner kam mit unserer Rechnung, und der Bann war gebrochen.

»Leben Sie hier im Exil?« fragte ich, als wir wieder alleine waren, und wunderte mich, warum ich darauf noch nicht früher gekommen war.

»Ich bin nur ein Tropfen in einem Meer von Exilanten.«

»Aus dem Iran?«

»Meine liebe Dame... was für eine Rolle spielt es, woher ich komme? Oder Sie... woher Sie kommen? Wir begegnen uns. Wir reden. Wir teilen uns mit. Unseren Seelen ist das seltene Glück vergönnt, sich zu berühren, vielleicht sogar miteinander zu verschmelzen«, fügte er hinzu, wieder mit diesem amüsierten Blick in den Augen, so als spiele er nur mit mir. Kein Zweifel, meine Strafe dafür, daß ich seine »Maginotlinie« überschritten hatte, daß ich versucht hatte, die Unterhaltung vom Abstrakten und Unpersönlichen auf eine persönlichere und konkretere Ebene zu lenken.

Unsere Unterhaltung setzte sich, wie gehabt, außerhalb des Restaurants fort, während wir das Quartier Latin durchquerten und zum linken Seineufer hinuntergingen. Und Paris war tatsächlich bezaubernd in jener Nacht, wie er versprochen hatte, sauber gewaschen nach den vielen Regentagen. Als wir den Quai entlang zurückgingen, rückte Assam freiwillig mit ein paar Informationen über seine Arbeit hier in Paris heraus, »dieses Geschäft des Verkaufens und Kaufens und dann Wiederverkaufens«.

»Ich habe das unschätzbare Glück, daß sich in meinem Besitz eines der ältesten Bücher befindet, das je von Menschen zusammengestellt wurde«, verkündete er, als wir in die Rue St. Jacques einbogen. »Wirklich, das ist so! Es wurde vor über 3000 Jahren von einer chinesischen Kaiserin in Auftrag gegeben. Ein solches Juwel könnte mir selbstverständlich ein Vermögen bringen. Aber wie soll man einen solchen Schatz verkaufen? Möchten Sie das Buch gern sehen?« schlug er vor, blieb am Straßenrand stehen und schaute mich direkt an.

»Aber ja, natürlich.«

»Dann kommen Sie«, sagte er und nickte mit dem Kopf in Richtung des Gebäudes, vor dem wir stehengeblieben waren. »Hier wohne ich.«

»Genau *hier*?« fragte ich und ließ meine Augen das sechsstökkige Haus hinaufwandern. »Soll das etwa eine neue Version von ›Kommen Sie mit rauf und schauen Sie sich meine Zeichnungen an‹ sein?«

Er lächelte und schüttelte den Kopf. »Ich verspreche Ihnen, Sie nicht gegen Ihren Willen zu verführen, meine liebe Dame. Falls es das ist, was Sie befürchten.«

»Sie wissen, daß es bereits nach zwei ist?«

»Sind Sie müde?«

»Ehrlich gesagt, nein«, sagte ich. Und ich war es wirklich nicht. Meine vorherige Erschöpfung war einer seltsamen Erregung gewichen, die ich mir kaum erklären konnte.

»Dann kommen Sie«, sagte er lächelnd und fuhr mir sanft mit dem Finger unter dem Kinn entlang.

Sein Apartment bestand aus einem einzigen Raum mit angrenzendem Badezimmer. Der Boden war nackt, die Möblierung bestand nur aus ein paar großen, bestickten Kissen, einer Kochplatte, einem Schrankkoffer und einem eleganten Samowar, der auf dem Koffer stand. Nirgends war die chinesische Skulptur zu sehen, die er am Morgen zuvor auf der Auktion gekauft hatte.

Assam begann, Tee zuzubereiten. Ich setzte mich auf eines der Kissen und sah schweigend zu, während er zwischen Samowar und Kochplatte hin und her huschte, Wasser kochte, Teeblätter abmaß, das Tablett vorbereitete, das Ganze in ein Ritual verwandelte, eine von ihm erdachte Teezeremonie.

Er reichte mir meinen Tee in einer hauchdünnen chinesischen Schale. Dann ließ er sich mir gegenüber mit seiner Schale nieder.

»Das Buch?« fragte ich.

»Ah.« Er lächelte. »Das Buch.«

Er stellte seine Schale beiseite, stand auf und ging hinüber zum Schrankkoffer, öffnete die unterste Schublade und holte eine große, dekorative Schachtel heraus, aus der er eine kleinere Schachtel hob, woraus er ein in Lagen von roter Seide gewickeltes Päckchen nahm. Langsam, Lage für Lage, wickelte er sein »Juwel« aus, ein kleines, zusammenfaltbares Buch mit handgemalten Bildern, unter denen sich Texte in chinesischen Schriftzeichen befanden.

Genauso behutsam entfaltete er das Buch zwischen uns auf dem Boden zu voller Länge, wobei er mir die ganze Geschichte erzählte, die mich stark an die Möwe Jonathan erinnerte. Aber die zarten Tuschezeichnungen waren ein Fest für das Auge, wie auch die Kalligraphie und das durchsichtige Reispapier, aus dem das Buch gemacht war.

Mit großer Zärtlichkeit faltete Assam das Buch zusammen, wickelte es in seinen Seidenkokon und räumte es weg.

»Wo ist Ihre Skulptur?« fragte ich, als er wieder auf dem Boden

Platz genommen hatte. »Die Sie gestern morgen auf der Auktion gekauft haben?«

Er sah mich von der Seite an, einen schwer zu deutenden Ausdruck in den Augen.

»Sie ist weitergegeben worden«, sagte er schließlich.

»Verstehe. Wem?«

»An wen«, korrigierte er mich lächelnd.

»An wen?«

»Freunde.«

»Freunde aus der Heimat?«

»Vielleicht.«

»Warum wollen Sie mir nicht erzählen, woher Sie kommen?«

»Warum dieser Zwang, es wissen zu wollen?«

»Pure Neugier. Komisch«, meinte ich, schaute mich im Zimmer um und dann wieder ihn an. »Gestern morgen auf der Auktion hatte ich den Eindruck, Sie wären ein ziemlich reicher Mann.«

»Was ich vielleicht auch bin.«

»Und ... was machen Sie *wirklich* hier in Paris?« fragte ich und veränderte meine Sitzposition.

»Hat Ihre Mutter Ihnen nicht beigebracht, daß es unhöflich ist, so viele Fragen zu stellen?«

»Ja, aber... ich bin Journalistin. Ich kann's nicht ändern.«

»Eine Journalistin auf Urlaub... oder?«

»Trotzdem, die Fragen kommen von ganz alleine.«

»Ach wirklich?« fragte er und lächelte skeptisch. »Wie eine Spinne ihr Netz webt, so stellt diese Frau ihre Fragen?«

»Ein ziemlich eigenartiger Vergleich, finde ich.«

»Wie ein Panther seine Beute verfolgt, so stellt diese Frau ihre Fragen. Bitte. Gefällt Ihnen das besser?«

»Warum nehmen Sie an, daß wir Gegner sind?«

»Im Gegenteil, ich nehme an, daß wir Freunde sind. Nur wenn Sie mit dieser Fragerei anfangen...«

»Der Geheimnisvolle«, murmelte ich, erwiderte sein Lächeln und nahm ein Schluck von meinem Tee. »Sie erinnern mich an jemanden«, fügte ich hinzu und setzte die Schale ab. »An eine Figur aus einem Comicstrip.«

»Comicstrip?« wiederholte er angewidert.

»Nein, ich meine das nicht als…«, versuchte ich noch mal. »Da geht es um eine Zeitungsfrau. Und ihr Freund ist der Geheimnisvolle, hat eine Augenklappe, züchtet seltene afrikanische Orchideen und taucht von Zeit zu Zeit in ihrem Leben auf. Irgendwie erinnern Sie mich an diesen Mann.«

»Die Augenklappe?«

»Nicht nur die.«

»Aber ich züchte keine seltenen Orchideen.«

»Nein, Sie kaufen und verkaufen seltene Bücher. Und Skulpturen. Aus geheimnisvollen Gründen.«

»Machen Sie nicht mehr aus mir, als ich tatsächlich bin.«

»Ich will es versuchen.«

»Gut.« Er stand auf, zündete eine Kerze an, dann ein Räucherstäbchen, stellte beides auf den Boden zwischen uns und löschte das Licht.

»Warum haben Sie das getan?« fragte ich.

»Was getan?«

»Das Licht ausgemacht.«

»Das ist viel geheimnisvoller, nicht wahr? Ich glaube, Sie sind eine Frau, die Geheimnisse liebt.«

»Vielleicht.«

»Ja. Das dachte ich mir.«

»Warum lächeln Sie?«

»Warum? Ich lächle Sie an.«

Wieder saßen wir schweigend da, tranken unseren Tee, und es entstand eine Atmosphäre vager, sexueller Spannung. Von mir ausgehend? Von ihm? Oder war sie eher sinnlich als sexuell? Die ganze unwirkliche Szenerie dieser Nacht hatte etwas Träges, Erotisches. Der heiße Tee, der Duft des Räucherstäbchens, das Kerzenlicht, dessen Schatten rastlos über die Wände flackerte. Und dieser Mann, der mir da gegenübersaß, so in sich gekehrt und still. Natürlich hatte er recht. Ich liebte Geheimnisse. Tut das nicht jeder?

»Sie denken zuviel, meine Freundin«, verkündete er plötzlich und zeigte anklagend mit dem Finger auf mich. »All die kleinen Räder, die sich ständig hinter diesen Augen drehen. Selbst im Kerzenlicht kann ich sehen, wie sie sich drehen. Es ist gefährlich, zuviel zu denken. Glauben Sie nicht?«

»Nicht unbedingt«, murmelte ich und versuchte, sein Lächeln zu durchschauen.

»Nein? Sie stimmen mir also nicht zu? Dann erklären Sie mir eins, Mademoiselle. Erklären Sie mir diese absurde philosophische Behauptung: Ich denke, darum bin ich. Was *bedeutet* das? Ich *denke*... darum *bin* ich?«

Als Antwort lächelte ich nur und nippte an meinem Tee. Ich hatte nicht die geringste Ahnung, was zum Teufel damit gemeint war.

»Vielleicht, meine Freundin«, fuhr er fort, »ist genau das Gegenteil davon wahr. Ich denke, darum bin ich? Aber nein. Ich *fühle*, darum *bin* ich! Bei allem Respekt, Mademoiselle... wann sind wir am lebendigsten? Wenn wir denken? Wenn wir über diesen Popanz namens Philosophie diskutieren, über so bedeutsame Fragen debattieren, wie viele Engel auf einer Nadelspitze Platz finden? Aber nein! Wir sind doch wohl am lebendigsten, wenn wir fühlen, oder nicht? Wenn wir über uns selbst hinausreichen! Wenn wir berühren! Wenn wir lieben! Selbst wenn wir hassen! O ja – vielleicht vor allem, wenn wir hassen. Vielleicht beginnen dann die Säfte wahrhaft zu fließen? Haben Sie nie die Geschichten von unserem Mullah Nasrudin gehört?« fügte er hinzu und lächelte spöttisch, während er über seinen Schnurrbart strich, erst über die eine, dann die andere Seite. »Ja? Nein? Soll ich Ihnen eine davon erzählen? Es ist eine Geschichte über die Absurdität, genannt Philosophie.«

Er streckte seine Beine aus, lehnte sich mit dem Rücken gegen die Wand, und ohne auf meine Zustimmung zu warten, stürzte sich Assam in seine Mullah-Nasrudin-Geschichte, erzählte sie mit dem ganzen Enthusiasmus und der Finesse des geübten Geschichtenerzählers: Die Geschichte des Mannes, der einerseits die Frauen liebt, andererseits aber keine Ahnung hat, wie er mit ihnen umgehen soll. Keine Ahnung, wie »die Räder zu schmieren sind«, wie Assam sich ausdrückte, während er nach seinem Tee griff. Und so begibt sich Nasrudin zu einem Freund, um sich die nötige Unterweisung geben zu lassen.

»›Aber das ist doch ganz einfach!‹ sagt der Freund. ›Du brauchst mit einer Frau nur über drei Dinge zu sprechen. Halte dich an diese drei Dinge und die Frauen werden dich umschwärmen wie Bienen den Honig!‹ ›Und welches sind diese drei kostbaren Dinge?‹ will

Nasrudin wissen. ›Essen! Familie! Und Philosophie!‹ antwortet sein Freund. ›Und warum Essen?‹ fragt Nasrudin. ›Weil‹, sagt sein Freund, ›es eine bekannte Tatsache ist, daß alle Frauen verrückt auf Essen sind!‹ ›Und warum Familie?‹ fragt Nasrudin. ›Weil‹, sagt sein Freund, ›sprichst du von Familie, werden sie glauben, deine Absichten seien ehrenhaft.‹ ›Aber warum Philosophie?‹ fragt Nasrudin schließlich. ›Weil‹, sagt sein Freund, ›sprichst du von Philosophie, werden sie glauben, du hieltest sie für intelligent!‹«

Als er so weit gekommen war, hielt Assam einen Moment inne und trank einen Schluck Tee.

»Ja und?« fragte ich und rutschte auf meinem Kissen herum. »Was ist der Punkt?«

Er lachte und setzte seine Tasse ab. »Immer so voreilig, diese Frau! Aber meine Geschichte ist doch noch gar nicht zu Ende! Also... mit diesen drei magischen Dingen, die in seinem Kopf brodeln, macht sich Nasrudin auf, die Frau seiner Träume zu besuchen. ›Magst du Nudeln?‹ ist die erste Frage, die nur so herausschießt, kaum daß sie endlich allein sind. ›Nein‹, antwortet sie, ›ich mag keine Nudeln.‹ ›Nun ja‹, fragt Nasrudin, ›mag dein *Bruder* Nudeln?‹ ›Mein Bruder?‹ antwortet sie. ›Aber ich habe doch keine Brüder!‹ ›Nun ja‹, sagt Nasrudin, kaut auf seinem Schnurrbart, um Zeit zu gewinnen, und überlegt, wie er die dritte und alles entscheidende Frage formulieren soll. ›Nun ja‹, beginnt er erneut. ›Aber *wenn* du Brüder hättest... *wenn* du Brüder hättest, würden sie Nudeln mögen?‹ Ende der Geschichte«, fügte Assam hinzu, lehnte sich zurück an die Wand und warf mir einen fast hinterlistigen Blick zu.

»Ja und?« sagte ich und unterdrückte ein Lächeln. »Was ist der Punkt?«

Wieder lachte er. »Philosophie ist doch genau so ein Blödsinn! Das ist der Punkt! ›Wenn du Brüder hättest, würden sie Nudeln mögen?‹ Diese alberne Frage drückt genau das aus, was alle unsere philosophischen Systeme in Wirklichkeit beinhalten. Nudeln!«

»Davon sind Sie also überzeugt?«

»Allerdings. Und jetzt«, meinte er und klatsche in die Hände, als wäre ich – was? – ein dressierter Seehund? »Jetzt steht mir der Sinn nach Poesie. Würden Sie mir die Freude machen, Mademoiselle, und mir ein Gedicht vortragen?«

»Ich kenne keine Gedichte«, sagte ich und fand diesen plötzlichen Umschwung reichlich irritierend. »Auswendig, meine ich.«

»Hat sich in Ihrem Leben nie ein Gedicht in Ihr Herz eingegraben?«

»Nein, ich fürchte nicht«, mußte ich zugeben, während mir nur ein paar unzusammenhängende Zeilen aus Joyce Kilmers »Trees« in den Kopf kamen. »Aber ich würde gerne etwas von ihrer eigenen Lyrik hören.«

»Würde ich Sie damit nicht ermüden?«

»Nicht im geringsten.«

»Also gut«, sagte er, nahm einen weiteren Schluck aus seiner Teeschale und setzte sie ab. Und ohne weitere Präliminarien begann er, mir einige Sufiverse vorzutragen, einen nach dem anderen. Erst auf arabisch. Dann auf englisch; jeder einzelne ein beunruhigendes, erotisches Schattenbild der nach Gott verlangenden Seele. Die Seele, die sich mit der klagenden Taube verbindet, die ihren Partner verloren hat. Mit dem verdurstenden Kamel, das durch die Wüste irrt. Mit dem jungen Mann, der besessen ist von den »duftenden Spuren des Lächelns seiner Geliebten«. Und jeder Vers begann mit der feierlichen Widmung an »meine wunderschöne Frau, wo immer sie auch sein mag«.

Ich war dankbar, daß Assam das Licht gelöscht hatte. Dankbar, daß ich unbeobachtet auf diese Verse reagieren konnte. Obwohl er kaum etwas bemerkt hätte, denn er war in seine eigene Welt eingetaucht, seine Stimme sehr leise und fern, während er seine Gedichte vortrug. Ich hatte das unheimliche Gefühl, als eine Art Verbindungsglied zu dienen zwischen Assam und seiner wunderschönen Frau, »wo immer sie auch sein mag«.

Assam rezitierte, bis die Kirchenglocken des Quartiers vier schlugen. Worauf wir beschlossen, es für diesen Abend genug sein zu lassen. Oder eher Morgen, da sich die ersten Anzeichen der Dämmerung bereits durch das Oberlicht bemerkbar machten.

»Sarah«, sagte er ruhig, als ich zur Tür ging, zum ersten Mal meinen Namen nennend. Ich drehte mich um und wartete, wobei ich ein seltsames Ziehen in der Magengegend verspürte.

»Glauben Sie an Zufälle?« fragte er.

»An Zufälle?« wiederholte ich. »Aber ja, natürlich.«

»Dann machen Sie einen Fehler. Denn nichts geschieht aus Zufall. Verstehen Sie mich? Nichts.«

Ich starrte ihn fassungslos an.

»Sie haben mich vorhin gefragt, woher ich komme«, fuhr er fort. »Und jetzt will ich es Ihnen sagen. Ich komme von nirgendwo.«

»Wie bitte?«

»Ich komme von nirgendwo. Und ich habe es aufgegeben, jemals wieder von irgendwoher zu sein. Da haben Sie es, meine neugierige Freundin. Endlich eine Antwort auf Ihre Frage.«

Ich nickte beklommen.

»Morgen nachmittag werde ich die Eberhardt-Reisetagebücher für Sie haben«, meinte er und brachte mich zur Tür.

»Ist das Ihr Ernst?«

»Selbstverständlich.«

»Woher kriegen Sie die? Von dem Holländer?«

»Immer diese Fragen, Sarah. Wir werden morgen darüber sprechen. Darf ich vorschlagen, daß wir uns im Café gegenüber treffen? Um ein Uhr?«

Ich stimmte zu, schüttelte Assams Hand und ging zur Tür hinaus.

Und damit, werter Inspektor, hatte es sich. Ich hielt unsere Verabredung ein. Unglücklicherweise, traurigerweise, tragischerweise tat Mohammed Assam das nicht.

Freitag, 9. Juni 1989

Heute abend kommt Stanley! Das war mein erster klarer Gedanke, als ich morgens die Augen öffnete. Nach sechs langen Monaten der Trennung würde ich diesen Mann endlich wiedersehen, seine Stimme hören, das trockene Lachen, das ich so erregend fand, ohne dieses verdammte ozeanische Telefonkabel zwischen uns. Und ihn endlich wieder berühren können, fühlen, wie er mich berührte ... Assam hatte natürlich recht gehabt. Nur das Fühlen macht uns wirklich lebendig. Selbst der Gedanke daran reichte schon aus. Wie unendlich oft hatte ich während der letzten paar Wochen in San Francisco in köstlichen, nicht gerade jugendfreien Phantasien über unser Wiedersehen geschwelgt, hatte mir unser Liebesspiel in allen nur möglichen Varianten vorgestellt, war jede kleinste köstliche Einzelheit wieder und wieder durchgegangen! Und heute nacht sollten diese Phantasien endlich Wirklichkeit werden.

Zur Hölle mit dem Inspektor und seinen verdammten Verdächtigungen, sagte ich mir, rollte mich aus dem Bett und sprang unter die kalte Dusche. Zur Hölle mit meinem beschlagnahmten Paß. Zur Hölle mit der jungen Frau, wer sie auch sein mochte, die gestern nacht in Stanleys Hotelzimmer das Telefon abgenommen hatte. Heute abend würde das Leben wieder so sein, wie es zu sein hatte.

Das war, wie gesagt, mein erster klarer Gedanke. Mein zweiter war mehr strategischer Natur. Warum hier herumsitzen und auf eine Nachricht des Inspektors warten? Warum nicht einfach zu ihm gehen? Und wenn möglich, dieses ganze unglückliche Mißverständnis aufklären. Wenn *er* nicht bereit war mitzuspielen, dann wäre mein nächster Schritt eben ein Besuch bei der amerikanischen Botschaft. Und danach vielleicht bei der *Herald Tribune*.

Schließlich war ich unschuldig. Eine unschuldige Zuschauerin, mehr nicht. Warum mich also nicht entsprechend verhalten?

Ich ging hinunter zum Frühstück. Danach machte ich mich auf den Weg durch den Jardin du Luxembourg, den Boulevard Saint Michel hinauf und in die Gendarmerie, auf der anderen Seite des Pont Saint Michel. Am Eingang wurde ich angehalten, befragt und durchsucht und dann von einem jungen, uniformierten Polizisten zum Büro des Inspektors im dritten Stock eskortiert.

»Attendez ici«, wies mein Begleiter mich an und deutete in das kleine Wartezimmer vor dem Büro des Inspektors. Ich setzte mich auf die Bank, wartete, bis mein Begleiter um die Ecke verschwunden war, und klopfte an die Tür des Büros.

»Entrez!« befahl eine Stimme von drinnen.

Ich öffnete die Tür und trat ein. Der Inspektor saß hinter seinem Schreibtisch. Ein zweiter Mann, groß und dunkelhäutig, dessen Gesicht durch eine Hakennase und tiefliegende, stechende schwarze Augen beherrscht wurde, saß rechts neben dem Inspektor.

»Ich wüßte nicht, daß wir eine Verabredung hätten, Miss Calloway«, bemerkte der Inspektor in seiner staubtrockenen, monotonen Stimme, lehnte sich im Stuhl zurück und faltete die Hände über dem Bauch.

»Ich hatte eine grauenhafte Nacht, Inspektor«, sagte ich, schloß die Tür und trat an seinen Schreibtisch. »Und so wie ich es sehe, als amerikanische Bürgerin – und als professionelle Journalistin –, habe ich das Recht, zu...«

»Mademoiselle«, unterbrach der Inspektor, blickte den anderen Mann an und dann mich. »Darf ich vorschlagen, daß wir diese Unterhaltung zu einem anderen Zeitpunkt fortsetzen. Vielleicht heute nachmittag...«

»*Inspektor*, es mag Ihnen zwar entfallen sein, aber ich habe einen Auftrag hier zu erledigen, einen Bericht über Ihre großartige Zweihundertjahrfeier. Die Jubelfeier für Freiheit, Gleichheit, Brüderlichkeit und so weiter! Aber wenn ich hier weiter so behandelt werde, können Sie mit einem Wahnsinnsaufruhr in der Presse rechnen. Ich sehe schon die Schlagzeilen vor mir. ›Wie eine amerikanische Reporterin die Zweihundertjahrfeier erlebte‹. Verbrachte den Revolutionssommer im bürokratischen Fegefeuer: ihr Paß *unrechtmäßig* konfisziert, ohne jede Erklärung und ohne daß sie eine Erklärung abgeben durfte. Könnten Sie unseren Lesern ein paar Fragen beantworten, Inspektor? Was ist aus der Rechtsstaatlichkeit in diesem Land geworden? Aus Ihrem berühmten französischen Sinn für Gerechtigkeit? Aus all den kostbaren Menschenrechten, für die Ihre große Revolution doch steht? Eine Wahnsinnsgeschichte ... meinen Sie nicht auch, Inspektor?«

Wieder schaute der Inspektor auf den anderen Mann. Und ich auch, wobei mir irgendwas an ihm bekannt vorkam, an seiner adleräugigen, raubvogelartigen Erscheinung.

»Mein einziges Vergehen, Inspektor, soweit ich sehen kann, war meine Bekanntschaft mit einem Mann, der inzwischen ermordet wurde. Und dafür ziehen Sie meinen Paß ein? Behandeln mich wie eine Kriminelle? Nur weil ich anscheinend zur falschen Zeit am falschen Ort war?«

»Wollen Sie unbedingt weiter die Naive spielen, Miss Calloway?« fragte der Inspektor, lehnte sich in seinem Stuhl vor und hatte wieder den alten, kampferprobten Skeptizismus in den Augen.

»Wieso die Naive? Worin genau besteht denn meine angebliche Naivität?«

Der Inspektor drehte sich zur Seite und wechselte ein paar Worte auf französisch mit seinem Freund. Capitaine Kafka hieß der Mann? Mit einem kurzen Nicken in meine Richtung stand dieser französische Polizei-Capitaine auf, warf sich ein schwarzes Cape über die Schultern und verließ den Raum, wobei er langsam die Tür hinter sich zuzog.

Ohne ein weiteres Wort öffnete der Inspektor eine seiner Schreibtischschubladen und kramte darin herum, zog schließlich ein Schwarzweißfoto heraus und warf es lässig in meine Richtung. Es landete verkehrt herum auf dem Tisch. Ich nahm es und drehte es um.

»Was?« stammelte ich ungläubig, schaute von dem Foto auf, sah den Inspektor an und dann wieder das Foto, während sich der Raum um mich zu drehen begann. Es war ein Foto von Stanley – *meinem* Stanley –, der mit zwei anderen Männern in einem Straßencafé saß. Und der Mann, der Stanley direkt gegenüber saß, war niemand anderer als Mohammed Ali Kahlil Assam!

»Diese kleine Freundschaft scheint Sie zu überraschen?« bemerkte der Inspektor.

»Total«, murmelte ich und sank auf den Stuhl, den der Freund des Inspektors gerade geräumt hatte. Ich konnte meine Augen nicht von dem Foto wenden. Dieses Bild von Stanley, wie er dort am Tisch saß mit seiner schlaksigen Figur, locker und entspannt, so ungezwungen, eine Zigarette in der einen Hand, die andere achtlos auf die Lehne des nächsten Stuhls gelegt – so typisch war diese Haltung für ihn, mir so sehr vertraut. Und Assam, der sich über den Tisch lehnte und intensiv auf ihn einredete, seine Hände wild gestikulierend. Über *was* sprach er mit Stanley?

»Wo wurde das Foto aufgenommen?« fragte ich. »Hier in Paris?« Nein, sagte ich mir. Ganz unmöglich. Die Männer waren in Hemdsärmeln. Und das Ganze sah viel zu sonnig aus, zu warm. »In Jerusalem?«

Der Inspektor verharrte in seinem steinernen Schweigen und begann umständlich seine verdammte Pfeife zu stopfen. Ich wandte mich wieder dem Foto zu und suchte verzweifelt nach dem sprichwörtlichen Strohhalm, nach einer – *irgendeiner* – rationalen Erklärung, mochte sie auch noch so ausgefallen sein, die das Unbegreifliche begreiflich machen und der Szene, die inzwischen vor meinen Augen verschwamm, einen *Sinn* geben würde. Stanley und *Assam*...?

»Wer hat das Foto gemacht?« fragte ich schließlich und schaute auf. »Warum wurde es gemacht?«

»Der dritte Mann am Tisch ist ein hoher Funktionär der PLO.«

»Assam war also Palästinenser? Ein Mitglied der PLO?«

»Und Sie behaupten immer noch, Miss Calloway, daß Ihnen diese ... diese Verbindung, will ich mal sagen, nicht bekannt war?« fragte er und deutete auf das Foto in meiner Hand. »Daß Sie nichts gewußt haben wollen über die Freundschaft zwischen Mr. London und unserem Mohammed Assam?«

»Nichts«, wiederholte ich und schüttelte den Kopf. »Moment mal!« keuchte ich, von plötzlicher Furcht erfüllt. »Mr. London geht es gut? Ich meine, er ist nicht...«

»Wir gehen davon aus, daß der Mann lebt und es ihm gut geht. Vielleicht sogar zu gut. Sagen Sie mir, Miss Calloway«, fügte er hinzu und schwang sich in seinem Stuhl herum, »wie gut kennen Sie diesen Mr. London?« Schweigen.

»Warum fragen Sie?«

»Vielleicht sollte ich meine Frage anders formulieren. Wie *lange* kennen Sie Mr. London?«

»Inspektor, dieser Mann ist ein sehr angesehener Journalist und ich...«

»Mademoiselle«, unterbrach er und beugte sich zu mir herüber, »ich habe Sie nicht nach Ihrer Meinung über die berufliche Qualifikation dieses Herrn gefragt. Ich fragte, wie lange Sie ihn kennen.«

»Seit fast zwei Jahren.«

»Und während der letzten sechs Monate dieser zwei Jahre haben Sie in entgegengesetzten Teilen der Welt gelebt, ist es nicht so?«

»Worauf wollen Sie eigentlich hinaus, Inspektor?«

»Wußten Sie, Miss Calloway, daß Mr. London während der letzten sechs Monate dreimal in Tunis war, zu unterschiedlichen Zeiten?«

»Tunis in Tunesien?« stammelte ich. Eine Bemerkung, die mir ein unverhofftes, nachsichtiges Lächeln einbrachte.

»Korrekt. Tunis in Tunesien.«

»Dort wurde also das Foto aufgenommen?«

»Ebenfalls korrekt. Darf ich daraus schließen, daß Sie über diese Ausflüge nach Tunis nicht informiert waren?«

»Sie dürfen. Ich wußte tatsächlich nichts davon. Aber es überrascht mich nicht, daß er dort war. Da befindet sich doch das Hauptquartier der PLO, oder?«

»Aber was meinen Sie, warum Mr. London Ihnen diese Information vorenthielt, Miss Calloway?«

»Ich glaube nicht, daß er *mir* die Information vorenthielt. Ich glaube eher, er versuchte, sie dem israelischen Geheimdienst vorzuenthalten. Jeder kennt doch die Gerüchte, daß der Geheimdienst die Post öffnet, Telefone anzapft und all das. Es war schwierig – unmöglich – für Stanley, mich in all seine Pläne einzuweihen.«

»Ja. Ich verstehe. Dann ... ist also anzunehmen, nicht wahr, Miss Calloway, daß Sie über bestimmte Aspekte von Mr. Londons Leben nicht vollständig unterrichtet sind?«

»Wir sind seit sechs Monaten getrennt!« wiederholte ich unnötigerweise. »Natürlich gibt es Aspekte seines Lebens, über die ich nicht unterrichtet bin. Und umgekehrt auch, wie man sich denken kann. Warum habe ich nur das Gefühl, daß jetzt Mr. London unter Anklage steht? Sie glauben doch wohl nicht ernsthaft, daß einer von uns etwas mit dem Tod von Mohammed Assam zu tun hat?«

»*Miss* Calloway... ich versuche nur, ein paar Antworten zu bekommen. Das ist alles.«

»Tja, ich hätte selbst nichts gegen ein paar Antworten«, murmelte ich, sprang auf und lief durchs Zimmer, wobei ich mich fragte, wer zum Teufel mein Treffen mit Assam am Dienstag morgen arrangiert hatte. Und *warum*? Allmählich fühlte ich mich völlig verwirrt und panisch und war nicht gerade erpicht darauf, daß der Inspektor merkte, in welchem Zustand ich war. Ein Klopfen an der Tür gab mir ein bißchen Zeit, mich wieder zu fangen. Lieutenant Aube steckte den Kopf herein, sagte in seinem Maschinengewehr-Französisch etwas zu dem Inspektor und verschwand wieder.

»Also, schauen Sie«, sagte ich schließlich und setzte mich. »Ich verstehe jetzt, warum Sie meine Rolle in der ganzen Angelegenheit hinterfragen mußten. Ich meine ... wenn Mr. London diesen Mohammed Assam kannte, was er *offensichtlich* tat, und da ich Mr. London kenne, was *offensichtlich* der Fall ist, dann scheint es logisch, daß unser Treffen am Dienstag morgen – Assams und meins –, daß es von langer Hand vorbereitet war. Ich meine, es *muß* doch *offensichtlich* vorbereitet gewesen sein. Aber Sie müssen mir glauben, wenn ich Ihnen sage, daß ich *nichts* damit zu tun hatte. Daß ich keine Ahnung habe, was hier eigentlich vorgeht.«

»Offensichtlich«, bemerkte er trocken und klopfte mit dem Pfeifenkopf auf seine Handfläche.

Richtig.

»Es gibt nur eine Erklärung, die für mich Sinn macht«, fuhr ich fort, ohne mich um seinen Gesichtsausdruck zu kümmern. »Stanley – Mr. London – könnte Assam beiläufig von meiner Reise nach Paris erzählt haben und von der Auktion, die ich besuchen wollte. Und Assam hat es dann von sich aus – wobei mir der Grund völlig schleierhaft ist – so gedreht, daß er dort meine Bekanntschaft machen konnte. Ich frage mich sogar... ja, wo ich jetzt darüber nachdenke, bin ich sicher, daß Assam die Eberhardt-Tagebücher noch vor der Auktion gekauft hat. Um... einen besseren Vorwand für unsere Begegnung zu haben. Aber *warum* all dieser Aufwand, nur um mich kennenzulernen?« fragte ich verwirrt. »Was kann er nur von mir gewollt haben? Und stand es... na ja, offenbar steht es doch in Zusammenhang mit...?« Meine Stimme verlor sich, während ich auf das Foto in meiner Hand starrte.

»Womit, Miss Calloway?«

»Mit... na, mit Mr. London.«

»Ja, genau.«

»Wieso *genau*?«

»Wann haben Sie das letzte Mal mit Mr. London gesprochen, wenn ich fragen darf?«

»Ich bin von San Francisco am... Warten Sie mal, lassen Sie mich überlegen. Das ist alles so...«

»Nehmen Sie sich ruhig Zeit, Miss Calloway.«

»Montag. Genau. Am vergangenen Montag bin ich abgeflogen, nachmittags. Und ich habe am Sonntag abend mit ihm gesprochen. Am Tag vor meinem Abflug. Warum? Wissen Sie etwas über Mr. London, das ich nicht weiß?«

»Ganz im Gegenteil, Mademoiselle. Meine Frage war, wissen *Sie* etwas über Mr. London, das wir nicht wissen?«

»Inspektor, ich respektiere Mr. London mehr als jeden anderen Mann, den ich je kennengelernt habe. Er ist ein engagierter Journalist... Was genau haben Sie vorhin gemeint, als Sie sagten, es könnte ihm vielleicht zu gut gehen?«

»Unsere Informationen kommen nur sehr langsam, Mademoiselle. Alle paar Stunden ein weiteres Tröpfchen. Ich schlage vor, wir setzen unsere Unterhaltung heute nachmittag fort.« Er schob seinen Stuhl zurück und erhob sich. »Bis dahin wissen wir vielleicht mehr.«

»Aber Inspektor, ich...«

»Sagen wir um sechzehn Uhr?« sagte er nachdrücklich und schob mich zur Tür hinaus.

Los, verdräng's! befahl ich mir, als ich wieder auf die Straße stolperte. Fang ja nicht an, darüber nachzudenken. Aber das Gefühl, das ich bei der ganzen Sache hatte, gefiel mir nicht. Überhaupt nicht.

Die Hände in den Taschen meines Parkas vergraben, lief ich im Kreis, im wörtlichen wie im übertragenen Sinne. Der Regen platschte auf meinen Kopf, und ich wollte nicht darüber nachdenken, daß Stanley in Schwierigkeiten sein könnte, vielleicht sogar in Gefahr. Aber ich wollte auch nicht darüber nachdenken, daß es ihm »zu gut« gehen könnte. Ich wollte ihn nur hierhaben, bei mir, damit er mir eine Erklärung geben konnte für dieses ganze unerklärliche Durcheinander.

Irgendwo trank ich einen Espresso, dann wanderte ich weiter. Trank ein Glas Wein und lief wieder los. Warum hast du mich nicht einmal angerufen diese Woche, Stanley? Oder wenigstens so ein dämliches Kärtchen geschrieben? Vom dritten Café aus rief ich das Pariser Büro der PanAm an, in der Hoffnung, eine Bestätigung von Stanleys Reservierung für den Flug um 19.20 heute abend zu erhalten.

»Die Reservierung ist bestätigt«, wurde mir erklärt. »Flug 343, Ankunft in Paris um 22.16 Uhr.«

Na prima, bestens, sagte ich mir und wanderte weiter. Heute abend – in weniger als zehn Stunden – würde Stanley in der Lage sein, alles aufzuklären, sowohl für den Inspektor als auch für mich. Wenn es nur schon heute abend wäre!

Am frühen Nachmittag kam ich am Bücherstand des Holländers vorbei, rechts von dem Pont Neuf. Wohl dank des verdammten Regens war der Stand noch immer verrammelt. Ich überquerte die Straße und suchte Schutz in einem weiteren Café, wo ich eine kurze Nachricht an diesen Mr. Schutzman schrieb. Zurück an seinem Stand, versuchte ich, den Zettel durch einen schmalen Spalt am Rand der Klapplade dieser hölzernen Kiste zu schieben.

»Mademoiselle?«

Ich schoß herum und sah einen kleinen, dicklichen älteren Mann in gelbem Ölzeug und Regenhut vor mir stehen; die Hände hatte er auf dem Rücken verschränkt, und er musterte mich über den Rand seiner Nickelbrille hinweg.

»Monsieur Schutzman?«

»Oui, oui. C'est moi.«

Ich brabbelte auf französisch los, wobei ich die Sprache noch mehr verhunzte, als ich das normalerweise tat.

»Bitte, bitte«, sagte er, mich mitten im Satz unterbrechend, und legte mir die Hand auf die Schulter. »Sprechen Sie lieber Englisch.

Sie sagen, jemand hat Ihnen meinen Namen gegeben? Sie suchen was Bestimmtes, oder?«

»Das Reisetagebuch von Isabelle Eberhardt. Mir wurde gesagt, es befinde sich in Ihrem Besitz. Und daß Sie es am letzten Dienstag morgen von der Auktion zurückgezogen haben.«

»Ich glaube, jemand versucht, Sie reinzulegen, Mademoiselle. Ich weiß nichts von diesem Isabelle-Tagebuch, von dem Sie reden.«

»Ach...? Monsieur, kennen Sie vielleicht einen Mann namens Mohammed Ali Assam?«

Er wich einen Schritt zurück und schaute mich mißtrauisch an. »Ist *das* der Herr, der Ihnen meinen Namen genannt hat?«

»Ja, genau. Ich habe ihn Dienstag morgen auf der Auktion bei Fabres getroffen. Er schien zu glauben, daß Sie mir helfen könnten. Wegen des Tagebuchs, meine ich.«

Der alte Mann schüttelte den Kopf, murmelte vor sich hin und schaute die Straße entlang. »Wär' er doch nur da, wo der Pfeffer wächst!«

»Wie bitte?«

»Spielt wohl schon wieder seine alten Tricks aus, der Bursche.«

»Was für Tricks? Ich fürchte, ich versteh Sie nicht.«

»Das ist auch besser für Sie, Mademoiselle.«

»Sie haben mit Mohammed Assam Geschäfte gemacht, nicht wahr? Ihm Manuskripte verkauft?«

»Das hat er Ihnen also erzählt?«

»Ja. Warum hätte er mir sonst Ihren Namen genannt?«

Er antwortete nicht.

»Ich glaube, Sie mochten diesen Monsieur Assam nicht besonders?«

»Kann sein, kann auch nicht sein. Kommen Sie. Meine Wohnung ist gleich um die Ecke. Mal sehen, was uns noch einfällt zu unserem arabischen Fuchs«, sagte er, schob die Hände tief in die Taschen und schlurfte über die Straße. Ich starrte ihm nach und fragte mich, was wohl vorgefallen war zwischen Assam und dem alten Mann, folgte ihm dann über die Straße und in die Rue de Bac.

Vor seinem Apartment angekommen, im obersten von sechs Stockwerken, direkt unter dem Dach, bat er mich, die Schuhe auszuziehen. Er tat das gleiche und schob mich vor sich her in sein

Wohnzimmer. Dort warteten ein Paar gestrickte Hausschuhe auf ihn. Er zog sie an, verschwand im Schlafzimmer und kam einen Augenblick später mit einem Paar hellblauer, flauschiger Pantoffeln in der Hand zurück.

»Kommen Sie. Ziehen Sie die an«, sagte er und hielt sie mir unter die Nase. »Meine Frau, die wird nichts dagegen haben. Möge sie in Frieden ruhen. Aleha hashalom«, murmelte er vor sich hin, berührte seine Stirn und durchquerte den Raum zu der winzigen Küche. »Nun gehen Sie und rubbeln Sie sich trocken«, sagte er, drehte sich zu mir und winkte mich ins Schlafzimmer.

Auf einem der Betten fand ich ein Handtuch für mich liegen, ebenfalls hellblau. Ich fuhr mir damit durch die Haare, zog die Pantoffeln an und ging zurück ins Wohnzimmer, wo er den Tisch gedeckt hatte. Tassen, Teller, Messer und Teelöffel, ein Korb mit trockenem Toast, Butter und eine Schale mit Erdbeermarmelade.

»Essen Sie etwas«, sagte der alte Mann und wies mich auf einen der Schaukelstühle, die um den Tisch standen. »Später reden wir.«

Er schlurfte mit einem Topf heran und goß meine Tasse mit süßriechender Schokolade voll. Ich blies auf das heiße Gebräu, nahm einen kleinen Schluck und fragte mich, was um alles in der Welt ich in dieser seltsamen Wohnung machte, Kakao trinkend und mit diesen Plüschpantoffeln an den Füßen.

»Essen Sie. Trinken Sie«, befahl der Mann, goß sich auch ein wenig Schokolade in die Tasse, stellte den Topf beiseite, setzte sich und reichte mir den Korb mit dem Toast. Zwei- oder dreimal wollte ich etwas sagen. Aber jedesmal unterbrach er mich und bestand darauf, daß ich erst meinen Teller leer essen müsse, bevor unsere Unterhaltung beginnen könne.

»Und jetzt, Mademoiselle«, sagte er schließlich und füllte meine und dann seine Tasse wieder auf, »ich will nicht wissen, wie Sie diesen Burschen Mohammed kennengelernt haben. Oder was er Ihnen bedeutet. Das geht mich nichts an. Aber ich sage Ihnen, zu Ihrem eigenen Besten, wenden Sie sich nicht an diesen Mann um Hilfe. Er wird Sie nur in seine eigenen Untaten verwickeln. Wie er es mit mir getan hat.«

»Monsieur, wissen Sie denn nicht, was mit ihm passiert ist?« Er schaut auf, mit hochgezogenen Augenbrauen.

»Mohammed Assam ist ermordet worden. Am Donnerstag. Anscheinend vergiftet.«

Schutzmans Reaktion bestand darin, daß er vor Entsetzen Augen und Mund aufriß und sich an die Brust griff.

»Die Polizei bearbeitet den Fall natürlich«, fügte ich hinzu. »Aber wieviel sie wissen – ob es Verdächtige gibt –, davon habe ich keine Ahnung.«

»Das kann nicht sein!« murmelte er schließlich, kämpfte sich aus seinem Schaukelstuhl langsam auf die Füße, sank dann wieder zurück, wobei er immer noch die Hand an die Brust preßte. Offensichtlich hatte ihm Mohammed Assam sehr viel mehr bedeutet, als ich zunächst annahm. Ich wartete schweigend, während er vor und zurück schaukelte und in seinen Schoß starrte.

»Ach, gotenju!« murmelte er schließlich und stand langsam auf. »Bald werden sie alle haben. Alle.«

»*Wer* wird alle haben?«

Er schaute mich an, blaßblaue Augen hinter den Brillengläsern, schüttelte den Kopf und durchquerte das Zimmer, Hände auf dem Rücken verschränkt, während er klagende Laute ausstieß, erst zur Decke gerichtet, dann zum Boden.

»Greta, hat die Sie hierher geschickt?« fragte er plötzlich, drehte sich um und sah mich an.

»Ich kenne keine Greta. *Wer* wird alle haben?« fragte ich wieder, stand auf und folgte ihm durchs Zimmer. »Und wen werden sie haben? Was geht hier vor?«

Wieder warf er mir einen langen, melancholischen Blick zu und begann, das Geschirr zusammenzustellen und zum Ausguß zu tragen, wo er den Wasserhahn öffnete.

»War Assam ein Mitglied der PLO?« fragte ich, ihm nicht von der Seite weichend. »Könnte es die PLO gewesen sein? Und wenn ja, warum? Was für Untaten … was für ›Tricks‹ meinten Sie vorhin?«

»Wie war Ihr Name noch, junge Frau?« fragte er, drehte den Wasserhahn zu und schaute mich an.

»Sarah. Sarah Calloway.«

»Nun, Miss Sarah, Sie müssen mir glauben, wenn ich Ihnen sage, daß es das Beste für Sie ist, diesen Mann, der sich Mohammed Assam nannte, zu vergessen. Vergessen Sie, daß er je gelebt hat, gehen

Sie Ihrer Wege. Ich meine es nur gut mit Ihnen«, betonte er, nahm meinen Parka von der Tür des Besenschranks und hielt ihn mir hin.

»Aber Sie verstehen nicht, Monsieur. Ich *kann* nicht so einfach davonlaufen. Auch wenn ich keine Ahnung habe, in welche Affären Assam verwickelt war, die Polizei hat meinen Paß konfisziert, weil sie mich verdächtigt, ebenfalls darin verwickelt zu sein. Und vielleicht aus gutem Grund, denn sowohl die Polizei als auch ich haben festgestellt, daß sich Assam am vergangenen Dienstag absichtlich an mich herangemacht hat. Aber *warum*?«

»Haben Sie irgendeine Ahnung, Mademoiselle?«

»Nur eine sehr vage«, sagte ich und erzählte ihm von Stanleys Verbindung zu Assam, ihrem Treffen in Tunis und Stanleys Hintergrundrecherchen über den israelisch-palästinensischen Konflikt während der letzten sechs Monate. Als ich mit meiner Geschickte fertig war, sank Schutzman wieder in seinen Schaukelstuhl, nervös an meinem Parka zupfend, während er schaukelte.

»Mademoiselle, Sie kennen doch bestimmt die Geschichte von den blinden Männern, die versuchen, einen Elefanten zu beschreiben?«

»Und jeder beschreibt einen anderen Teil?«

»Ich bin wie diese blinden Männer. Verstehen Sie? Ich bin auch nur ein blinder Mann. Ich könnte Ihnen nur das beschreiben, was mir am nächsten ist – nur den Schwanz des Elefanten. Mehr nicht.

»Aber ein Schwanz ist auf jeden Fall besser als gar nichts.«

»Da bin ich mir nicht so sicher«, murmelte er fast unhörbar.

»Monsieur, ich brauche dringend Informationen. *Jede* Art von Informationen. Die Polizei will mir nichts sagen. Sie haben meinen Paß beschlagnahmt und sich dann geweigert, mir zu sagen, was vor sich geht! Sie sind der einzige, an den ich mich im Moment wenden kann. Der einzige, der übrig ist.«

»Oj gevalt. Also reden wir. Reden wir«, sagte er und stand wieder auf. »Aber Sie müssen mir Zeit lassen, mein Kind. Meine Worte, die müssen mit Sorgfalt gewählt werden. Kommen Sie heute abend wieder, ja? Und dann werden wir reden, Sie und ich.«

»Vielen Dank, Monsieur!« sagte ich und ergriff seine Hand. Sie ahnen nicht, wieviel es mir bedeutet, endlich einen Verbündeten zu finden.«

»Erwarten Sie nicht zuviel, Mademoiselle«, sagte er und begleitete mich zur Tür. »Was ich zu sagen habe, ist nur der Schwanz.«

»Aber besser als gar nichts!« erinnerte ich ihn noch mal, zog die Pantoffeln seiner Frau aus und ließ sie an der Tür stehen. Und mit dieser hoffnungsvollen Aussicht nahm ich Abschied von Monsieur Schutzman und ging rasch zurück zum Büro der Präfektur, auf der anderen Seite der Seine.

»Ein Lügendetektor-Test?« wiederholte ich, starrte den Inspektor an und stand auf. »Das ist ja unglaublich! Was muß ich denn noch sagen – noch *tun* –, damit Sie mir glauben. Ich weiß nichts!«

»Bitte, Miss Calloway.«

»Wenn Sie glauben, Sie können mich an so ein Ding schnallen und mir Ihre dämlichen Fragen stellen, dann haben Sie sich aber getäuscht, Inspektor.«

»Ich dachte, Sie würden die Gelegenheit begrüßen, uns ein für allemal zu beweisen, daß Sie die Wahrheit sagen.«

»Ich sage die Wahrheit! Warum sollte ich Ihnen irgendwas beweisen müssen? Liegt die Beweiskraft nicht bei Ihnen, Inspektor?«

»Miss Calloway«, begann er erneut nur mit großer Anstrengung den Ärger in seiner Stimme unterdrückend, »wenn Sie die Wahrheit sagen, wovor fürchten Sie sich dann?«

»Das ist keine Frage von Furcht. Es ist eine Frage von… von…«

»Von was?«

»Eine Frage meiner Rechte zum Beispiel. Ich bin amerikanische Staatsbürgerin, zum Teufel noch mal!« fügte ich überflüssigerweise hinzu, wobei ich mir genauso lächerlich vorkam, wie ich zweifellos klang. Ich lief weiter in seinem Büro auf und ab, während er jede meiner Bewegungen beobachtete.

»Okay… hören Sie«, sagte ich schließlich und blieb vor seinem Schreibtisch stehen, da mir aufging, wie ich die Einwilligung zu seinem gottverdammten Test zu meinem Vorteil nützen könnte. »Wenn ich diesem Lügendetektor-Test zustimme und die Resultate das bestätigen, was ich schon die ganze Zeit sage – daß ich nur eine unschuldige Zuschauerin bin und keine Ahnung habe, was hier vorgeht –, versprechen Sie mir dann, mir meinen Paß zurückzugeben und mich in Ruhe zu lassen?«

Der Inspektor schwenkte mit seinem Drehstuhl hin und her, betrachtete mich aus zusammengekniffenen Augen und kaute auf dem Mundstück seiner Pfeife.

»Versprochen«, sagte er schließlich.

»In Ordnung. Gut. Dann also los, ich will die verdammte Sache hinter mich bringen. Hier? Jetzt? Oder...?«

»In ein paar Minuten. Inzwischen«, meinte er und kramte in seiner Schreibtischschublade, »möchte ich Sie bitten, sich das hier anzuschauen.« Er warf mir einen mittelgroßen braunen Umschlag über den Tisch.

»Noch mehr Fotos?« fragte ich und beäugte argwöhnisch den Umschlag.

»So ist es, Miss Calloway. Werfen Sie ruhig einen Blick darauf.«

Ich lehnte mich zurück, die Hände in den Taschen meines Parkas vergraben, von intuitiver Furcht erfüllt.

»Mademoiselle?«

Zögernd griff ich nach dem Umschlag und wog ihn in der Hand. Eine *Menge* Fotos. Ich öffnete ihn und zog an die zehn Schwarzweißabzüge heraus. Das erste Foto zeigte... Stanley?... und eine Frau, von hinten. Hand in Hand gingen sie eine belebte Straße entlang. Ich schloß die Augen, holte tief Luft und bemühte mich, innerlich ganz ruhig zu bleiben, was mir nur schwer gelang. Ganz egal, was diese Fotos enthüllen, sagte ich mir, Stanley bleibt trotzdem Stanley. Nur ein Mensch. Nicht perfekt. Nicht unanfechtbar. Genau so empfänglich für Versuchungen wie ich.

Ich betrachtete das nächste Foto. Stanley und dieselbe junge Frau auf der Straße, diesmal von vorne. Sie konnte nicht mehr als zwanzig, fünfundzwanzig Jahre alt sein. Kurze, dunkle, lockige Haare, dunkle Augen, großer Mund, schlank und groß. Wie eine Gazelle, dachte ich trübe und starrte auf das Foto.

»Was ist eigentlich los?« fragte ich den Inspektor, wobei mir meine Stimme ziemlich schrill vorkam. »Warum steht Mr. London so stark unter Beobachtung?«

»Vielleicht ist es die junge Dame, die unter Beobachtung steht?«

»Oh...? Aber warum?«

»Ich fürchte, diese Information ist momentan noch geheim, Miss Calloway.«

»Aber sie ist so ... sie ist so jung«, meinte ich – überflüssigerweise, denn das war ja nicht zu verkennen.

»Lassen Sie sich durch ihr Alter nicht täuschen. Diese Menschen sind schon in der Wiege politisiert.«

»Sie ist Palästinenserin?«

Er antwortete nicht. Ich wandte mich wieder den Fotos zu. Je weiter ich mich durch den Stapel arbeitete, desto schlimmer wurden sie. Ich hätte sie dem Inspektor ins Gesicht werfen sollen, ihm sagen sollen, was er von mir aus damit machen konnte. Statt dessen, getrieben von einer morbiden, krankhaften Neugier, schaute ich sie mir eines nach dem anderen an.

Stanley und diese Frau, wie sie am Tisch in einem Restaurant sitzen, ihr Kopf auf seiner Schulter, ein stilles Lächeln im Gesicht, während er mit einem ihm gegenübersitzenden Herrn spricht.

Stanley und diese Frau beim Tanzen – in einem Nachtclub? – und sich gegenseitig schier mit Blicken verschlingend.

Stanley und diese Frau ... *Mist.* Ich schaute kurz auf und sah, daß der Inspektor mich beobachtete. Schnell ging ich die letzten paar Bilder durch, während das Messer sich tiefer und tiefer in meine Eingeweide bohrte.

»Okay ... was soll das Ganze?« fragte ich, legte die Fotos wieder auf den Tisch und schluckte die Galle runter, die mir hochgestiegen war.

»Es tut mir leid, Mademoiselle, wenn Ihnen diese Aufnahmen unnötigen Schmerz verursacht haben sollten.«

»Was Sie nicht sagen.«

»Aber es wäre doch sehr dumm von Ihnen, unnötige Risiken auf sich zu nehmen, nicht wahr? Meineidig zu werden, nur wegen einer solchen Verbindung?«

»Sie glauben immer noch, daß ich Ihnen etwas verheimliche, nicht wahr, Inspektor? Daß ich Mr. London schütze?«

Er schwieg, mit dem gleichen, stoischen Blick wie immer.

»Und Sie dachten sich ... die beste Methode, diese Frau zum Reden zu bringen, sie so weit zu treiben, daß sie ihren Freund verrät, ist, ihr diese hübschen kleinen Fotos zu zeigen, richtig? Lassen Sie mich endlich diesen verdammten Lügendetektor-Test hinter mich bringen. In Ordnung? Himmel«, murmelte ich, schaute weg, kämpfte gegen die Tränen an, nicht bereit, diesem Bastard auch nur einen Millimeter nachzugeben.

»Kommen Sie mit, Miss Calloway«, sagte er, stand auf und öffnete die Tür des Büros. Ich folgte ihm über den Flur in ein anderes Büro, das in dem gleichen deprimierenden Erbsensuppengrün gestrichen war. »Der Beamte, der den Test durchführt, wird gleich bei Ihnen sein. Viel Glück«, fügte er mit einem Nicken hinzu. Und schloß die Tür, mich mit meinen häßlichen Gedanken alleine lassend.

Ich sank auf einen Stuhl, beugte mich nach vornüber und preßte die Arme gegen den Magen, um die Schmerzen zu unterdrücken. Himmel, *warum* Stanley? Warum? Weil sie so verflucht attraktiv war, darum! O Gott, wenn es eine Hölle auf Erden gab, dies war sie. Genau hier, genau jetzt, in diesem qualvollen Augenblick.

Kapierst du denn nicht, Calloway? Kannst du die Wahrheit nicht erkennen, wenn sie dir ins Gesicht starrt? *Welche* Wahrheit? Daß Stanley sich in eine andere Frau verliebt hatte? *Diese* Wahrheit? Oder sie zumindest zu begehren schien? *Sehr* zu begehren schien. Daran ließen diese verdammten Fotos äußerst wenig Zweifel. Begehren, Wollust, klar und deutlich ... *Verdammt.*

Betrachte es doch mal von dieser Seite, sagte ich mir, öffnete die Augen und schaute auf meine Füße. Was wäre, wenn Stanley ein paar eindeutige Fotos von dir und deinem schwedischen Freund aus diesem Winter in die Hände gekriegt hätte? Was hätte er *davon* gehalten? Und hätten solche Fotos von dir und M. R. die Wahrheit wiedergegeben? Oder eine Lüge? Oder irgendwas dazwischen? Aber der Punkt war, daß Stanley solche Fotos eben nicht gesehen hatte. Und niemals sehen würde. Aber ich. Ein Bild sagt mehr als tausend Worte, heißt es doch. Und es stimmt.

Es war die Art, wie er sie im Arm hielt, der Ausdruck auf seinem Gesicht, was mir nicht aus dem Kopf ging. Genausowenig, wie ich diesen Schmerz vertreiben konnte. Der verdammte Schmerz wollte einfach ... nicht ... aufhören.

»Madame?«

Ich richtete mich auf und sah einen schlanken, jungen Mann mit leicht geröteten Wangen vor mir stehen.

»Alles in Ordnung?«

»Ja, ich… ist schon gut.«

»Hätten Sie gerne ein Glas Wasser?«

»Ja, ich glaube schon.« Er verließ den Raum. In seiner Abwesenheit tat ich mein Bestes, um alles zu verdrängen, bis auf die Notwendigkeit, diesen Test durchzustehen und schnellstens hier rauszukommen. Auf Nimmerwiedersehen. Der junge Mann kam mit einem Glas Wasser zurück, das er mir mit besorgter Miene reichte.

»Danke«, sagte ich, stürzte das Wasser in großen Schlucken runter und zwang mich, *alles* auszublenden.

»Vielleicht sollten wir den Test auf einen anderen Tag verschieben?« schlug er vor.

»Nein, wirklich, mir ist nur… es geht mir gut. Wirklich.«

»Sie sind Amerikanerin, ja?« fragte er freundlich und zog einen kastenförmigen Apparat unter dem Tisch hervor.

»Das stimmt, ja.«

»Ich habe letzten Sommer Ihr Land besucht«, fuhr er fort, während er mit Drähten und Meßinstrumenten hantierte. »Den Yellowstone Nationalpark. Und den Grand Canyon. Sehr schön. Aber so viele Menschen!«

Ich nickte und beobachtete mißtrauisch, wie er den Tisch näher an meinen Stuhl rollte.

»Haben Sie schon mal so einen Test gemacht?« fragte er lächelnd, wobei tiefe Grübchen in seinen Wangen zum Vorschein kamen.

»Nein. Noch nie.«

»Also, Sie brauchen keine Angst zu haben. Sie müssen die Maschine als Ihren Freund betrachten. Als Ihren Helfer. Sie und die Maschine werden zusammen Ihre Unschuld beweisen, ja? Wenn Sie jetzt bitte Ihre Jacke ausziehen würden?«

Ich zog meinen Parka aus und hängte ihn über die Stuhllehne.

»Gut. Also diese beiden Instrumente werden numeographische Röhren genannt«, sagte er und hielt zwei dicke Kabel hoch, in jeder Hand eines. »Sie dienen dazu, während der Befragung Ihre Atmung zu kontrollieren.« Er machte eines der Kabel an meiner Bluse fest, direkt über meiner rechten Brust, und das andere in der Bauchgegend.

»Hiermit wird natürlich Ihr Blutdruck gemessen«, fuhr er fort, wickelte die Manschette um meinen linken Arm und pumpte sie auf. »Und mit diesen zwei kleinen Instrumenten messen wir den Hautschweiß«, erklärte er, während er zwei Metallringe über Zeige- und Mittelfinger meiner rechten Hand streifte. »Das wär's... schon fertig. Gar nicht so schlimm, oder?«

»Es ist furchtbar«, sagte ich wahrheitsgemäß. Hatte der Test schon begonnen?

»Sehr gut. So«, sagte er und setzte sich mit einem Notizblock in der Hand auf die andere Seite der Maschine. »Können wir anfangen?«

»Nein. Eine Sekunde noch«, sagte ich und veränderte meine Sitzposition.

»Ja?«

»Wissen Sie, mit all diesen Drähten an mir fühle ich mich schuldig, noch bevor wir angefangen haben. Und ich bin *nicht* schuldig«, fügte ich hastig hinzu. »Ich bin hundertprozentig unschuldig. Es ist nur...«

»Ja?«

Hör auf rumzubrabbeln, befahl ich mir, kniff den Mund zu und setzte mich noch mal anders.

»Also gut«, sagte ich und legte die Hände auf die Knie. »Schießen Sie los.«

»Sie müssen meine Fragen bejahen oder verneinen. Ist das klar? Ein einfaches Ja. Oder nein. Mehr wird nicht verlangt.«

»Verstanden.«

»Gut«, sagte er, schlug die Beine übereinander und legte den Notizblock auf seine Knie. »Ihr Familienname ist Calloway? Ja? Oder nein?«

»Ja.«

»Ihr Vorname ist Sarah?«

»Ja.«

»Wohnen Sie momentan im Hotel Perreyve hier in Paris?«

»Ja.«

»Beabsichtigen Sie, jede Frage so ehrlich wie möglich zu beantworten?«

»Ja.«

Er hielt inne und blickte auf seinen Block.

»Kennen Sie einen Mann namens Mohammed Ali Kahlil Assam?«

»Ich kannte ihn.«

»Ja? Oder nein?«

»Sie haben gefragt, ob ich einen Mann namens Mohammed Ali Assam *kenne*. Aber er ist tot. Wenn ich also...«

»*Ja.* Oder *nein.* Bitte, Miss Calloway. Wir müssen uns an diese einfachen Anweisungen halten, sonst bringen wir die Ergebnisse des Tests durcheinander.«

»In Ordnung. Wiederholen Sie die Frage.«

»Kennen Sie einen Mann namens Mohammed Ali Kahlil Assam?«

»Ja.«

»Haben Sie diesen Mann zum ersten Mal am Dienstag, dem sechsten Juni, im Auktionshaus Fabres getroffen?«

»Ja.«

»Hat Monsieur Assam in der Zeit, in der Sie ihn kannten, je von seinen Geschäften hier in Paris gesprochen?«

»Ja.«

»Hatten diese Geschäfte in irgendeiner Weise mit der Arbeit palästinensischer Organisationen zu tun, hier in Paris oder im Ausland?«

»Nein. Er sprach nur vom Kaufen und Verkauf.«

»Erklärungen sind nicht erforderlich. Ist das *klar*?«

»Richtig. Ja.«

»Also gut. Kennen Sie einen Mann namens Stanley London?«

»Ja.«

»Haben Sie zu Mr. London eine professionelle Beziehung?«

»Eine professionelle...?«

»Bitte. Ja oder nein.«

»Nein.«

»Haben Sie eine intime Beziehung zu Mr. London?«

»Das wird sich noch rausstellen«, murmelte ich.

»Mademoiselle, es geht einfach nicht...«

»Hören Sie mal. Erstens halte ich das für eine unnötige persönliche Frage. Und zweitens ist es mir absolut unmöglich, diese Frage mit einem einfachen Ja oder Nein zu beantworten. Denn in beiden

Fällen wäre es gelogen. Würde den Test verfälschen. Verstehen Sie?«

»Also gut«, sagte er reichlich genervt und wirkte immer mehr wie der jüngere Bruder von Inspektor Renard. »Wir werden zur nächsten Frage weitergehen. Befindet sich Mr. London in Jerusalem, um seine journalistische Karriere zu verfolgen?«

»Ja.«

»Steht seine Arbeit in Jerusalem in bestimmten politischen Zusammenhängen?«

»Nicht daß ich ... *Nein*«, sagte ich schnell, als ich seinen Gesichtsausdruck sah.

»Hat Mr. London in seinen Briefen oder Unterhaltungen mit Ihnen jemals den Mann, den Sie als Mohammed Ali Kahlil Assam kennen, erwähnt?«

»Nein.«

»Hat Mr. London in seinen Briefen oder Unterhaltungen mit Ihnen jemals den Namen Mustafa al-Malruki erwähnt?«

»Nein.«

»Hat Mr. London in seinen Briefen oder Unterhaltungen mit Ihnen jemals seine Kontakte zu Palästinenserorganisationen erwähnt?«

»Nein.«

»Gestern nachmittag hat Ihnen Inspektor Renard ein Foto gezeigt. Befanden sich Mr. London und Mr. Assam zusammen auf diesem Foto?«

»Ja.«

»Wußten Sie, bevor Sie dieses Foto sahen, daß Mr. London und Mr. Assam sich kannten?«

»Nein.«

»Sehr gut, Miss Calloway. Entspannen Sie sich einen Moment, und dann werden wir die Fragen noch einmal durchgehen.«

Tatsächlich ging der Mann dieselben Fragen, Wort für Wort, noch dreimal mit mir durch, bevor er mich endlich von der verdammten Maschine losschnallte.

»Und?« fragte ich, als das letzte Kabel und die letzte Röhre verpackt waren. »Wie ist es gelaufen?«

»Sehr gut.«

»Also ich habe *bestanden*?« fragte ich, stand auf und griff nach meinem Parka und meinem Rucksack.

»Ich bin nicht befugt, Ihnen die Ergebnisse mitzuteilen, Mademoiselle. Alle weiteren Fragen sollten Sie an Inspektor Renard richten. Er hat darum gebeten, daß Sie nach Beendigung des Tests noch einmal in sein Büro kommen.«

»In Ordnung. Also dann«, murmelte ich, nickte dem Mann zu und ging aus der Tür.

Als ich das Büro des Inspektors erreichte, trat er gerade hinaus. Er bat mich, drinnen auf ihn zu warten. Ich setzte mich auf den Stuhl neben seinem Schreibtisch und wieder war mir übel. Ohne die Maschine, die Drähte, die idiotischen Fragen, die mich abgelenkt hatten, kam der Schmerz in voller Stärke zurück.

Aber wer zum Teufel *war* die junge Frau? Eine Spionin? Eine Geheimagentin? Eine Terroristin? Oder vielleicht eine Art Lockvogel? Köder? Aber wenn dem so war, in wessen Auftrag oder für wen arbeitete sie?

War Stanley hinters Licht geführt worden? Oder war es möglich, daß sie auf der gleichen Seite standen? Zumindest sahen sie verdammt so aus, als ob sie auf der gleichen Seite stünden. Aber welche Verbindung könnte die Frau mit Assam gehabt haben? Oder mit Assams Tod? Und mehr noch, war Stanleys Leben ebenfalls in Gefahr?

Es wurde mir immer klarer, daß Stanley in Schwierigkeiten steckte. War er in seiner Entschlossenheit, sich dort drüben den »genauen Überblick« zu verschaffen, was die Bedingungen im Gazastreifen und an der West Bank betraf, zu vielen Leuten auf die Füße getreten? Hatte er sich zu weit vorgewagt? War er zu tief in die inneren Angelegenheiten entweder der Palästinenser oder der Israelis eingedrungen? Oder war es möglicherweise seine Verbindung zu Assam, die den Alarm ausgelöst hatte?

Inspektor Renard betrat das Zimmer, dicht gefolgt von seinem Assistenten, Lieutenant Aube. Keiner der beiden sagte ein Wort, während der Lieutenant Aube einen Diaprojektor auf dem Schreibtisch des Inspektors aufbaute. Der Inspektor öffnete eine Schreibtischschublade, zog meinen Paß heraus und warf ihn in meine Richtung.

»So, so, demnach habe ich also bestanden«, meinte ich kriegerisch, schnappte mir den Paß und stand auf.

»Setzen Sie sich, Miss Calloway.«

»Hatten wir uns nicht geeinigt? Wenn ich be–«

»*Setzen Sie sich*, Miss Calloway.«

Ich setzte mich.

»Wir glauben, dies könnte Sie interessieren.«

Der Lieutenant zog die an der Wand aufgehängte Leinwand runter und schaltete den Projektor an. Zunächst war nur weißes Licht auf der Leinwand zu sehen, dann nahm ein verschwommenes Farbbild langsam Schärfe an: Assam, überlebensgroß, mit einem Aktenkoffer in der Hand ein geschäftiges Flughafengebäude durchquerend.

»Heathrow International Airport, London 1984«, sagte der Inspektor, der neben der Leinwand stand, die Hände auf dem Rücken verschränkt.

Klick.

Das nächste Dia zeigte ein zertrümmertes Bürogebäude. Ein Raketeneinschlag? Bomben?

»Die jordanische Botschaft in Madrid, 1983«, sagte der Inspektor.

Klick.

»Eine jüdische Synagoge in Brüssel, 1983.«

Klick.

»Ermordung des Vorsitzenden der arabischen Schriftstellervereinigung, Zypern, 1984.« Kein schöner Anblick.

Klick.

»Bombenanschlag auf ein amerikanisches Diplomatenauto, nahe der amerikanischen Botschaft geparkt, Amman, 1984.«

Klick.

»Ermordung des Repräsentanten der PLO in Bukarest, Rumänien, 1984.«

Klick.

»Bombenexplosion, Schüsse und Granatfeuer auf das Büro der British Airways in Madrid, 1985.«

Klick.

»Ein Granatenangriff auf das Büro der jordanischen Fluggesellschaft in Rom, 1985.«

Klick.

»Zwei Cafés in Kuwait.«

Klick.

»Eine Buchhandlung in Paris.«

Klick.

»Zwei Handgranaten im Café de Paris in Rom explodiert, 1986.«

Klick.

»Ein Angriff mit Granaten auf den Schalter der El Al in Rom, 1986.« Das war das bisher grausigste Bild. Blut, Leichenteile, Schmerz und Entsetzen. Danach folgten eine Reihe von Dias, auf denen die Verwundeten und Toten des El Al-Überfalls gezeigt wurden. Menschen, die auf Tragen weggeschleppt wurden, in Krankenhausbetten lagen. Sowohl Kinder als auch Erwachsene, viele schrecklich verunstaltet.

Klick.

»Bombenanschlag auf den Nachtclub ›La Belle‹ in Westberlin.«

Klick.

»Bombenanschlag auf das Hotel Glyfada in Athen.«

Klick.

»Ermordung eines hohen PLO-Funktionärs, Dr. Isaam Satawi, Portugal, 1983.«

Klick.

»Ermordung eines PLO-Vertreters in Paris, 1988.«

Klick.

Ein Polizeifoto von Assam tauchte auf der Leinwand auf. Mir stockte der Atem. Es traf mich wie ein Schlag; nicht so sehr die Vorstellung von Assam als Kriminellen oder Terroristen, als sein Anblick ohne die Augenklappe, sein linkes Auge nicht mehr als ein Haufen versengtes Fleisch.

Es folgten noch mehr von diesen Polizeifotos, danach einige offenbar bei Verhören aufgenommene, Assam auf einem Stuhl sitzend, die Hände auf seinem Rücken mit Handschellen gefesselt, immer noch ohne Augenklappe. Und auf allen Aufnahmen mit völlig versteinertem Gesicht. Eine ausdruckslose, harte Maske. Die beiden letzten Dias waren keine Fotos, sondern Zeichnungen, in Tinte ausgeführt, die Assam im Zeugenstand irgendeines Gerichtssaals zeigten. Vielleicht bei der Aussage in seinem eigenen Prozeß? Selbst auf diesen Zeichnungen konnte man die Unerbittlichkeit in seinem Gesicht spüren. Oder war es unversöhnlicher Haß?

Die Leinwand wurde wieder weiß, und der Lieutenant schaltete den Projektor aus und das Licht an. Die Show war zu Ende. Während Lieutenant Aube den Projektor zusammenpackte, murmelte ihm Renard irgend etwas von einem »Monsieur Valentine« zu, woraufhin der Lieutenant den Raum verließ und die Tür leise hinter sich schloß. Ich konnte den Blick des Inspektors auf meinem Gesicht spüren, während ich weiter auf die leere Leinwand starrte und mir wünschte, dies wäre nicht mein Alptraum, sondern der eines anderen. Jedes anderen, nur nicht meiner.

Schließlich trat der Inspektor wieder hinter den Schreibtisch, ließ sich in seinen Stuhl fallen und zog den unvermeidlichen Tabak und die Pfeife raus.

»Sie hätten nicht zufällig eine Zigarette für mich?« murmelte ich und bewegte mich unruhig auf meinem Stuhl.

Er zog eine Schreibtischschublade auf und warf mir ein ungeöffnetes Päckchen Gitanes zu. Dann ein Streichholzheftchen. Ich zündete mir eine Zigarette an, sog den Rauch ein und wurde sofort von einem Hustenanfall geschüttelt. Der Inspektor begann, seine Pfeife zu stopfen.

»Dieser Mann, den Sie unter dem Namen Mohammed Ali Kahlil Assam kennengelernt haben«, sagte er schließlich, »heißt in Wirklichkeit Mustafa al-Malruki und ist Mitglied der palästinensischen Terroristengruppe Abu Nidal.«

»*Abu Nidal?*«

»Abu Nidal – das bedeutet ›Vater des Kampfes‹ – ist der *nom du guerre* eines gewissen Sabri al-Banna, Palästinenser und ehemaliges Mitglied der PLO. 1974 brach al-Banna mit der PLO, der er vorwarf, viel zu moderat und pro-Israel zu sein, und ...«

»*Pro*-Israel?«

»Und stellte seine eigene, straff organisierte kleine Gruppe radikaler Elemente auf, die den Terrorismus als Mittel benutzte, sich jedem Schritt in Richtung eines Kompromisses oder Friedens im Nahen Osten zu widersetzen. Über 100 Terror-Aktionen während der letzten zehn Jahre und der Tod von 500 unschuldigen Opfern werden der Gruppe Abu Nidal zugeschrieben. Was wir Ihnen heute gezeigt haben, die paar Dias, die uns zu Verfügung stehen, ist nur ein Bruchteil der Verbrechen, die im Namen von Abu Nidal begangen wurden. Und sie fordern immer mehr Opfer.«

»Und Sie behaupten, daß Assam – dieser Mustafa al-Malruki –, daß er aktiv an einigen dieser Terroranschläge *beteiligt* war?«

Der Inspektor öffnete eine Schublade, zog eine Mappe heraus und schlug sie auf.

»Laut der Aussage, die der Mann bei seinem Prozeß machte«, fuhr er fort, während er das Deckblatt der Akte befingerte, »wurde Mustafa al-Malruki Ende 1982 von der Gruppe Abu Nidal rekrutiert und nach Bagdad geflogen, von dort weiter nach Syrien, höchstwahrscheinlich in die Nähe des Bekka-Tales, wo er eine sechsmonatige, äußerst strikte Ausbildung durchlief. Von Syrien aus wurde er in London eingesetzt, wo er als Verbindungsmann und Finanzmakler der Organisation fungierte. Jetzt kommen wir zum Herbst 1986. Mit 500 Dollar in der Tasche bestieg al-Malruki einen Air France-Flug von London nach Rom. Dank seines gefälschten marokkanischen Passes konnte er ohne Visum nach Italien einreisen. Er hatte die Anweisung, in einem bestimmten Hôtel der italienischen Hauptstadt abzusteigen und jeden Morgen um 7 Uhr auf der Piazza Cavour zu warten. Am Morgen des zwölften Septembers wurde al-Malruki dort von einem arabisch sprechenden Franzosen angesprochen, der ihm einen Koffer übergab, in dem sich Plastiksprengstoff und ein Zünder befanden. Am gleichen Morgen stellte al-Malruki den Koffer in einem Büro der British Airways im Zentrum von Rom ab. Nur durch äußerst glückliche Umstände kam es nicht zur Explosion. *Wenn* die Bombe, wie geplant, detoniert wäre, hätte sie schätzungsweise zwanzig bis vierzig unbeteiligte Menschen getötet.« Der Inspektor hielt einen Moment lang inne, schaute auf und wandte sich wieder der Akte zu. »Al-Malruki wurde noch am gleichen Nachmittag festgenommen. Er und sein Komplize wurden in Italien vor Gericht gestellt und zu fünfzehn Jahren Gefängnis verurteilt. 1988 wurde al-Malruki, im Austausch gegen einen italienischen und zwei französische Journalisten, die als Geiseln in Beirut festgehalten wurden, vorzeitig freigelassen. Soweit wir wissen, tauchte der Mann im Februar 1989 wieder in Paris auf, wo – nehmen wir an – er seine Aktivitäten für Abu Nidal unvermindert fortsetzte. Beantwortet das Ihre Fragen, Mademoiselle?« fragte er, warf die Akte wieder in die Schublade und schob sie zu. »Mademoiselle?«

»Was soll ich darauf sagen? Um ganz ehrlich zu sein, Inspektor, es fällt mir schwer, das alles zu schlucken. Trotz der ganzen Dias und dieser... dieser Informationen wirkte der Mann auf mich nicht gerade wie ein Terrorist. Ich meine, ich hätte nie...« Hätte nie *was*?

»Man wird nicht als Terrorist geboren, Mademoiselle. Man wird dazu gemacht. Und niemand schafft das besser als die palästinensischen Flüchtlingslager.«

»Er war also in einem dieser Lager?«

»Im Flüchtlingslager Shatilla, bei Beirut. Sagt Ihnen der Name etwas?«

»Natürlich. Wo das Massaker passierte.«

»Als die libanesischen Phalangisten 1982 die Lager Sabra und Shatilla angriffen, wurden al-Malrukis Vater, seine Frau und seine zwei Kinder getötet. Seine Brüder konnten fliehen. Seine Mutter starb wenig später an einer Krankheit. Kurz nach dem Tod der Mutter wurde al-Malruki von Abu Nidal rekrutiert.«

»Mein Gott«, murmelte ich, starrte auf meine Hände und dachte an unser nächtliches Gespräch am vergangenen Mittwoch.

»Machen Sie nicht den Fehler, diesen Mann als Märtyrer zu betrachten, Miss Calloway. Wir alle müssen mit persönlichen Tragödien auf unsere eigene Art fertig werden. Er entschied sich für barbarische, sinnlose Gewalt. Ich wiederhole, Mademoiselle, die Bombe, die er im Büro der British Airways deponierte, hätte bis zu vierzig unschuldige Menschen töten können! Nur durch puren Zufall wurde an dem Tag niemand verwundet oder getötet. Mustafa al-Malruki alias Mohammed Ali Assam ist ein abscheulicher Terrorist, nicht mehr und nicht weniger. Ein sehr gefährlicher Mann. Und aus diesem Grund muß ihm das Handwerk gelegt werden!«

Ich schaute wieder auf.

»Aber das ist es doch schon. Ich meine, er ist doch tot.«

»Falsch.«

»Was?«

»Wir haben Grund zu der Annahme, daß Mustafa al-Malruki lebt.«

»Inspektor, ich habe in meinem Leben schon genügend Tote gesehen, um beurteilen zu können, ob ein Mensch tot ist oder nicht. Und der Mann *war* tot.«

»Man hat die Giftspuren in der Tasse genauer untersucht«, sagte er, beugte sich vor und legte seine Pfeife in den Aschenbecher. »Es war kein Strychnin, wie wir zunächst fälschlich angenommen hatten. Es war Datura, ein etwas obskures, selten verwendetes Pflanzengift aus Südamerika und der Karibik.«

»Datura?«

»Ein gewöhnlich bei Voodoo-Ritualen verwendetes Gift.«

»*Voodoo?*« wiederholte ich gepreßt, ein nervöses Lachen unterdrückend.

»Dieses Gift, in entsprechender Dosierung verabreicht, erzeugt extremen Unterblutdruck. Eine Art tiefer Narkose, bei der alle Symptome auf Tod deuten, obwohl der Tod nicht eintritt. Kein erkennbarer Puls. Flacher, nicht wahrnehmbarer Atem. Ein starker Abfall der Körpertemperatur. Völlige Unbeweglichkeit.«

»Meinen Sie das ernst?«

»Allerdings.«

»Sie meinen, daß Assam... was? Seinen Tod vorgetäuscht hat und dann auf seinen eigenen Beinen aus dem Leichenschauhaus marschierte? Daß so was tatsächlich *möglich* ist?«

»Er kam nie im Leichenschauhaus an. Der Krankenwagen wurde unterwegs angehalten.«

»Mein Gott. Aber was sollte... ich meine, was hätte er von so einer Scharade gehabt? Wenn er fliehen wollte, warum dann nicht auf normalem Wege?«

»Al-Malruki stand seit einiger Zeit unter ständiger Beobachtung. Und das von verschiedenen Seiten. Wir hätten ihn natürlich sofort verhaften können, als wir von seiner Anwesenheit in Paris erfuhren. Aber aus verständlichen Gründen war er für uns als freier Mann sehr viel mehr wert. Durch al-Malruki hofften wir, Zugang zu den anderen terroristischen Zellen hier in Paris zu bekommen. Aber aufgrund der in Kürze beginnenden Zweihundertjahrfeiern stand seine Verhaftung nun doch unmittelbar bevor. Wir gehen davon aus, daß al-Malruki über seine bevorstehende Verhaftung informiert wurde, möglicherweise von derselben Person, die ihm bei seiner etwas bizarren Flucht geholfen hat.«

Ich nickte benommen und versuchte, den Sinn des Ganzen zu begreifen. Innerhalb der letzten sechzig Minuten schien die Erde unter meinen Füßen gewaltig ins Wanken geraten zu sein. Die Liebe meines Lebens hatte sich als betrügerischer Mistkerl entpuppt, und ein bedauernswertes Mordopfer stellte sich als gefährlicher Superterrorist heraus. Und ich selbst? In was hatte *ich* mich in der vergangenen Stunde verwandelt?

»Ich darf also davon ausgehen, daß auch ich unter Beobachtung stand?« bemerkte ich dumpf und schaute mich im Raum um.

»Vermutlich seit meinem ersten Zusammentreffen mit al-Malruki am Dienstag morgen? Korrekt?«

»Davon dürfen Sie ausgehen, ja.«

»Richtig. Und da ich die einzige war, die beim Betreten oder Verlassen der Wohnung des Mannes am Mittwoch abend gesehen wurde, nahmen gewisse maßgebliche Stellen an, daß ich daran beteiligt war, den vorgetäuschten Selbstmord zu inszenieren?«

»Es wurde in Erwägung gezogen, ja.«

»Inspektor, warum erzählen Sie mir das alles jetzt?«

Er drehte sich mit seinem Stuhl hin und her, wobei seine Augen mein Gesicht nicht losließen.

»Wir haben zusätzliche Informationen erhalten«, sagte er schließlich.

»So?«

»Ich fürchte, sie betreffen Mr. London.«

»Er ist doch nicht tot?« stieß ich hervor.

»Nein, Miss Calloway. Den Informationen unseres Geheimdienstes zufolge ist er nach wie vor sehr lebendig. Aber wir haben Grund zu der Annahme, daß er entführt wurde.«

»*Entführt?*« Lieber Gott, laß ihn nicht tot sein.

»Miss Calloway?« Ich öffnete meine Augen, blinzelte und schloß sie wieder.

»*Miss* Calloway.«

»Ich... ist schon okay, ja. Wer... also, wer hat Stanley entführt? Abu Nidal?«

»Eine Gruppe, die sich Generalkommando der palästinensischen Volksbefreiungsfront nennt«, fuhr er in seiner entsetzlichen Monotonie fort und nahm wieder hinter dem Schreibtisch Platz. »Sie haben während der letzten vier Tage bei fünf verschiedenen europäischen Botschaften angerufen und behauptet, sie hätten einen amerikanischen Journalisten in ihrem Gewahrsam, weigern sich aber bisher, seine Identität preiszugeben. Aber wir haben guten Grund zu der Annahme, daß es sich in der Tat um Mr. London handelt.«

»*Welchen* Grund?«

»Mr. London wurde zuletzt am Abend des fünften Juni auf dem internationalen Flugplatz Orly gesehen, als er...«

»In *Orly*? Hier in Paris?«

»So ist es. Zuletzt gesehen, als er zu einer schwarzen Limousine geführt wurde, deren Nummernschild unglücklicherweise nicht identifiziert werden konnte.«

»Aber das ergibt alles keinen Sinn. Sie sagen, Mr. London kam am *Montag* abend in Paris an?«

»Das ist korrekt, ja.«

»Aber ich habe letzten Sonntag abend mit ihm gesprochen, und er sagte nichts davon, daß er... ich meine... er sollte *heute* abend kommen, seine Reservierung befindet sich immer noch im Computer!«

»Wie dem auch sei, Miss Calloway, Mr. London passierte am Abend des fünften Juni den französischen Zoll, und wenn unsere Quellen sich als...«

»Und wie lange haben Ihre ›Quellen‹ bereits davon gewußt?« unterbrach ich und sprang auf. »Wie lange wissen Sie schon, daß Stanley bereits vor vier Tagen als Geisel genommen wurde? Großer Gott, was soll das eigentlich sein? So 'ne Art chinesische Wasserfolter? Bei der Sie mir jedesmal, wenn ich Ihr Büro betrete, einen weiteren Kübel Ihres grausigen Gebräus ins Gesicht schütten? Haben Sie noch mehr so saftige Brocken in petto? Wenn ja, Inspektor, dann will ich sie alle hören, auf der Stelle. Raus damit, ich will es hinter mich kriegen. Himmel«, stammelte ich und preßte die Arme vor den Leib, um den Schmerz zurückzuhalten.

»Miss Calloway«, sagte der Inspektor, kam um seinen Tisch herum, packte mich an den Ellbogen, drückte mich wieder auf den

Stuhl und hielt mich fest, als ob er befürchtete, ich könne jeden Moment explodieren.

»Was wird aus ihm?« fragte ich, schaute weg und kämpfte gegen die schon wieder aufsteigenden Tränen an.

»Sie wissen doch, Miss Calloway«, fuhr er beruhigend fort, »daß Geiseln als Druckmittel benutzt werden. Eine Lektion in terroristischer Diplomatie, wenn Sie so wollen. Mr. London etwas anzutun würde doch den eigentlichen Zweck seiner Entführung zunichte machen, nicht wahr?«

»Und was *ist* der Zweck seiner Entführung? Was will diese palästinensische revolutionäre Was-auch-immer?«

»Palästinensische Volksbefreiungsfront. Und der Zweck ist uns bisher noch nicht mitgeteilt worden.«

»Wird es ihm irgendwie nützen, wenn man es Ihnen mitteilt? Ich meine... denken Sie doch nur an den armen – wie heißt er gleich? – Terry Anderson. Halten sie den nicht schon seit mehr als vier Jahren in irgendeinem düsteren Rattenloch gefangen? Und was hat unsere Regierung für ihn getan? Nichts, absolut nichts. Außerdem bringen die durchaus auch Geiseln um. Was ist mit diesem Buckley – dem CIA-Mann –, den haben sie doch umgebracht, oder?« Der Inspektor schwieg; sein Griff um meine Arme war wie ein Schraubstock. »Könnte ich noch eine Zigarette haben?« murmelte ich schließlich.

Vorsichtig lockerte er seinen Griff, richtete sich auf, ging zurück an den Schreibtisch und warf mir das Päckchen Gitanes zu. Dann die Streichhölzer. Ich zündete mir eine Zigarette an und verfluchte mich innerlich, daß ich mir diese verdammten Glimmstengel nicht verkneifen konnte, verfluchte den Inspektor für all seine Schauergeschichten, verfluchte Assam – Mustafa al-Malruki? –, weil er mich so übertölpelt hatte, verfluchte Stanley, weil er in die gleiche Falle getappt war, nur schlimmer, viel schlimmer, verfluchte Eddie, meinen Redakteur, daß er mir jemals vorgeschlagen hatte, eine Woche früher nach Paris zu fliegen, verfluchte Isabelle Eberhardt und ihre verdammten Tagebücher, die den ganzen Mist irgendwie ausgelöst hatten, und verfluchte schließlich mich selbst, weil ich meine ganze unbändige Wut auf den Mann mir gegenüber ablud. Der Inspektor konnte doch nichts dafür, Himmel noch mal! Er war doch nur der Bote. Warum den Boten für die schlechten Nachrichten verantwortlich machen?

Aber ich konnte nicht dagegen an. In diesem Moment wollte ich nur die mich zur Weißglut bringende Frustration an *irgend jemandem* auslassen, und sei es dieser phlegmatische, recht behäbige Polizeiinspektor, der mir da gegenübersaß.

»Eins würde ich gerne wissen, Inspektor«, sagte ich gepreßt, das Schweigen zwischen uns brechend. »Was *soll* dieser ganze Überwachungsschwachsinn überhaupt? Ich meine ... offensichtlich ist es Assam... ist es diesem al-Malruki doch gelungen, direkt vor der Nase *irgendeines* Schnüfflers seine nette kleine Flucht in Szene zu setzen. Stimmt doch, oder? Und zwei Tage zuvor wird Stanley vor der Nase eines anderen Holzkopfs doch tatsächlich entführt! Was soll das ganze Theater also, wenn die Burschen doch nichts verhindern können? Haben Sie darauf eine Antwort?«

Er starrte mich ausdruckslos an und fuhr fort, Tabak aus seiner Pfeife zu klopfen – soweit ich sehen konnte, schien er das verdammte Ding nie zu rauchen – und sie erneut zu stopfen.

»*Wer* sind hier eigentlich die Profis?« hetzte ich weiter. »Und wer die Amateure? Wenn Mr. London doch unter Beobachtung stand, warum konnte er trotzdem entführt werden? Warum wurden seine Entführer nicht verfolgt? Warum wissen wir nicht, wo Mr. London ist? Oder wissen wir es *doch*?... *Wissen* wir, wo er ist?«

»Man nimmt an, daß sie sich noch im weiteren Einzugsbereich der Stadt befinden«, sagte er. Welcher Stadt? Detroit?

»Im Bereich von Paris?«

»Von Paris.«

»Also... und was machen wir jetzt?«

»Wir?« fragte er mit leicht erhobenen Brauen. »Wir warten.«

»Worauf?«

»Auf weitere Informationen.«

»Von dieser Volksrevolutionären Was-auch-immer?«

»Palästinensische Volksbefreiungsfront, PFLP«, wiederholte er und hämmerte mir jede einzelne lausige Silbe in den Schädel.

»Und wer sind diese Kerle überhaupt?«

»Eine Gruppe palästinensische Extremisten mit Kontakt zu anderen terroristischen Zellen hier in Paris.«

»Was uns vermutlich wieder auf diesen Mustafa al-Malruki bringt, stimmt's? Wer unterstützt nur all diese Mistkerle? Und warum ausgerechnet Stanley?« murrte ich, ließ die Zigarette auf den Boden fallen und trat sie aus. Als ich den Blick des Inspektors bemerkte, hob ich die Kippe sofort wieder auf und ließ sie in den Aschenbecher fallen. »Warum ausgerechnet *er*?«

»Wir hoffen, diese Frage beantworten zu können, Miss Calloway, sobald wir mehr über Mr. Londons persönliche Geschichte der letzten sechs Monate erfahren haben. Zunächst einmal möchte ich aber mit Ihnen besprechen, wie Ihre weiteren Pläne aussehen. Ich darf doch annehmen, daß Sie aufgrund dieser unglücklichen Wendung der Dinge baldmöglichst nach San Francisco zurückfliegen werden?«

»Ist das Ihr Ernst?« Der Mann meinte es tatsächlich so. »Ich bleibe natürlich hier, Inspektor. Hier in Paris. Bis Stanley freigelassen wird.«

»Aber Sie müssen verstehen, Mademoiselle, daß Wochen, ja Monate vergehen könnten, bis wir überhaupt etwas hören –«

»Inspektor, ich bleibe *hier*. Zumindest für die nächste Zeit. Also brauchen wir nicht länger darüber zu diskutieren, ja?«

»Ihnen ist natürlich klar, daß Sie sich in Gefahr bringen können, wenn Sie hierbleiben?«

»Ich? Aber warum?« Schweigen. »Inspektor, als Geisel bin ich ziemlich ungeeignet. Nicht wertvoll genug. Außerdem scheinen Sie zu vergessen, daß ich mit einem Auftrag hier bin, um über Ihre Zweihundertjahrfeiern zu berichten.«

»Sie übersehen einen wichtigen Punkt, Miss Calloway«, sagte er und deutete mit der Pfeife auf mein Gesicht. »Ein äußerst kritisches Rätsel bedarf noch der Lösung. Warum – so müssen wir uns fragen –, warum hat Monsieur al-Malruki sich überhaupt so sehr bemüht, Ihre Bekanntschaft zu machen?«

»Ich hab nicht die geringste Ahnung.«

»Und wenn der Mann versuchen sollte, wieder Kontakt aufzunehmen?«

»Aber warum um alles in der Welt...?«

»Alle nur möglichen Unwägbarkeiten müssen in Betracht gezogen werden, Miss Calloway. Sollte er eventuell, aus nur ihm ersichtlichen Gründen, wieder mit Ihnen in Kontakt treten, können wir dann mit Ihrer völligen Kooperation in dieser Angelegenheit rechnen?«

»Natürlich.«

»Er ist von großer Überzeugungskraft, dieser Herr. Wie Sie ohne Zweifel bereits bemerkt haben. Wir möchten nicht denken müssen...« Er hielt inne und schwang wieder mit seinem Stuhl hin und her.

»*Was* denken müssen? Schauen Sie, Inspektor. Wenn dieser al-Malruki sich *irgendwie* bei mir meldet – was ich mir kaum vorstellen kann –, werde ich mich sofort mit Ihrem Büro in Verbindung setzen. Vorausgesetzt, ich bin dazu in der Lage. Haben wir uns verstanden?«

»Nun gut. Ich brauche Sie wohl kaum daran zu erinnern, Mademoiselle, daß Mr. Londons Wohlergehen und möglicherweise das Wohlergehen zahlloser anderer unschuldiger Menschen von Ihrem Verhalten abhängen könnte. Und jetzt«, fügte er hinzu und stand auf, »würde es Ihnen sicher guttun, in Ihr Hotel zurückzukehren und sich ordentlich auszuschlafen. Ich werde mich sofort melden, wenn wir etwas Neues erfahren.«

»Aber Inspektor«, widersprach ich und blieb sitzen, »enthalten Sie mir nicht bereits jetzt eine ganze Menge ›Neues‹ vor?«

»Das ist nicht der Fall, Miss Calloway.«

»Ich bitte Sie! Wieviel wissen Sie bereits über Mr. Londons ›persönliche Geschichte‹? Wieso kannte er Assam? Und was ist mit der jungen Frau? Der auf den Fotos. Wer *ist* sie?«

Statt zu antworten, ging er zur Tür und hielt sie auf.

»Ihr seid mir schon wirklich was Besonderes, ihr Kerle«, sagte ich sarkastisch, stand auf und griff nach meinem Rucksack. »Wirklich was Besonderes.«

»*Miss* Calloway«, rief er, als ich durch die Tür war. Ich drehte mich um und wartete. Er ging zurück, nahm das Päckchen Gitanes vom Tisch und warf es mir zu. »Ich wünschte, Sie würden nicht vergessen, junge Dame, daß wir beide auf der gleichen Seite stehen. Auch mir liegt sehr viel an Mr. Londons sicherer Rückkehr. Und ich werde alles in meiner Macht Stehende unternehmen, um das zu ermöglichen. Sie *glauben* mir das doch, nicht wahr?«

Ich schaute ihn an – diesen Menschen, der möglicherweise meine einzige Verbindung zur Normalität war, meine einzige Hoffnung, Stanley jemals lebend wiederzusehen – und nickte widerwillig.

»Er nannte sich Al Besah«, murmelte ich, schaute dann wieder auf den Inspektor.

»Wie bitte?«

»Er nannte sich ›Die Katze‹. Sagte irgendwas von neun Leben. Und daß er bereits sieben davon verbraucht hätte. Was seinen letzten Trick zu Nummer acht macht. Wir haben Glück, Inspektor. Er hat nur noch ein Leben übrig.«

Es war fünf nach halb sechs, als ich wieder auf der Straße stand – zu früh für Schutzman. Ich ließ mich in einem Café am Quai nieder, trank Wein und starrte raus auf den Verkehr, während zwei verschiedene Bilder in meinem Kopf um meine Aufmerksamkeit wetteiferten.

Auf dem einen Bild sah ich Stanley, Hände auf dem Rücken gefesselt und die Beine an die Wand gekettet, in einem dreckigen Kellerraum irgendwo hier in Paris, sah ihn vor mir, wie er sich um stoische, übermenschliche Ruhe bemühte und sich auf ein Leben in der Hölle einrichtete. Kein Urteil, keine Richter, kein Verbrechen, monströses, absurdes Theater.

(In welcher Zeitung hatte ich genau so ein Foto gesehen? Und von wem? Dachte ich wieder an Terry Anderson? Die unvergeßlichen Einzelheiten, die Handschellen, die Ketten, der irre, verzweifelte Ausdruck auf seinem Gesicht nach vierjähriger Gefangenschaft in irgendeinem stinkenden Rattenloch, wo er sich im wahrsten Sinne des Wortes den Schädel zermarterte, ihn immer wieder gegen die Wand geschlagen hatte. Immer und immer und immer wieder ...)

Das zweite Bild in meinem Kopf war eines jener gemeinen Fotos, die der Inspektor mir heute gezeigt hatte. Von den beiden, Stanley und der Frau, die selbstvergessen nach einer Melodie tanzten, die nur sie zu hören schienen. Wie er sie im Arm gehalten hatte, angesehen hatte! Wie zum Teufel war es der Kamera gelungen, so verdammt nahe zu kommen? Jede Nuance, jede zärtliche Schattierung auf dem Gesicht dieses Mistkerls einzufangen?

Du bist ganz schön neben der Tasse, sagte ich mir, während ich nach meinen Zigaretten kramte und noch einen Wein bestellte. Was soll denn diese alberne Selbstquälerei, wo doch vielleicht sein Leben in Gefahr ist?! Aber so absurd es auch klingen mag, das zweite Bild – die Tanzfläche – hatte die gleiche marternde Wirkung auf mich wie das Bild von ihm in Ketten. Das eine Bild verdrängte das andere und umgekehrt, bis die beiden Bilder zu einer verschwommenen Collage von Schmerz und Ekstase verschmolzen – seiner, ihrer, meiner, leinwandfüllend.

Und wenn der Inspektor nun recht hätte? fragte ich mich grimmig und starrte in mein Glas. Wenn die sechs Monate Trennung Stanley und mich tatsächlich entfremdet hätten? Wenn ich gar nicht mehr wüßte, wer dieser Mann *wirklich* war?

Als ich mir eine weitere Zigarette anzündete, gingen meine Gedanken zurück nach San Francisco. Zu einem ganz bestimmten Abend in San Francisco. Einem Abend im letzten Herbst, an dem Stanley und ich mit meinem Redakteur Eddie und seiner Frau essen gegangen waren. Das Essen war miserabel. Und die Unterhaltung sogar noch schlimmer. Der gute alte Eddie, der mal wieder alles in schwärzesten Farben sah.

Zuerst war es um Krebs gegangen, soweit ich mich erinnerte. Dann um die Ölkatastrophe in Alaska, dann um das wahllose Abholzen uralten Waldbestandes, danach kam das Wiedererstarken der Todesschwadrone in El Salvador und auf den Philippinen an die Reihe und zum Schluß Eddies damalige Lieblingstheorie: daß die unterirdischen Atomversuche in der Wüste von Nevada bei uns in Kalifornien bestimmt das befürchtete Super-Erdbeben auslösen würden.

Später in der Nacht wachte ich auf, und mich überfiel das Läuft-in-deinem-Leben-was-falsch-wirst-du-morgens-um-drei-daran-denken-Syndrom. Unruhig warf ich mich herum und fand die ganze Welt zum Kotzen, und mich auch. Irgendwann murmelte Stanley vor sich hin, drehte sich um und murmelte wieder.

»Stanley?« Schweigen. »Bist du wach, Stanley?«

»Nee.«

»Weißt du, was mir gerade durch den Kopf gegangen ist?« fragte ich und schmiegte mich an seinen Rücken. »Mir irgendwo 'ne kleine Farm zu kaufen. Vielleicht ein paar Ziegen und Hühner, und der

Rest der Welt kann mich gern haben. Weißt du, was ich meine...? Zum Teufel mit dem Ozonloch, dem Treibhauseffekt, dem ganzen verdammten Mist. Einfach abhauen und irgendwo Tomaten anbauen. Richtige Tomaten. Weißt du, was ich meine? Stanley?«

»Zwei Wochen auf deiner Tomatenfarm und du langweilst dich zu Tode.«

»Ich weiß nicht. Manchmal bin ich mir da nicht so sicher.«

Er drehte sich um, sah mich an und strich mir sanft über den Arm. »Was ist los?« fragte er lächelnd, während seine Augen prüfend über mein Gesicht glitten. »Fluchtphantasie Nummer dreihundertzwölf?«

»Wer weiß ... vielleicht bleibt uns heutzutage gar nichts anderes mehr übrig.«

»Aber unseren eigenen Macken können wir mit so was wie Tomatenzucht und Hühnerhaltung nicht entfliehen.«

»Das ist ja gerade der *Punkt*, Stanley. Ist es nicht sowieso schon zu spät, uns vor uns selbst zu retten?«

»Niemals.«

»Glaubst du das wirklich?«

»Genau wie du, Liebste.«

»Ich weiß nicht. Manchmal frage ich mich.«

»Himmel, bist du sexy, wenn du so bist.«

»Wenn ich wie bin?«

»Sehnsüchtig.«

»Sehnsüchtig? Ich bin verflucht deprimiert.«

»Melancholisch.«

»Deprimiert, Stanley, deprimiert.«

»Grübelnd, nachdenklich, begehrlich.«

»*Deprimiert*. Und was zum Teufel soll das jetzt eigentlich?«

»Was wäre das Leben ohne diese nachdenkliche, melancholische, hinreißende Frau, mit der man mitten in der Nacht Liebe machen kann? Kannst du mir das beantworten? Diese Frau... wo hab ich sie nur gefunden?«

»In einer Bar... erinnerst du dich?«

»Ach ja. Bei Brezeln und Bier.«

»Es waren Calamari. Und Rotwein.«

»Was diese Frau mit mir macht. Diese Frau!«

»Halt die Klappe, Stanley.«

»Meinst du, da fall ich drauf rein, Liebste? Bei all dem Seufzen und Stöhnen vorhin? Du bist doch nur auf eine frühmorgendliche Sexorgie aus.«

»Glaubst du?«

»Ich weiß es. Kann in dieser Frau lesen wie in einem Buch.«

»Die typische Männerphantasie. Ab ins Heu, und schon sind alle Probleme der Welt gelöst.«

»Hättest du statt dessen lieber deine komischen Tomaten, Hühner und Schweine?«

»Ziegen.«

»Hmm?«

»Keine Schweine. Ziegen.«

»Ziegen… Herbie McKennan will… ah…«

»Was hat Herbie McKennan denn damit zu tun?«

»Er versucht mich dauernd über dich auszuquetschen. Klopft ständig auf den sprichwörtlichen Busch. In Wirklichkeit will er wissen, na ja… wie du im Bett bist.«

»Himmel… Männer!«

»Keine Bange, Schatz, bei mir sind deine Geheimnisse sicher.«

»Ach ja?«

»Und warum grinst du so? Bildest dir wohl was drauf ein, du Weib?«

»Kannst du nicht mal die Klappe halten, Stanley. Also wirklich.«

»Meiner Ansicht nach, mein Schatz«, murmelte er, während diese ungewöhnlich begabten Hände sich in südlichere Regionen vortasteten, »kann unser Leben doch nie zu düster werden, oder? Nicht, wenn uns jeden Morgen beim Aufwachen eine solche Köstlichkeit erwartet. *Oder?*«

»Eigentlich nicht.«

»Verdammt richtig.«

Und er *hatte* recht, verdammt noch mal. Aber was sollte ich jetzt damit anfangen? fragte ich mich, als die Erinnerung verblaßte und nur das trübe Doppelbild übrigblieb. Die Tanzfläche. Die Ketten. Welchen Wert hatte das alles noch?

Endlich war es sieben Uhr. Ich kaufte ein bißchen Wein und Käse, zwei Baguettes und lief zu Monsieur Schutzmans Wohnung in der Rue de Bac.

Ich klingelte, wartete und klingelte erneut. Schließlich hörte ich das vertraute Schlurfen.

»Gehen Sie! Bitte!« wisperte er erregt durch die Tür.

»Monsieur Schutzman, hier ist Sarah. Sarah Calloway.« Schweigen. »Wir wollten doch heute Abend miteinander reden?«

»Ich kann nicht mit Ihnen reden, Miss Calloway. Nicht heute abend. Nicht an einem anderen Abend. Jetzt gehen Sie. Bitte.«

»Aber ich ... schauen Sie, Monsieur. Ich hab uns was zu essen mitgebracht. Ein bißchen Wein und Käse? Ein wenig Brot? Wenn Sie nicht reden wollen, gut. Aber lassen Sie mich wenigstens Ihre Gastfreundschaft von heute morgen erwidern... Monsieur Schutzman?« Er war immer noch da. Ich konnte seine Hausschuhe sehen, oder den Schatten seiner Hausschuhe, der sich auf dem Boden unter der Tür abzeichnete. »Hat Ihnen jemand verboten, mit mir zu sprechen? Ist es das?« Schweigen. »Oder haben Sie selber Ihre Meinung geändert?« Schweigen. »Was ist es, Monsieur Schutzman. Ich *muß* es wissen.«

Ich hörte, wie er sich von der Tür entfernte und fast augenblicklich zurückkehrte, ein Stück Papier unter der Tür durchschiebend. Ich hob es auf. »Meine Frau« war in roter Tinte draufgekritzelt.

»Ihre Frau? Ihre Frau *was*?« fragte ich durch die verdammte Tür.

Mehr Gekritzel, Papier, das abgerissen wurde, und ein zweiter Zettel erschien unter der Tür.

»Sie will nicht, daß ich mit Ihnen rede ... Sie werden uns nur Schwierigkeiten bringen.«

»Warten Sie mal. Ihre *Frau* hat das gesagt? Aber ich dachte, Monsieur Schutzman, ich dachte, Ihre Frau sei *tot*?«

Mehr Gekritzel, und ein dritter Zettel wurde durchgeschoben.

»Ja. Aber nicht für mich. Wir reden.«

Ich starrte schweigend auf diese letzte Mitteilung, während die Worte langsam in mich einsanken. Sie *reden*?

»Hab ich das *richtig* verstanden?« fragte ich schließlich. »Sie wollen sagen, Sie können nicht mit mir reden, weil Ihre *tote Frau* es verboten hat? Wollen Sie mir das sagen?« Schweigen. »Aber, Monsieur Schutzman, Sie scheinen sich nicht im klaren zu sein, wie ernst die Sache ist. Hier sind Menschen in Gefahr. *Lebende* Menschen«, fügte ich hinzu, reichlich absurd. Und dann, noch absurder: »Vielleicht hat Ihre Frau einen Fehler gemacht? Oder vielleicht... vielleicht sind es die Hausschuhe!« Das schlug nun echt dem Faß den Boden aus. »Wissen Sie, die Sie mir gegeben hatten und meinten, es würde ihr nichts ausmachen. Vielleicht hat es ihr *doch* was ausgemacht? Vielleicht war sie einfach – Sie wissen schon – eifersüchtig? Verärgert. Wissen Sie, weil eine andere Frau ihre Hausschuhe trug?« Himmel, was für ein Schwachsinn. »Ich meine, versetzen Sie sich in ihre Lage«, sagte ich schnell. »War sie... ich meine, als sie noch lebte, neigte sie da – äh – zur Eifersucht?« Offenbar hatte ich einen Nerv getroffen, denn endlich schloß er auf und öffnete die Tür einen Spalt breit, lugte heraus, die Kette immer noch vorgelegt.

»Monsieur Assam ist gar nicht tot!« sprudelte ich los, wo ich den Mann nun endlich vor mir hatte. »Er lebt und treibt sich irgendwo da draußen rum! Und mein Freund, der Journalist... der sich mit Assam in Tunis getroffen hat, wissen Sie?... den haben sie entführt und als Geisel genommen!« fügte ich hinzu, als ein Nachbar auf dem gleichen Flur die Tür öffnete, seinen Kopf rausstreckte und die Tür wieder schloß. »Monsieur, wir *müssen* miteinander reden«, sagte ich etwas leiser. »Eine halbe Stunde. Mehr verlange ich nicht.«

Er sah mich über den Rand seiner Brille an, traurig und melancholisch wie immer, nahm dann die Kette ab und ließ mich in die Wohnung.

»Sie wissen nicht, wie dankbar ich Ihnen bin, Monsieur«, sagte ich, trat in das Wohnzimmer und stellte meinen Rucksack auf den Boden.

Er nickte resigniert, drehte sich um und schlurfte in die Küche, um Gläser und Teller zu holen.

»Monsieur, wissen Sie, was Assam hier in Paris gemacht hat?« fragte ich, ihm in die Küche folgend. »Haben Sie *irgendeine* Ahnung?«

Er schüttelte den Kopf. »Die Fragen kommen später, Mademoiselle«, sagte er und schob sich an mir vorbei zum Tisch. Ich dachte kurz daran, mit allem rauszuplatzen, entschied mich aber dagegen. Doch ich war überhaupt nicht hungrig. Im Gegenteil, mir war regelrecht übel. Schweigend sah ich zu, wie er den Tisch deckte, für drei: Messer, Löffel, Gabeln, Gläser und Teller. Drei?

»Sprechen Sie, äh… sprechen Sie oft mit Ihrer Frau?« fragte ich, während ich die Weinflasche aus meinem Rucksack nahm, das Preisschild abkratzte und dem Mann einen kurzen Blick zuwarf.

»Nach vierzig Jahren soll ich jetzt damit aufhören?« fragte er, nahm mir die Baguettes und den Käse aus der Hand und ging wieder in die Küche.

»Brauchen Sie dazu ein bestimmtes Ritual? So 'ne Art Seance? Oder geschieht es… ganz einfach so?«

»Ich liege auf meinem Bett. Und es geschieht«, sagte er mit einem Achselzucken, reichte mir das Baguette, ein Brotbrett und ein Messer. Dann drehte er mir den Rücken zu und kramte in seinem winzigen Kühlschrank.

Konnte es eigentlich *noch* verrückter kommen? fragte ich mich, während ich mechanisch das Baguette aufschnitt. Ich klopfte auf Holz, auf das Brotbrett. *Natürlich* konnte es noch verrückter kommen, und wenn man von den Ereignissen der letzten paar Tage ausging, war zweifellos damit zu rechnen.

Als Schutzman und ich endlich am Tisch saßen, ein regelrecht jüdisches Abendbrot vor uns, ging das Schattenboxen los. Wer würde zuerst mit seiner Geschichte rausrücken? Nach ein paar weiteren Anstößen meinerseits legte Schutzman los.

»Ich sage zu Greta«, erklärte er und löffelte lila Meerrettich auf meinen Teller, »und ich sage es nicht nur einmal, ich sage es tausend Mal! Wer ist dieser Mann, dieser Mohammed groshi macher, dieser Supermann, der da in unser Leben tritt?«

»Greta ist Ihre Frau?«

»Mein Enkelkind. *Kind*, sage ich? Sie ist längst eine Frau. Eine Frau. Sie bringt mir diesen Mann und stellt ihn uns vor. ›Dieser große Mann wünscht den Frieden genau wie du, Großpapa‹, sagt sie. ›Genau wie du hat er all die Kämpfe, die Zänkereien, das Blutvergießen zwischen Arabern und Juden satt.‹«

»Sie sind also aus Israel?«

»Und woher sonst soll ich Ihrer Meinung nach kommen?«

»Holland. Ich meine, das hat mir…«

»Holland? Isreal? Was spielt das für eine Rolle? Offen gesagt, Mademoiselle, ich habe es aufgegeben, irgendwoher zu kommen.«

»Aber genau das hat *er* auch gesagt«, murmelte ich und legte die Gabel nieder. »Assam. Letzten Mittwoch. Daß er aufgegeben hätte, irgendwoher zu sein. Mit genau den gleichen Worten.«

»Ja. Nun ja, es gibt wohl noch viele mehr, die draußen stehen«, erwiderte er, schob Tomaten auf seinen Teller und stellte die Schüssel zur Seite. »Das machen die Zeiten, mein Kind, die Zeiten.«

»Ihre Enkeltochter hat Sie also mit Assam bekannt gemacht?« hakte ich nach und füllte sein Weinglas auf.

»Und ich frage mich, wo ist unsere Greta jetzt. Nur der Herr selber wird es wissen.«

»Sie haben den Kontakt verloren?«

»Wann höre ich denn schon von dem Mädel? Sie taucht plötzlich auf, kommt morgens in Paris an und ist abends schon wieder weg. Wohin, das weiß ich nicht. Ich habe schon vor langer Zeit aufgehört, Fragen zu stellen. Ihre Angelegenheiten sind ihre Angelegenheiten. Fertig.«

Nur langsam, Frage für Frage, Stück für Stück gelang es mir, Schutzmans Geschichte aus ihm rauszulocken. Seinen »Elefantenschwanz«, wie er es am Morgen genannt hatte; ein Bild Assams, das nur wenig Ähnlichkeit mit dem Portrait Mustafa al-Malrukis aufwies, das der Inspektor ein paar Stunden zuvor für mich entworfen hatte.

Angefangen hatte alles mit dem Tod von Schutzmans Frau, vor etwa drei Jahren. Denn damals war Greta von Israel nach Paris gekommen, um sich ein paar Monate lang um ihren Großvater zu kümmern. Und während dieser Zeit hatte sie ihrem Großvater anvertraut, daß sie für eine Untergrund-Friedensgruppe arbeitete, zu Hause und auch im Ausland. Eine Vereinigung von Palästinensern und Juden, die sich bemühte, das Unmögliche zu erreichen – das, was ihre Regierungen offenbar nicht zustande brachten: den Frieden.

Ihre Methode war das Verhandeln; Gespräche und Symposien, die in den verschiedensten Hauptstädten der Welt stattfanden, sehr oft hier in Paris. Gespräche, die den Beginn eines Dialoges zwischen israelischen Bürgern und hohen PLO-Funktionären darstellten.

Notwendigerweise mußten diese Dialoge, wie Schutzman sagte,

hinter verschlossenen Türen an geheimen Orten stattfinden, was dem Ganzen den Anstrich von Verschwörung und düsteren Machenschaften gab. Die Unterhändler hatten keine andere Wahl. Mochten ihre Bemühungen auch noch so zögernd und illusorisch sein, die maßgeblichen Stellen auf beiden Seiten des politischen Spektrums – Ultrakonservative im israelischen Parlament auf der einen, radikale palästinensische Splittergruppen auf der anderen – widersetzten sich heftig, ja oft gewaltsam solchen Aussöhnungsbestrebungen zwischen den uralten Feinden.

»Zwei dieser tollkühnen PLO-Unterhändler sind schon erschossen worden!« sagte Schutzman. »Einer direkt vor meinen Augen! Und für was? Für das ›Verbrechen‹, sich mit Juden an einen Tisch zu setzen und zu reden. Ist das ein Verbrechen? Zu reden? Aber es gibt genügend Leute da draußen, die sind sehr dagegen. Gegen *jedes* Reden. Verhandeln und Kompromisse sind heutzutage sehr gefährliche Wörter.«

»Und Assam?« wollte ich wissen. »Wie paßt er in dieses Bild?«

»Aber er ist einer dieser tollkühnen palästinensischen Unterhändler, von denen ich spreche! Wie Greta sagt, ist er die rechte Hand des Vorsitzenden Arafat persönlich! ›Wie wichtig dieser Mann für uns alle sein könnte, Großpapa!‹ sagt sie. ›Ein Palästinenser, der genau wie wir glaubt, daß Israel ein Recht hat, zu existieren. Der genau wie wir glaubt, daß Israelis und Palästinenser Seite an Seite friedlich leben können!‹«

»›Aber es gibt Menschen, die deinen Frieden ablehnen werden‹, habe ich ihr gesagt. ›Menschen, die darauf bestehen, daß diese meschuggene Besetzung immer weitergeht. Menschen, die davon profitieren, egal, was du mit deinen Verhandlungen in deinen Hinterzimmern auch erreichst.‹« Er schaute mich grimmig an. »Es gab eine Zeit, da hab ich an die Märchen von Greta und ihrem Monsieur Mohammed geglaubt. Der Mann hat eine goldene Zunge. Das muß man ihm lassen. Er redete so auf mich ein, daß sogar ich eine Zeitlang an diesen Frieden glaubte.«

»Sie haben für sie gearbeitet? Für diese Friedensgruppe?«

»Mein Bücherstand... der hat für sie gearbeitet. Eine Zeitlang. Als – wie soll man sagen? – eine Art Umschlagplatz. Bücher kamen. Bücher gingen. Bücher wurden gebracht. Bücher wurden wieder abgeholt. Das war alles, was ich über die Sache wußte. Und wissen wollte.«

»Und was befand sich in den Büchern?«

»Wer weiß? Ich habe nie gefragt, Mademoiselle. Von Anfang an war ich überzeugt, je weniger ich weiß, desto besser für mich.«

»Und wird Ihr Bücherstand immer noch zu diesem Zweck benutzt?«

»Nein! Nie wieder. Wissen Sie, wie das ist? Zu erleben, wie ein Mann, ein Mann, dem Sie Ihr Herz geöffnet haben, ein Mann, der Ihr Freund geworden ist, vor Ihren eigenen Augen erschossen wird? Das möchte ich nie wieder in meinem Leben durchmachen. Niemals.«

»*Wer* wurde erschossen?«

»Seinen wahren Namen kenne ich nicht, das ist ja auch nicht wichtig. Er war Palästinenser, einer jener tollkühnen Unterhändler, nehme ich an. Jedesmal, wenn er zu mir kommt, um sein Päckchen abzuholen, bringt er mir ein Töpfchen von diesem oder ein Töpfchen von jenem mit. ›Eine Kleinigkeit‹, sagt er, die seine Frau für mich gekocht hat. Ich sage Ihnen, das Köstlichste, was ich je gegessen habe, waren diese ›Kleinigkeiten‹ von diesem freundlichen Mann und seiner Frau. Dieser Frau, die ich nie kennenlernte. Und jetzt trägt sie – genau wie ich – einen schwarzen Schleier über dem Herzen. Und dieser gute, freundliche Mann wird kaltblütig erschossen, von einem Killer, den ich nie zu sehen kriege. Direkt vor meinem Bücherstand! Diese verrückten Palästinenser, ich sage Ihnen, die schießen sich gegenseitig tot, bis keiner mehr übrig ist! Ich will damit nichts mehr zu tun haben! Nein! sage ich meiner Enkeltochter. Nie wieder!«

»Ist es denn bestätigt worden, daß dieser Mann von einem Palästinenser erschossen wurde?«

»Abu Nidal! Das sind die Monster, die solche schändlichen Taten begehen! Am nächsten Tag rufen sie die Presse an. *Rühmen* sich dieser kaltblütigen, feigen Tat! Eine Tat im Namen des palästinensischen Patriotismus nennen sie es! ›Hoffnung auf Frieden?‹ frage ich meine Enkeltochter. ›Hoffnung? Wenn solche Irren wie die frei rumlaufen?‹«

»Aber Monsieur«, sagte ich und schob meinen Stuhl zurück,

»laut Angabe des Inspektors, bei dem ich heute war, ist Mohammed Assam selber Mitglied von Abu Nidal!«

»Nein«, murmelte Schutzman, und seine Augen weiteten sich ungläubig. »Nein, das *kann nicht* sein.«

»Aber ich habe es mit eigenen Augen gesehen«, sagte ich und begann, Schutzman in die Einzelheiten, die mir der Inspektor erzählt hatte, einzuweihen. Assam-alias-al-Malrukis Aufenthalt im Beiruter Flüchtlingslager Shatilla, der mörderische Überfall der libanesischen Phalangisten, die sich daraus 1982 ergebende Rekrutierung al-Malrukis für Abu Nidal, seine Ausbildung im Bekka-Tal, die Jahre in London, der mißlungene Anschlag auf das Büro der British Airways in Rom, al-Malrukis Verhaftung, Gefangenschaft und Freilassung aus einem italienischen Gefängnis innerhalb eines Geiselaustauschs. Und schließlich die offenkundigen Bemühungen des Mannes während der letzten zwei Monate, Kontakt zwischen Abu Nidal und anderen terroristischen Zellen hier in Paris aufzubauen. Bemühungen, die möglicherweise ein Ziel hatten: die Entführung des amerikanischen Journalisten Stanley London auf dem internationalen Flugplatz Orly, am vergangenen Sonntag.

Während ich meine Informationen runterratterte, stapfte Schutzman im Zimmer auf und ab, klagte zuerst die Decke an, dann den Boden. Ich hatte Verständnis für seine Verwirrung. Auch ich hatte Schwierigkeiten, alles unter einen Hut zu bringen und in dem wortgewandten, intelligenten, obgleich etwas mysteriösen jungen Araber, den ich hier in Paris am Dienstag morgen kennenlernte, den fanatischen Terroristen zu sehen, den mir Inspektor Renard heute nachmittag geschildert hatte.

Meine Hauptsorge galt natürlich Stanley: seinem Aufenthaltsort und seiner Sicherheit. Schutzman sorgte sich um seine Enkeltochter Greta. Konnte sie wissen, wer al-Malruki wirklich war? Arbeitete sie vielleicht, ohne es zu wissen, mit Leuten zusammen, die die Friedensbemühungen ihrer Gruppe sabotierten? War auch ihr Leben in Gefahr?

»Wann haben Sie Greta zum letztenmal gesehen?« fragte ich.

»Wie soll man das wissen? Vor einem Monat? Vor zwei?«

»Schreiben Sie ihr denn nie? Oder telefonieren mit ihr?«

»Sie ist oft umgezogen. Meine Frau, die kümmerte sich um solche

Dinge. Ich selber, ich überlasse es Greta, sich zu melden. Sie denkt immer an ihren Großpapa. Schickt mir immer kleine Briefchen. Immer mit einem Witz. Aus Jerusalem, Tunis, Algier. Ständig unterwegs, das Kind! Niemals lange an einem Ort.«

»Tunis?« murmelte ich, und in meinem Kopf schlug eine Alarmglocke an.

»Ich sage es ihr nicht nur einmal, ich sage es ihr tausendmal!« murmelte Schutzman, seine frühere Litanei wieder aufnehmend. »Wer ist dieser Ritter in schimmernder Rüstung, den du da in unser Haus bringst?«

»Monsieur... was ist mit ihren Eltern? Die haben doch sicherlich...?«

»Ach. Ihre Mutter und ihr Vater, mögen sie in Frieden ruhen. Ihre Buba und ich haben unsere Greta aufgezogen. Seit sie ein kleines Mädchen war.«

»Monsieur, haben Sie zufällig ein Foto Ihrer Enkelin zur Hand?«

»Die Namensschwester meiner Frau! Ob ich ein Foto von meinem eigenen Enkelkind habe, wie kann sie so eine Frage stellen?« murmelte er vor sich hin, ging zum Kaminsims, nahm ein großes, gerahmtes, glänzendes Schwarzweißfoto herunter – warum war es mir nicht schon vorher aufgefallen? – und reichte es mir. Ich stand da, starrte auf das lächelnde Gesicht, schockiert und doch nicht schockiert, dasselbe schöne junge Gesicht vor mir zu sehen, das Stanley so bezaubernd angelächelt hatte, dort auf der Tanzfläche, vor wie vielen Monaten, Wochen oder Tagen?

»Sie ist sehr schön, Ihre Enkelin«, brachte ich schließlich hervor.

Schutzman schaute mich an. »Mademoiselle, was ist los? Sie sind so blaß. Sie kennen unsere Greta? Kommen Sie, setzen Sie sich«, sagte er und drückte mich in den Schaukelstuhl. Ich setzte mich und blickte zu dem alten Mann auf, der ängstlich besorgt mein Gesicht betrachtete.

»Monsieur Schutzman, ich weiß nicht genau, wie ich es sagen soll.«

»Sagen Sie es, wie es ist! Ganz einfach! Unsere Greta, ist sie in Schwierigkeiten?

»Sie steht seit einiger Zeit unter Beobachtung. Seit Monaten. Wahrscheinlich durch den israelischen Geheimdienst.«

»Dieser Polizeiinspektor, mit dem Sie heute gesprochen haben, hat der Ihnen das erzählt?«

»Er hat mir Fotos gezeigt, ja. Fotos von Mr. London – dem Journalisten, mit dem ich befreundet bin – und Ihrer Enkeltochter. Anscheinend sind die beiden Freunde geworden. Gute Freunde.«

»Der amerikanische Journalist, der auf dem Flugplatz entführt wurde? Der Mann und unsere Greta?«

»Sind Freunde, ja. Und irgend jemand hat diese Freundschaft verdammt genau überwacht. Fotos gemacht und all das. Monsieur, es ist sehr wichtig, daß wir Kontakt zu Ihrer Enkeltochter aufnehmen. Es gibt doch sicher eine Möglichkeit?«

»Auf welche Verrücktheiten hat sich dieses Kind nun wieder eingelassen?« murmelte er, sank in seinen Schaukelstuhl und rang die Hände. »So jung und so dickköpfig, dieses Mädel! So unbedacht!«

»Gibt es vielleicht Verwandte in Jerusalem, die Sie anrufen könnten?«

Er schüttelte den Kopf, schaute ausdruckslos im Zimmer umher, erhob sich aus dem Schaukelstuhl, schlurfte ins Schlafzimmer und kam einen Augenblick später mit einem Schuhkarton in der Hand zurück. Wieder in den Schaukelstuhl sinkend, begann er, den Karton zu durchwühlen, untersuchte sorgfältig jeden Zettel und jedes Papierstückchen.

»Ich frage mich«, murmelte ich, zog den Reißverschluß meines Rucksacks auf und nahm das Eberhardt-Tagebuch raus, das Assam mir Mittwoch nachmittag geliehen hatte. »Monsieur, glauben Sie, in diesem Buch könnte vielleicht ein Hinweis sein?« meinte ich und blätterte es von vorne nach hinten, dann von hinten nach vorne durch, wobei mir nichts Außergewöhnliches auffiel. Aber wonach sollte ich denn auch suchen?

Schutzman stellte den Schuhkarton weg und blätterte seinerseits das Tagebuch durch, langsam, Seite für Seite, während ich wie unter Zwang das verdammte Foto anstarrte und das Gesicht nach irgendwelchen Unvollkommenheiten absuchte, irgendeinem Makel oder Fehler, egal wie unbedeutend. Und kein Glück dabei hatte. Ich legte das Foto beiseite und wandte mich nun selbst dem Schuhkarton zu, durchstöberte die angesammelten Erinnerungen – Postkarten, Restaurantrechnungen, Streichholzheftchen, ein paar Briefe auf hebräisch an die Schutzmans von ihrer Enkeltochter – die meisten älter als ein, zwei Jahre.

»Was ist das?« fragte ich und hielt einen ungeöffneten Briefumschlag hoch, adressiert an einen Monsieur Bernard Lambeau. Vor zwei Monaten in Jerusalem aufgegeben, wie der Poststempel zeigte. Und die angebene Adresse war die von Schutzman, hier in der Rue de Bac, mit einem aufgedruckten »Bitte weiterleiten« (Faire Suivre S.V.P.) an der Seite. »Wer ist dieser Bernard Lambeau?«

»Ach«, brummte Schutzman, mit einer wegwerfenden Geste.

»Aber wer ist dieser Mann?« fragte ich, suchte nach einem Absender – es gab keinen – und fragte mich, warum der Name Bernard Lambeau mir so bekannt vorkam. »Ist er ein Freund Ihrer Enkelin?«

»Sie hat viele Freunde, unsere Greta. Und dieser Mann, er ist einer davon. Für mich ist er nichts als ein shikar. Ein Säufer. Für Greta...« Er ließ seinen Gedanken unbeendet, zuckte die Schultern und verfiel wieder in Schweigen.

»Sie haben den Brief also nicht weitergeleitet? Dieser Mann lebt hier in Paris?« schloß ich, drehte den Brief hin und her und versuchte abzuwägen, ob es richtig wäre, ihn auf der Stelle zu öffnen.

»Wenn Sie das Leben nennen wollen«, brummte Schutzman, schloß das Tagebuch und legte es weg.

»Und Sie wissen offenbar, wo er lebt«, stellte ich fest. Er saß da, funkelte mich nur an. »Prima«, sagte ich, stand auf, steckte den Brief und das Tagebuch in den Rucksack.

»Lassen Sie uns diesem Monsieur Lambeau einen Besuch abstatten.« Schutzman bewegte sich nicht. »Was ist los?« fragte ich schnell, bereits an der Tür stehend. »*Monsieur*... ist Ihnen nicht klar, daß dies vielleicht *genau* die Verbindung zu Greta ist, nach der wir suchen? Ich meine, da sie dem Mann innerhalb der letzten zwei Monate geschrieben hat, weiß er vielleicht, wo Greta ist.«

Nach einer kleinen Ewigkeit erhob er sich endlich. »Also gut. In Ordnung. Gut. Gehen wir also zu Gretas shikar«, sagte er, nahm seinen Regenmantel von der Küchentür und verschwand in die Besenkammer, aus der er mit einer staubigen, ungeöffneten Flasche Apricot Brandy wieder auftauchte. »Geht der Schnaps rein, kommen die Geheimnisse raus«, belehrte er mich und tätschelte die Flasche, als wir aus der Tür traten.

Zwanzig Minuten später traten wir in einen Innenhof auf der Rue Petit Pre. Lambeau wohnte im Apartment 7, im zweiten Stock, am Ende des Flurs. Ein sehr großer Mann Mitte Fünfzig mit hagerem Gesicht öffnete uns, den Arm an den Türpfosten gelehnt, während er mit vagem Lächeln erst Schutzman und dann mich betrachtete.

»Und welchem Umstand verdanke ich die Ehre?« fragte er in äußerst kultiviertem Englisch und führte uns ins Wohnzimmer.

»Für Sie«, sagte Schutzman und drückte dem Franzosen die Brandyflasche in die Hand. »Sie werden uns helfen, ja? Uns sagen, wo unsere Greta ist?«

Lambeau stand da, rieb sich den Nacken und schaute von der Flasche, in deren Besitz er so unverhofft gekommen war, zu Schutzman. Seine nächsten Worte – auf französisch – drückten aus, Schutzman wisse doch genau, daß er ihm nicht mit solchen Fragen kommen könne.

»Monsieur«, unterbrach ich und griff nach Gretas Brief.

»Bitte, Mademoiselle! Lassen Sie mich sagen, was ich zu sagen habe!« beharrte Schutzman, und schüttelte warnend seinen kurzen, dicken Finger.

Ich wechselte einen Blick mit Lambeau, trat zurück und schaute mich im Zimmer um, während die zwei Männer sich auseinandersetzten. Es roch nach abgestandenem Zigarettenrauch und muffig; der ganze Raum wirkte leicht verwahrlost. Es war leicht zu sehen, wo Lambeau den größten Teil seiner Zeit verbrachte; in einem sehr bequem wirkenden Sessel, der die eine Ecke des Zimmers ausfüllte und dessen Polster völlig durchgesessen waren.

»Darf ich Ihnen mein tiefstes Bedauern über Mr. Londons Mißgeschick aussprechen«, sagte Lambeau auf englisch, sich plötzlich mir zuwendend. Ich starrte ihn einen Moment lang an, bis ich mir über den Ton in seiner Stimme klar wurde.

»Sie *kennen* Stanley?« fragte ich schließlich.

»Wir sind alte Kameraden, Mr. London und ich«, sagte er, klopfte eine Zigarette aus dem Päckchen auf dem Beistelltisch und zündete sie an.

»Sie kennen sich aus San Francisco? Oder...?«

»Saigon, 1969.«

»Saigon?« wiederholte ich, während mir einige von Stanleys

Lieblingskriegsgeschichten wieder einfielen. Dieser Mann konnte doch nicht etwa… *Bernie* sein? Doch, ich erinnerte mich. »Dann sind Sie also der Fotojournalist?« fragte ich und ließ meine Augen wieder durch das Zimmer wandern, über die vielen leeren Weinflaschen in der Ecke, den schäbigen Perserteppich, die düsteren Vorhänge.

»So ist es.«

»Stanley hat so oft von Ihnen gesprochen. Ich habe beinah das Gefühl, Sie zu kennen. Er hat die größte Hochachtung vor Ihrer Arbeit«, fügte ich überflüssigerweise hinzu. Denn wer hatte schließlich *keine* Hochachtung vor seiner Arbeit? Einer der bemerkenswertesten Pressefotografen unserer Zeit. Und – wenn man Stanleys Geschichten glauben konnte – einer der bemerkenswertesten Schweinehunde. Besonders, was Frauen anging. War das nicht der Mann mit den vielen Exfrauen? Und den vielen Schlangen? Jede Schlange, wenn ich mich recht erinnerte, nach einer seiner abgelegten Frauen benannt? Doch dieses heruntergekommene, harmlos wirkende Exemplar vor mir schien diesem Ruf kaum gerecht zu werden.

»Sie haben Stanley in letzter Zeit gesehen?« schloß ich und schaute von Schutzman zu Lambeau.

Er nickte und blies den Rauch seiner Zigarette nach oben.

»Und ich darf annehmen, daß Sie die Bekannte aus Kalifornien sind, mit der er sich hier treffen wollte?«

»Das stimmt, ja. Diese Bekannte aus Kalifornien«, sagte ich trokken. »Wann haben Sie ihn denn zuletzt gesehen?«

»Vor ein paar Monaten war er hier auf der Durchreise. Wir hatten Zeit für einen kleinen Schwatz.«

»Vor ein paar Monaten?« murmelte ich und fragte mich, warum zum Teufel Stanley mir all diese kleinen Ausflüge verheimlicht hatte.

»Und Greta?!« unterbrach Schutzman. »Nahm sie auch teil an diesem kleinen Schwatz?«

»Mein lieber Herr«, sagte Lambeau und drehte sich zu Schutzman um. »Ihre Enkeltochter ist eine erwachsene Frau. Ich habe kein Recht, über ihre Schritte Bericht zu erstatten, als wäre sie noch ein Kind. Wenn sie wünscht, Sie über ihre Pläne zu unterrichten…«

»Sie spielen mit mir altem Mann?! Ich komme zu Ihnen, bitte Sie um Hilfe. Und so behandeln Sie mich?! Wie einen... wie einen...«

Ohne den Satz zu beenden, stolperte er ein paar Schritte rückwärts, die Hand an seine Brust gepreßt.

»Monsieur?« stammelte ich und beeilte mich, seinen Arm zu ergreifen, während Lambeau nach dem anderen griff.

»Es ist nichts«, sagte Schutzman, doch seine Augen waren geschlossen und sein Gesicht war weiß und schweißnaß.

»Alles in Ordnung? Kommen Sie, mon vieux«, sagte Lambeau freundlich, und wir führten Schutzman in den anschließenden Raum, wo wir ihm aufs Bett halfen. »Wir rufen den Arzt, eh?«

»Keinen Arzt«, nuschelte Schutzman, öffnete die Augen und wedelte schwach mit der Hand. »Nur ein bißchen liegen. Das genügt.«

Ich setzte mich auf die Bettkante und betrachtete ihn genau. Seine Brust hob sich schwer, sein Atmen kam flach und rasselnd. »Sollten wir nicht doch jemanden holen, der nach ihm schaut?« flüsterte ich Lambeau zu, der jetzt am Fußende des Bettes stand.

»Keinen Arzt, habe ich gesagt!« antwortete Schutzman nachdrücklich. »Nur hier liegen. Ein wenig ausruhen.«

»Also gut. Kommen Sie«, meinte Lambeau und nickte mir zu. »Wir wollen unserem Freund ein wenig Frieden gönnen.«

»Wird er sich wieder erholen?« fragte ich, Lambeau aus dem Zimmer folgend.

»Ich weiß, daß er seit einiger Zeit nicht ganz auf der Höhe ist. Seit seine Frau gestorben ist, vielleicht schon davor. Greta hat mir davon erzählt. Wir können nur hoffen, daß er die Wahrheit sagt... ein bißchen Ruhe, und er wird wieder wie neu sein. So neu, wie ein Mann in seinem Alter eben sein kann. Wollen wir ein Gläschen trinken?« fügte er hinzu, nahm Schutzmans Brandyflasche vom Kaminsims und wischte den Staub vom Etikett, um es sich genauer anzusehen.

Ich setzte mich ans eine Ende des Sofas und sah schweigend zu, wie er den Brandy verschwenderisch in zwei Kaffeetassen gab, die auf dem Beistelltisch aufgestapelt waren. Er gab mir die eine Tasse, ließ sich dann in seinem Sessel nieder, Brandy und Zigarette in der Hand.

»Sie wußten bereits von Stanleys Entführung, nicht wahr?« sagte ich, wobei mir erst in diesem Moment klar wurde, daß es so sein mußte. »Ich meine, bevor wir hierher kamen.«

»Ich fürchte, ja.«

»Aber *woher*? Der Polizeiinspektor, von dem ich es weiß, hat erst heute nachmittag von der Entführung gehört.«

»Von einem Freund, könnte man sagen. Und dabei sollten wir es belassen.«

»Was für ein Freund?«

Er schüttelte den Kopf.

»Schauen Sie, Monsieur. Ich muß mich doch an irgend jemanden wenden können. Irgend etwas tun können, statt hier rumzusitzen und Däumchen zu drehen.«

»Nach meiner Erfahrung, Sarah, – ich darf Sie doch Sarah nennen? – ist Nichtstun oft das Klügste.«

»Ich glaube, Sie verstehen nicht ganz! Stanley ist zufällig ein *sehr* guter Freund von mir. Von Ihnen doch offenbar auch. Und jetzt ist er von einer Bande verrückter Terroristen gekidnappt worden. Wie, zum Teufel, können Sie da vorschlagen, wir sollten *nichts* tun?«

»Ich will ganz aufrichtig mit Ihnen sein, Sarah. Wenn ich Ihnen helfe, werde ich mit hineingezogen. Und ich habe nicht die Absicht, mich hineinziehen zu lassen. Davon habe ich genug. Es ist vorbei. Es war schon vor langer Zeit vorbei. Und wenn ich schon dabei bin, kann ich Sie auch gleich auf ein paar Irrtümer hinweisen, denen Sie offensichtlich aufsitzen. Erstens, daß diese sogenannten Terroristen ›Verrückte‹ wären. Die sind wahrscheinlich genau so wenig verrückt wie Sie oder ich. Zweitens, daß es auch nur die geringste Möglichkeit für Sie oder mich gäbe, Mr. London zu helfen, selbst wenn wir wollten. Und drittens, daß dieser Freund von mir – genauer eine Freundin, nämlich meine Exfrau, wenn Sie es genau wissen wollen – in der Lage wäre, Ihnen irgendwie weiterzuhelfen. Darauf gebe ich Ihnen mein Wort. Sie hat genug zu kämpfen, ihren eigenen Kopf über Wasser zu halten, daß sie sich nicht auch noch um anderer Sorgen kümmern kann.«

»Und woher weiß Ihre Exfrau von der Entführung?«

»Ich nehme an, von dem Schweinehund mit den guten Verbindungen, den sie geheiratet hat. Fall *abgeschlossen*«, fügte er hinzu, als ich zu sprechen ansetzte.

»Aber warum sind die nur auf Stanley verfallen?« murmelte ich schließlich nach kurzem Schweigen.

»Wenn Sie nach logischen Erklärungen suchen, meine Liebe... Ich bezweifle, daß es die gibt. Bei dieser Art Spiel ist ein Fisch so gut wie der andere. Wahrscheinlich war Stanley einfach zur falschen Zeit am falschen Ort. Es ist ein ziemlich heikles Geschäft, sich heutzutage als Journalist in jenem Teil der Welt aufzuhalten. Riskant, und meiner Meinung nach unüberlegt.«

»Aber irgend jemand muß doch darüber berichten, was sich da abspielt!«

»Wirklich?« fragte er trocken, starrte in seine Tasse und nahm einen raschen Schluck.

»Natürlich. Und ich kann nicht glauben, daß gerade Sie so denken. Ihre Fotos haben dazu beigetragen, den Vietnamkrieg zu beenden.

Er schüttelte den Kopf, Asche von seinem Pullover schnippend.

»Machen Sie sich doch nichts vor«, sagte er und schaute wieder auf. »Die Tausende amerikanischer Jungs, die in ihren Leichensäkken nach Hause kamen, haben das zuwege gebracht. Das hat dem verdammten Krieg schließlich ein Ende gesetzt. Niemand hat sich auch nur einen Dreck für Fotos interessiert.«

»Wie können Sie das *sagen*?« brauste ich auf, als er den Rest des Brandys runtergoß und die Tasse wegstellte.

»Weil es die verdammte Wahrheit ist.«

Das gesagt, stand er auf und ging rüber zu seiner Stereoanlage, schaltete sie an und setzte die Nadel auf eine Jazzplatte, die schon auf dem Plattenspieler lag. Während der Klang guter alter amerikanischer Jazzmusik den Raum erfüllte, versuchte ich, gegen meine von Minute zu Minute schlechtere Stimmung mit ein paar ordentlichen Schlucken Brandy anzukämpfen. Ich lehnte mich gegen die Sofapolster, um dem Brandy Zeit zu geben, seine Wirkung zu tun.

»Sind Sie nicht derjenige, der früher immer mit einer Schlange um den Hals rumlief?« wollte ich wissen, schaute Lambeau an und rutschte ein wenig auf dem Sofa nach vorne. »Die dann im Heizungssystem eines Hotels verloren ging?«

Lambeau nickte langsam und schenkte mir ein schiefes Lächeln. Ein Lächeln, dem man einen gewissen Charme nicht absprechen konnte.

»London hat also aus der Schule geplaudert, was?«

»Soweit ich mich erinnere, war das nur die Spitze des Eisbergs.«

»Ah ja?«

»Darf ich?« fragte ich, langte nach einer Zigarette aus dem Päckchen auf dem Tisch und ließ mir von ihm Feuer geben. Ich nahm an, daß ich mit meiner unausgesprochenen Antwort seine unausgesprochene Frage beantwortete. Ja, mein Freund. Ich weiß alles, was mit deiner ersten und zweiten Frau passiert ist. *Und* mit der dritten.

»Um die Wahrheit zu sagen, ich habe mir meine Unachtsamkeit nie recht verzeihen können«, sagte er und blies einen Rauchring in meine Richtung. »Charlotte hatte etwas Besseres verdient, als im Luftschacht des Saigoner Hilton zu verhungern.«

»Ja, das nehme ich an.«

»Ach ja, wirklich?« Wieder so ein Lächeln.

»Gab es da nicht noch eine Schlange, die Sie in einem Aquarium in Ihrem Zimmer hielten? Eine Boa Constrictor, wenn ich mich recht erinnere? Diane?«

Wieder stieß er den Rauch aus und blinzelte mich durch den Qualm an.

»Darlene.«

»Stimmt, Darlene. Und was geschah mit ihr?«

»Ich war leider gezwungen, sie dem Zoo von Seoul zu übergeben.«

»Wirklich? Wie schade. Aber gab es nicht auch noch eine französische?«

Noch ein langsames Nicken, eine Andeutung von einem Lächeln.

»Sie müssen Monique meinen.«

»Richtig, richtig. Monique. Und sie...?«

»Wurde gefressen.«

»Hmm, ja, von Darlene, oder?«

»Ich fürchte, ja.«

»Hatten Sie nicht die verrückte Idee, eine gewöhnliche Schlange könne mit einer Boa Constrictor friedlich zusammenleben? So was in der Art?«

Er blinzelte mich wieder an, beugte sich nach vorn, um seine Zigarette auszudrücken und lehnte sich wieder zurück.

»Der Gute hat aber auch nichts ausgelassen, wie?« sagte er amüsiert.

»Sieht nicht so aus. Natürlich hab ich auch alles über Johnny Hu gehört«, setzte ich hinzu und ließ den Brandy in meiner Tasse kreisen.

»Damit meinen Sie wohl Johnny *Wu.*«

»Richtig. Johnny Wu. In Jerusalem treffen sich die Medienleute alle in einer Bar namens ›Midnight Sun‹, wie Sie vermutlich wissen. So unglaublich es auch klingen mag, Stanley hat mir erzählt, daß er im ›Sun‹ viele Journalisten wiedergetroffen hat, die er damals vor zwanzig Jahren bei Johnny Wu kennengelernt hatte.«

»Überhaupt nicht unglaublich, meine Liebe. Verdammt deprimierend. Besser kann man die Absurdität unseres Lebens doch wohl kaum beschreiben. Ganz egal, über welchen dreckigen Krieg wir gerade berichten, immer gibt es ›Die Bar‹, in der wir uns verkriechen, um die Hölle draußen zu vergessen. ›Johnny's‹ in Saigon. Die ›Sun‹ in Jerusalem. Das ›Royal‹ in El Salvador. Das ›Wellington‹ in Beirut. Die sprichwörtliche Spelunke – eine gleicht der anderen wie ein Ei – die unser zweites Zuhause wird. Wer weiß? Vielleicht unser erstes?«

»Sie haben also in Beirut gearbeitet?«

Einen Augenblick lang stierte er auf die Spitze seiner Zigarette, dann schaute er mich wieder an.

»Mehr oder weniger die letzten elf Jahre.«

»Elf Jahre? Eine lange Zeit.«

»Viel zu lang. Und stellen Sie keine Fragen«, fügte er hinzu, bevor ich auch nur ein Wort sagen konnte. »Denn ich will verdammt noch mal nicht darüber reden. In Ordnung?«

»Ja, ja. Gut«, sagte ich, beugte mich vor und ließ ihn mehr Brandy in meine Tasse gießen. Er füllte seine eigene Tasse nach, lehnte sich zurück und versank anscheinend in Gedanken.

»Welche Ihrer Exfrauen ist denn nun die Informantin?« fragte ich, das Schweigen zwischen uns brechend. »Darlene? Monique? Charlotte?«

»Ende der Durchsage, Sarah. Verstanden?«

Ich starrte ihn an, starrte in das von Zynismus/Pessimismus/Defätismus gezeichnete Gesicht. Genau das, was ich in diesem Moment absolut nicht brauchen konnte. Ich stand auf und ging ins Schlafzimmer, um zu sehen, wie es Schutzman ging. Er schnarchte leise, die Hände ordentlich über der Brust gefaltet. Als ich ins Wohnzimmer zurückkam, drehte Lambeau gerade die Platte um.

»Damit verbringen Sie also jetzt Ihre Zeit? Hören Jazzplatten und vergraben sich in Geschichtsbüchern?« fragte ich und deutete mit einem Kopfnicken auf die dicken Bücher, die auf dem Tisch lagen.

»Irgendwelche Einwände?« gab er zurück.

»Seit wann haben Sie keine Fotos mehr gemacht?«

Lambeau schüttelte den Kopf und grinste vor sich hin.

»Ihr Frauen seid doch alle gleich, was?«

»Das scheinen Sie offenbar zu denken.«

Wieder schüttelte er den Kopf, noch immer lächelnd, während er sich vorbeugte, um die Zigarette auszudrücken.

»Ich habe mich gerade gefragt...«, meinte ich, sah mich aufmerksam im Zimmer um und zählte endlich zwei und zwei zusammen.

»Was denn nun wieder?«

»Na ja, ich konnte wohl kaum das Aquarium im Schlafzimmer übersehen. Bedeutet das...?«

»Haben Sie etwa eine Schlangenphobie?«

»Könnte nicht sagen, daß ich von der Vorstellung einer Schlange hier im Raum sonderlich begeistert wäre«, gab ich zu und schaute mich noch mal um, während sich mir langsam die Nackenhaare aufstellten. »Versteckt sie sich irgendwo? Oder...?«

»Ich habe mich schon oft gefragt, was das eigentlich ist mit Frauen und Schlangen«, sagte er, nahm wieder eine Zigarette aus der Packung, steckte sie zwischen die Lippen und sprach an ihr vorbei, mit dem Streichholzheftchen in der Hand spielend. »Frauen, Schlangen und Spinnen. Warum diese angeborene Aversion, die Sie alle gegenüber diesen armen, unschuldigen Tieren haben?«

»Schlangen und Spinnen sind grundsätzlich abstoßend, deswegen«, sagte ich und warf einen raschen Blick hinter das Sofa, auf dem ich saß. »Kriechende, krabbelnde, schlüpfrige Scheußlichkeiten.«

»Aber das ist *genau* der Punkt«, sagte er und warf das Streichholz weg. »Warum muß etwas Krabbelndes und Schlüpfriges denn abstoßend sein? Absolut Freudsche Assoziationen«, fügte er hinzu, mit der Zigarette auf mich deutend. Dann setzte er zwei Finger an die Lippen und pfiff kurz und schrill.

»Himmel«, japste ich und sprang auf, als eine Schlange mit diamantförmigem Kopf – ein riesiges, häßliches Biest – um die Ecke auf mich zuglitt.

Lambeau lachte und nahm die Schlange auf den Arm.

»Keine Sorge, meine Liebe. Wendy ist nur eine harmlose kleine Viper. Nicht wahr, meine Süße?«

Ich konnte das verdammte Ding unter Lambeaus Berührung fast schnurren hören, während es sich in seinem Schoß in mindestens drei oder vier Windungen zusammenrollte.

»Ist Greta die einzige Schlange hier?« fragte ich, mich behutsam wieder hinsetzend.

»Was meinen Sie?«

»Sie haben doch nicht noch mehr von diesen Dingern hier versteckt?«

Lambeau warf mir einen abschätzenden, schiefen Blick zu.

»Was ist los?« fragte ich schließlich.

»Eine kleine Freudsche Fehlleistung, meine Liebe?«

»Wie bitte?«

»Sind Sie sich bewußt, daß Sie gerade meinen kleinen Liebling hier ›Greta‹ genannt haben?«

»Hab ich das?« sagte ich, und rutschte unruhig hin und her. Hatte ich das *wirklich*?

»Allerdings. Also gut«, meinte er, nach einer Pause, die man nur als inhaltsschwanger bezeichnen konnte. »Sie kennen also die Enkelin des alten Mannes?«

»Nein, ich kenne sie nicht.«

»Ach. Schade«, sagte er und streichelte den Rücken der Schlange. Wieder saßen wir schweigend, beide darüber nachgrübelnd, wie »schade« es wohl wirklich war.

»Doch Stanley *hat* Greta offenbar kennengelernt, nicht wahr?« fragte ich schließend.

Lambeau betrachtete mich prüfend.

»Sie fanden, sie konnten einander nützlich sein«, sagte er dann. »Eine rein praktische Beziehung. Mehr nicht.«

»Auf welche Weise genau konnten sie einander denn nützlich sein?«

»Greta ist eine sehr begabte Dolmetscherin. Er brauchte eine für seine Interviews...«

»Ich verstehe«, murmelte ich, in meine Tasse starrend, während ich versuchte, diese neueste Variation eines uralten Themas zu verdauen.

»Sie brauchen sich wegen der beiden nicht allzusehr zu beunruhigen«, sagte Lambeau sanft. »Sie müssen verstehen, daß Greta... sie...« Und mit einem weiteren unbestimmten Wedeln seiner Zigarette überließ er den Rest meiner Phantasie. Oder seiner.

»Greta... *was*?«

Lambeau und ich fuhren gleichzeitig herum und sahen Schutzman in der Schlafzimmertür stehen und wütend auf Lambeau starren.

»Wie fühlen Sie sich, Monsieur?« fragte ich und sprang auf.

»Mir geht's gut«, sagte er, mich mit einer Handbewegung wegscheuchend. »Greta... sie ist *was*?« fragte er Lambeau erneut und machte ein paar unsichere Schritte auf ihn zu.

»Monsieur, Sie kennen Ihre Enkeltochter sicherlich so gut wie ich. Man könnte sagen, sie ist eine Frau, die ihr Leben gerne nach ihren eigenen Regeln lebt, nicht wahr? Eine Art Abenteuerin, wenn man so will.«

»Kommen Sie!« verkündete Schutzman barsch, schnappte sich seinen Regenmantel und stapfte zur Tür. »Das lasse ich mir nicht bieten, daß mein geliebtes Kind derart besudelt wird.«

»Aber Monsieur«, beschwichtigte ich. »Glauben Sie nicht...«

»Mein lieber Mann«, unterbrach Lambeau, setzte die Schlange von seinem Schoß auf den Sessel und stand auf. »Gerade sie müßten wissen, wie sehr ich Ihre Enkeltochter respektiere und bewundere, ja liebe. Von Besudeln kann keine Rede sein.«

»Ich bin nicht so ein Idiot, wie Sie vielleicht glauben«, schnaubte Schutzman, mit dem Türknauf kämpfend und wütend seinen Regenmantel schüttelnd. Schließlich gelang es ihm, die Tür aufzustoßen. »Kommen Sie, Mademoiselle?«

»Ja, gleich. Aber ich...« Zögernd schaute ich vom einen zum anderen. Das schien alles so lächerlich und unnötig zu sein.

»Ich hoffe, wir sehen uns einmal unter angenehmeren Umständen wieder?« meinte Lambeau mit einem kleinen Lächeln, während er mich zur Tür brachte.

»Möglicherweise schon eher als Sie glauben«, sagte ich und trat in den Flur. Ohne eine Antwort abzuwarten, drehte ich mich um und folgte dem alten Mann die beiden Stockwerke hinab auf die Straße. Ich begleitete Schutzman zurück zu seiner Wohnung, versuchte, ihn zu beruhigen, und fragte mich, warum er Lambeau so wenig leiden konnte.

»Ich weiß, was ich weiß!« sagte er mit warnend erhobenem Zeigefinger, als wir seine Haustür erreichten. Und mit diesem vielsagenden Ausspruch trennten wir uns, nachdem wir vereinbart hatten, daß ich ihn am folgenden Tag an seinem Bücherstand aufsuchen würde.

Auf meinem Weg den Boulevard Saint Michel hinab machte ich halt bei einer noch spätabends geöffneten Buchhandlung und durchstöberte die Regale mit den Bildbänden, bis ich gefunden hatte, wonach ich suchte. *Beirut*, war der Titel des Buches. *Le Paysage de la guerre – The Landscape of War* – par Bernard Lambeau. Das gleiche Buch, das ich vor über einem Jahr in Stanleys Bücherregal gesehen hatte.

Ich stand in einer Ecke des Ladens, blätterte durch den Text, fand die Fotos unglaublich. Sachliche Schwarzweißaufnahmen eines ausgebrannten Höllenlochs. Eine Stadt, die einst als das Juwel des Orients galt, das Paris des Nahen Ostens, und die nun nur noch aus Flüchtlingslagern und Trümmern bestand. Am eindringlichsten aber waren die Gesichter. Nahaufnahmen weinender Frauen, die in Haufen von Steinen, Schutt und Mörtel wühlten... um was zu finden? Fotos von abgezehrten alten Männern, die mit leeren Augen in die Kamera starrten. Von Kindern, die auf Trümmerhaufen ›Krieg‹ spielten. Von jungen Männern – immer die jungen Männer, in all den verdammten Kriegsgebieten –, die in Hauseingängen standen, an den Ecken kleiner Gassen lauerten, in Straßengräben hockten, das unvermeidliche Tuch vor dem Gesicht und die Maschinenpistole im Arm.

Lambeau und seine Kamera waren auf vielen dieser Bilder dem Geschehen unglaublich nahe gekommen. Zogen den Betrachter mit hinein, ließen ihm keine Chance, unbeteiligt außen vor zu bleiben.

Ich schloß das Buch, stellte es wieder ins Regal und setzte meinen

Weg zum Hotel fort, wobei ich überlegte, was wohl passiert war, warum dieser brillante Fotojournalist zu dem desillusionierten und müden alten Mann geworden war, mit dem ich heute gesprochen hatte, in vielem so ganz anders als Stanley, dachte ich. »Wo bist du, Stanley?« murmelte ich, schaute in die Schaufenster, an denen ich vorbeiging und starrte auf mein eigenes Spiegelbild. »Wo bist du, und wann werde ich dich je wiedersehen?«

Ich war so in Gedanken versunken, daß ich unmöglich sagen kann, wann ich zum erstenmal die schwarze Limousine bemerkte, die mit zwei oder drei Metern Abstand zum Bürgersteig langsam hinter mir herfuhr. War es an der Ecke zur Rue Vaugirard? Oder als ich mich nach dem stachelköpfigen Punkrocker umsah, der an mir vorbeigelaufen war? Als ich sie schließlich bemerkte, war meine erste Reaktion, meinen Schritt zu beschleunigen. Dann blieb ich abrupt stehen, starrte auf das Auto, versuchte hineinzusehen, konnte aber in den getönten Scheiben nur die Spiegelung des Sonnenuntergangs erkennen.

Als die Hintertüren aufflogen, erst die eine, dann die andere, stolperte ich ein paar Schritte zurück ... *Großer Gott, nein!* murmelte ich, als zwei Männer mit dunklen Sonnenbrillen und düsteren, unrasierten Gesichtern aus dem Auto stiegen.

»Großer Gott, nein!« schrie ich, drehte mich blitzschnell um und rannte die Rue Vaugirard hinunter, zwei oder drei erschreckte Fußgänger anrempelnd. »Hilfe! Polizei!« stieß ich absurderweise hervor, schoß in eine Nebenstraße, sprintete zwischen den fahrenden Autos hindurch und erreichte wieder den Bürgersteig.

»Halt!« befahl eine Stimme. »Oder ich schieße.«

Mein Herz stand still. Aber nicht meine Beine, die anscheinend auf Autopilot geschaltet waren und sich von mir nicht mehr kontrollieren ließen. Auf die nächste Ecke zurasend, machten die Augen in meinem Hinterkopf eine Zeitlupenaufnahme des Killers, der sich hinkniete, mit ausgestrecktem Arm und ruhiger Hand die Pistole hielt und langsam und sorgfältig auf meinen Rücken zielte.

Ich wartete auf das Unvermeidliche; auf den Knall und die Kugel, die auf meinen Rücken zuschoß, mir durch Fleisch und Knochen drang. Das Blut, das aus mir hervorsprudelte, während ich zu Boden krachte.

Aber der Knall – die Kugel – kam nicht. Ich schlitterte um die Ecke auf den Boulevard Saint Germain, mit wild jagenden Beinen und schmerzhaften Atemstößen, und immer noch keine Kugel. Ich stürmte die Straße entlang, drei Blocks, vier Blocks, schob jede Menge Passanten aus meinem Weg und warf immer wieder panische Blicke über die Schulter, während ich rannte. Was war aus den beiden Männern geworden? Hatte die Menschenmenge – jeder einzelne ein potentieller Zeuge – sie verscheucht? Oder saßen sie schon wieder in der schwarzen Limousine und verfolgten mich?

Ich tauchte in ein Restaurant-Café am Place de l'Odéon und schlängelte mich rasch zwischen Tischen und in Grüppchen stehenden Gästen nach hinten zur Bar durch.

»Un demi«, keuchte ich, sank auf einen Barhocker und bemühte mich nach Kräften, die neugierigen Blicke der anderen Gäste zu ignorieren. Versuchte, wieder zu Atem zu kommen, während mir verschiedene Möglichkeiten durch den Kopf schossen. *Welche* Möglichkeiten? Mein Hotelzimmer kam natürlich nicht mehr in Frage. Wohin zum Teufel sollte ich dann gehen? Wen konnte ich um Hilfe bitten? Inspektor Renard wäre wohl die logischste Antwort. Aber ein Anruf und die Erwähnung dessen, was gerade geschehen war, und der Kerl würde mich sofort in die nächste Maschine nach San Francisco setzen.

Ich trank das Glas in einem Zug leer, bestellte ein zweites und wühlte in meinem Rucksack nach dem Päckchen Gitanes, das mir der Inspektor am Nachmittag gegeben hatte, während ich noch mal den Moment vor Augen sah, als die beiden Killer aus dem Auto stiegen. Wer waren sie, und was wollten sie von mir? Das war die Frage. Konnte dieser Mohammed/al-Malruki immer noch darauf aus sein, mich wiederzusehen? Oder standen sie möglicherweise mit den Terroristen in Verbindung, die Stanley letzten Sonntag gekascht hatten? Wer zum Teufel sie auch waren – offenbar wollten sie mich eher lebend als tot. Denn so sicher wie ich hier saß, diese blöde Zigarette rauchte und mit schnellen Schlucken mein Bier trank, so sicher hätte mir der Killer eine Kugel in den Rücken jagen können, wenn er das vorgehabt hätte...

Ich wühlte wieder in meinem Rucksack und stieß auf Gretas Brief, den sie an Lambeau geschrieben hatte. Alle Skrupel beiseite schiebend, riß ich den Umschlag auf. Der Brief war kurz und in Eile geschrieben – auf französisch –, dem liebsten Bernie dankend, daß er sie seinem amerikanischen Freund vorgestellt hatte – ›votre ami americain‹ –, und mit dem Zusatz versehen, daß es nicht besser laufen könne. »Je vous embrasse… Greta.«

Ich starrte noch ein paar Augenblicke auf die Sätze, faltete den Brief dann wieder zusammen, steckte ihn in den Umschlag und den Umschlag in meinen Rucksack. Also *Lambeau* hatte Stanley und Greta zusammengebracht. Dieser Mistkerl. Für einen Mann, der behauptete, sich »nicht reinziehen« lassen zu wollen, hatte er aber tüchtig bei diesem ganzen Durcheinander mitgemischt. »Es könnte nicht besser laufen«, hatte sie geschrieben. *Könnte nicht besser…* Verdammt. Verdammt. *Verdammt.*

Drei Stunden oder länger saß ich in der Bar, trank Bier, dann Espresso, dann wieder Bier, rauchte eine Zigarette nach der anderen und täuschte Interesse an dem Eberhardt-Tagebuch vor, das geöffnet vor mir lag. Versuchte, eine einigermaßen vernünftige Strategie zu entwickeln. In Wirklichkeit traute ich mich nur nicht aus dem Café. Aber es schloß um vier Uhr früh. Besser jetzt als später, beschloß ich, als die Kirchglocken von gegenüber zwei Uhr schlugen.

Ich bezahlte meine Rechnung – eine lächerlich hohe Summe – und stand im Eingang des Cafés, bis endlich ein Taxi vorbeigefahren kam. Ich rannte raus und hielt es an.

»Rue Petit-Pré«, wies ich den Taxifahrer an, der sich bei näherem Hinsehen als Frau in mittleren Jahren entpuppte. Es war irgendwie tröstlich, in Gesellschaft einer Frau zu sein. Selbst wenn es eine Fremde war, die ich zweifellos nie wiedersehen würde. Gleiche Schwingungen oder so was? Ich wußte nur, daß ich ungern aus dem Taxi aussteigen wollte, als sie vor Lambeaus Innenhof hielt und ich den Fahrpreis bezahlt hatte.

Ich klingelte mehrfach bei Lambeau. Hielt die Klingel dann eine ganze Minute lang gedrückt, bis sich endlich etwas tat. Nicht an der Tür, aber an einem Fenster, das ein paar Stockwerke über mir aufgestoßen wurde.

»Ich bin's!« flüsterte ich, trat zurück in den Hof, legte den Kopf in den Nacken, um den Mann sehen zu können, erblickte aber nur ein Streichholz, das in der Dunkelheit entzündet wurde. »Ich brauche Ihre Hilfe!«

Ich wartete auf eine Antwort, trat dann wieder an die Tür und wartete weiter. Endlich sprang die Tür auf und ich rannte die Treppe rauf.

»Was zum Teufel?« brummelte er, in der Tür stehend, als ich den Flur entlang lief.

»Ich brauche Ihre Hilfe«, sagte ich und drückte mich an ihm vorbei in die Wohnung.

Er drehte sich um, sah mich abweisend an und massierte sich mit dem Handballen die rechte Schläfe.

»Schließen Sie die Tür!« flüsterte ich. »Ich *brauche* Ihre Hilfe!«

»Um drei Uhr morgens?« sagte er und schob die Tür zu.

»Ein paar Männer haben heute nacht versucht, *mich* zu entführen. Direkt von der Straße weg. Gott weiß, wer sie waren und was sie mit mir machen wollten. Einer zog sogar 'ne Kanone«, fügte ich hinzu und lief aufgeregt in seinem Wohnzimmer auf und ab.

Ohne ein Wort nahm Lambeau eine Zigarette aus der Tasche seines mottenzerfressenen Kordsamt-Morgenrocks und zündete sie an.

Sonnabend, 10. Juni 1989

Um fünf Uhr früh war ich wieder auf den Beinen und versuchte, in Lambeaus Küche etwas Eßbares aufzutreiben. Wie es aussah, ernährte sich der Mann von Pulverkaffee, Rotwein und bitterer Schweizer Schokolade. Ich kochte Wasser, machte mir eine Tasse Kaffee und setzte mich mit dem Kaffee und seiner Schweizer Lindt-Schokolade an den Küchentisch. Wann hatte ich zum letztenmal eine Nacht durchgeschlafen? fragte ich mich, brach Stücke von der Schokolade ab und steckte sie in den Mund. Vernünftig geschlafen? Vernünftig gegessen? Eine ganz normale Unterhaltung gehabt? Einen ganz normalen Spaziergang durch die Straßen gemacht? Frühling in Paris…

Die Schlafzimmertür öffnete sich, und Lambeau erschien. Wieder in dem schäbigen Morgenrock, die unvermeidliche Zigarette im Mundwinkel, kam er zu mir in die Küche und kramte in den Küchenregalen rum.

»Guten Morgen«, wagte ich zu sagen.

Seine Antwort, an der Zigarette vorbeigemurmelt, während er Pulverkaffee in einen Becher löffelte, war absolut unverständlich.

Er füllte den Becher mit heißem Wasser aus der Leitung, rührte um und setzte sich auf den Stuhl mir gegenüber. Ich wartete darauf, daß er etwas sagte. Irgend etwas. Aber er schien völlig zufrieden seine Zigarette zu paffen und sein koffeinhaltiges Leitungswasser zu trinken, wobei sein Blick auf einen Punkt über meinem Kopf gerichtet war.

»Wo wohnt Ihre Exfrau denn?« fragte ich schließlich und schob die Schokolade in seine Richtung.

Er schob sie zurück.

»Ein bis zwei Stunden östlich von Paris.«

»Haben Sie ein Auto?«

Er nickte. Dann herrschte wieder ausgedehntes Schweigen. Er war nicht gerade ein fröhlicher Frühstückskumpan.

»Ich habe mir gestern abend Ihr Buch angesehen. Die Fotos aus Beirut. Sie sind... sie sind wirklich unglaublich... und schmerzlich«, riskierte ich einen neuen Vorstoß.

Er sah mich aus zusammengekniffenen Augen an, den Rauch seiner Zigarette nach oben blasend. »Finden Sie?«

»Ja, finde ich. Was ist passiert? Warum haben Sie aufgehört?«

Er starrte mich einen endlos scheinenden, ziemlich ungemütlichen Moment an. Dann schüttelte er den Kopf und lehnte sich zurück.

»Zu früh am Morgen, meine Liebe«, murmelte er und stand auf. Mit dem Kaffee und der Zigarette in der Hand verschwand er wieder im Schlafzimmer, die Tür mit dem Fuß hinter sich zuschlagend. Ich starrte ihm nach, rutschte auf dem Stuhl nach vorne und ließ ein weiteres Stück Schokolade in meinen Mund gleiten.

»Also was hat Sie nun bewogen, das Fotografieren aufzugeben?« versuchte ich erneut, als wir drei Stunden später die Autobahn in Richtung Osten erreicht hatten.

Lambeau blickte mich kurz an, dann wieder auf die Straße.

»Unbarmherzig, diese Frauen.«

»Also?«

»Also... Ich nehme an, die Kamera hat's nicht mehr gebracht.«

»Was meinen Sie damit?«

»Hat mich nicht mehr beschützt.«

»Wovor?«

»Vor der verdammten Hölle, die ich da auf Film gebannt habe, davor.«

»Ich verstehe. Und das geschah in Beirut?«

Eine weitere Pause. Und dann: »Jawoll.«

»Den Krieg dort hab ich eigentlich nie verstanden«, sagte ich und drehte das Radio etwas leiser. »Ich weiß noch nicht mal, wie er angefangen hat.«

»Wie alle Kriege anfangen«, sagte er, beugte sich rüber zu mir, öffnete das Handschuhfach und holte ein neues Päckchen Gauloises raus. »Irgendwer schießt auf irgendwen, und irgendwer schießt zurück.«

»Aber wer hat in diesem Fall zuerst geschossen? Und warum?«

»Das hängt davon ab, mit wem Sie darüber reden, nicht? Machen Sie das mal bitte auf, ja?« fügte er hinzu und gab mir die Zigaretten. »Fragen Sie die Christen«, fuhr er fort, drehte das Fenster runter und justierte zum fünften oder sechsten Mal seit der Abfahrt den Außenspiegel. »Fragen Sie die Christen, dann werden die es höchstwahrscheinlich auf die Syrer und die Moslems schieben, eh? Aber die Moslems, die drehen den Spieß um und schieben es auf die Israelis. Die Israelis machen natürlich die PLO dafür verantwortlich. Und die PLO wiederum die Israelis. Und die drei moslemischen Sekten – die Drusen, die Sunniten und die Schiiten – schieben es sich wahrscheinlich gegenseitig in die Schuhe, wenn sie nicht gerade Israel und die Christen dafür verantwortlich machen. Und stellvertretend die Amerikaner. Tatsache aber ist, daß zu jedem beliebigen Zeitpunkt jede dieser Fraktionen sogar recht haben könnte. Und was Syrien angeht«, meinte er weiter, nahm die Zigarette, die ich ihm reichte, und drückte auf den Zigarettenanzünder, »Syrien könnte unter Umständen noch ein bißchen weiter ausholen wollen und Frankreich für die ganze Misere verantwortlich machen.«

»Frankreich?«

»Verdammt richtig«, nuschelte er, warf mir einen kurzen Blick zu und sah wieder auf die Straße. »Schließlich gab es dieses absurde Gebilde namens Libanon überhaupt nicht, bis wir Franzosen kamen und es – voilà – aus unserem Hut zogen, wie der Zauberer das Kaninchen. Ein kleiner Taschenspielertrick, den ein paar französische Diplomaten vor sechzig oder siebzig Jahren mit den maronitischen Christen aushandelten. Die Christen bekamen ein Stück von Syrien... künftig hin als Libanon bekannt. Und Frankreich hatte sich damit einen christlichen Verbündeten in einer ansonsten ›heidnischen‹ Region gesichert. Aber offenbar scheint sich niemand die Frage gestellt zu haben«, setzte er hinzu und hielt den glühenden Anzünder an seine Zigarette, »wie lange die moslemische Mehrheit dieses neuen ›Libanon‹ sich die Vorherrschaft einer christlichen Minderheit gefallen lassen würde. Einer reichlich faschistischen Minderheit noch dazu, von ihrem dreckigen Geld ganz zu schweigen. Und als Folge«, schloß er und steckte den Anzünder wieder ins Armaturenbrett, »wurde Beirut zu dem, was es ist. Nun bin ich«, meinte er einen Moment später und griff nach draußen, um den Spiegel ein weiteres Mal zu justieren, »als Zeuge dieser ganzen Scheußlichkeit allerdings der unmaßgeblichen Meinung, daß der israelische Überfall '82 auf den Libanon der letzte Nagel am Sarg war. So wie die Beirut bombardiert haben! Aber fragen sie mal irgendeinen Israeli, und Sie kriegen bestimmt zu hören, die PLO und Abu Nidal seien für die Invasion verantwortlich.«

»Wieso denn Abu Nidal?« murmelte ich, wobei mir allein der Klang des Namens schon einen gelinden Schock versetzte und ein Bild von Assam – wie er gerade den internationalen Flughafen durchquerte – heraufbeschwor.

»Das ist die Terrorgruppe, die '82 einen Anschlag auf irgendeinen israelischen Diplomaten verübte. Drei Tage später rächte sich Israel durch die Invasion des Libanons, um die PLO auszulöschen.«

»Aber warum sollte ein Terroranschlag von Abu Nidal Israel veranlassen, die PLO anzugreifen? Abu Nidal hat nichts mehr mit der PLO zu tun. Die beiden Gruppen sind sogar absolute Gegner, wie mir der Inspektor sagte. Todfeinde! Abu Nidal hat in den vergangenen Jahren jede Menge führende PLO-Mitglieder ermordet.«

»Das ist doch Haarspalterei, was Sie und Ihr Inspektor da betreiben, meine Liebe«, sagte Lambeau, die Asche aus dem Fenster schnippend. »Das israelische Oberkommando gibt sich nicht mit solchen feinen Unterschieden ab. Ein Palästinenser ist ein Palästinenser! Und demzufolge ein Terrorist. Was Israel veranlaßte, die 82er Invasion als Krieg gegen den internationalen Terrorismus auszugeben. Peinlich nur, daß 6000 libanesische Zivilisten in diesem großartigen Krieg gegen den Terrorismus durch israelische Bomben getötet wurden. Und weitere 200000 obdachlos wurden. Ich habe auch schon vorher weiß Gott genug Flüchtlinge gesehen. Hab sie sogar zu meiner verdammten Spezialität gemacht«, fügte er hinzu und lächelte bitter. »Aber hier war es gleich eine ganze Stadt voll. Überwiegend Moslems natürlich. Und sehr viele davon Schiiten. Dabei hatten sich gerade die Schiiten als *Verbündete* Israels betrachtet, bevor die Invasion losging. Doch was sind die denn schon anderes als auch nur eine verdammte Bande von Terroristen, nicht wahr?« meinte er, als wir durch ein hohes, schmiedeeisernes Tor fuhren. Mir war gar nicht aufgefallen, daß wir die Autobahn verlassen hatten.

»*Hier* wohnt Ihre Frau?« fragte ich erstaunt und blickte von Lambeau auf den herrlichen Besitz, durch den wir fuhren; auf der einen Seite ein lichter Birkenwald, auf der anderen weiträumige, gepflegte Parkanlagen mit einem künstlichen See in der Ferne, auf dem sich Wildenten und Gänse tummelten. »Aber das ist ja praktisch ein Schloß«, sagte ich, als wir in die Auffahrt zu einem mächtigen, dreistöckigen Herrenhaus bogen.

»Château de Coutinard«, informierte mich Lambeau, wendete den Wagen vor einem großen, doppeltürigen Portal und hielt an. »Gebaut 1743 von dem Vicomte de Correze, als Hochzeitsgeschenk für seine zukünftige Braut. Unglücklicherweise, so will es die Geschichte, betrog das Mädchen den armen Kerl noch vor der Hochzeit, und der Vicomte ließ sie enthaupten.«

»Strenger Knabe, dieser Vicomte«, murmelte ich, stieg aus und sah mich um, wobei ich mir vorzustellen versuchte, wie es wohl wäre, in so einem Kasten tatsächlich zu *leben*. Lebte hier denn überhaupt jemand? Außer dem Gärtner, an dem wir vor ein paar Minuten vorbeigefahren waren, wirkte das Ganze völlig verlassen.

»Keine Bange, meine Liebe. Monique entfernt sich äußerst selten von hier. Ein leichter Fall von Platzangst«, erklärte mir Lambeau, eine seltsame Wiederholung der Schutzmanschen Beschreibung von *Lambeau* am Abend zuvor.

Kaum hatte Lambeau den schweren Türklopfer aus Messing betätigt, als auch schon die Tür von einer freundlich blickenden, älteren Frau in schwarzer Dienstbotenkleidung geöffnet wurde. Beim Anblick Lambeaus erschien ein freudiges Lächeln auf ihrem Gesicht, und sie schlug die Hände vor der Brust zusammen. Einen Moment lang standen sie beide nur da und lächelten sich an. Lambeau wirkte wie ein Riese gegen die kleine Frau.

»Bonjour, Simone«, sagte Lambeau schließlich, zog den Kopf ein und betrat die Halle.

»Ich wußte doch, daß Sie es sind, Monsieur«, sagte sie in aufgeregtem Französisch und half ihm aus dem Mantel. »Ihr Wagen... er ist unüberhörbar. Ich hörte Sie schon kommen. Ich freu' mich so, Sie wiederzusehen.«

»Und ich freue mich, Sie zu sehen, Simone. Darf ich Ihnen eine Freundin vorstellen, Miss Sarah Calloway«, fügte er auf englisch hinzu. »Und Monique?« fragte er, die gewundene Treppe hinaufschauend.

»Au lit. Encore im Bett. Möchten Sie, daß ich sie wecke?«

»Das wäre sehr lieb von Ihnen.«

»Darf ich Ihnen etwas anbieten, solange Sie warten?« schlug sie vor und führte uns in eine Art Empfangszimmer, dessen Möbel genau so steif wirkten wie die Porträts an den Wänden.

»Einen Kaffee würde ich nicht abschlagen«, antwortete er.

»Sie und diese Simone scheinen ja auf sehr gutem Fuß zu stehen«, meinte ich, als wir wieder alleine waren.

»Heiratet man Monique, kriegt man Simone automatisch dazu. Wobei sie wahrscheinlich das Beste an der ganzen Sache ist.« Er nahm eine antike Uhr vom Kaminsims und drehte sie in der Hand.

»Und dieser Ehemann mit den ›guten Verbindungen‹? Befindet er sich nicht hier?«

»Wäre er da, dann wäre ich nicht hier«, sagte Lambeau, stellte die Uhr wieder zurück und sah auf seine eigene.

»Irgendwelche Probleme?«

»Man könnte sagen, wir sind uns nicht ganz grün, Monsieur Marchand und ich.«

»Ich verstehe. Woher hat dieser Marchand eigentlich das ganze Geld?« fragte ich und schaute mich erneut im Raum um.

»Atomkraft. Öl. Diamantenminen in Südafrika«, antwortete er, zündete sich eine Zigarette an und warf das Streichholz in den Kamin.

»Igitt.«

Simone kam mit einem schwerbeladenen Tablett zurück.

»Monsieur«, sagte sie, das Tablett abstellend. »Madame wünscht Sie in ihrem Zimmer zu empfangen.«

»Also gut, meine Liebe«, murmelte Lambeau, »ich überlasse Sie Ihrem Schicksal«, und ging hinaus.

»Sie bedienen sich selbst, Mademoiselle?« fragte Simone und arrangierte das Geschirr auf dem Tablett um.

»Ja, natürlich. *Vielen* Dank«, rief ich ihr nach, als auch sie das Zimmer verließ.

Ich hatte mir kaum eine Tasse Kaffee eingeschenkt und ein Glas frisch gepreßten Orangensaft genommen, als Simone mit einem zweiten Tablett zurückkam: hartgekochte Eier und geräucherter Schinken, ein Korb mit Croissants, zwei Schälchen frische Erdbeeren mit Sahne. Ich dachte, ich hätte Hunger. Aber beim Anblick all der guten Sachen wurde mir wieder so übel wie am Nachmittag zuvor.

Ich ließ mich auf einem vergoldeten, kitschigen kleinen Sofa nieder, den Kaffee in der Hand, und dachte darüber nach, was Lambeau mir unterwegs erzählt hatte. Wie mich die Invasion des Libanons '82 wieder auf Assam gebracht hatte. Wer war er wirklich, und was hatte ihn dazu gemacht? Von Assam gingen meine Gedanken unvermeidlich auf Stanley über, wieder mal.

»Mademoiselle?«

Ich drehte mich um und sah Simone in der Tür stehen.

»Madame läßt fragen, ob Sie ebenfalls nach oben kommen möchten?«

»Ja. Ja natürlich«, sagte ich, folgte ihr aus dem Raum und die teppichbelegte Treppe hinauf.

»Gehen Sie nur hinein«, sagte Simone lächelnd und nickte in Richtung der Tür am Ende des Flurs.

Ich klopfte und trat durch die Tür, einen Moment zögernd, während sich meine Augen an das schummrige Licht im Zimmer gewöhnten. Schließlich entdeckte ich Lambeau, der auf einem Sessel am anderen Ende des Raums saß, die Zigarette zwischen den Fingerspitzen.

»Kommen Sie hierherüber, Sarah.«

Die Stimme – rauchig, mit einem verführerischen französischen Akzent – kam aus den Tiefen eines Alkovens zur Linken. Ich folgte der Stimme. Eine dunkeläugige, dunkelhaarige Frau in einem lässigen roten Samtmorgenmantel lag bequem auf einem Diwan ausgestreckt, ein Glas Champagner in der Hand.

»Bernie hat mir erzählt, Sie seien eine sehr gute Freundin von Monsieur London?« sagte sie und schaute lächelnd zu mir auf.

»Das stimmt.«

»Bernie, Liebster. Sei ein Schatz und schenk dem Mädchen ein Glas Champagner ein. Kommen Sie. Setzen Sie sich, Sarah«, fügte sie hinzu, auf das Fußende des Diwans klopfend. »Lassen Sie sich genauer anschauen.« Ich setzte mich und schaute sie mir meinerseits genauer an. Dieses sinnliche Gesicht, das schläfrige Lächeln erinnerten mich an eine französische Schauspielerin, die ich vor kurzem gesehen hatte. Jeanne Moreau? Aber irgend etwas stimmte nicht, stellte ich fest. Je mehr sie sprach, je mehr sie sich bewegte, desto mehr hatte ich den Eindruck, daß ihre langsame, schleppende Sprechweise und ihre Bewegungen ein wenig zu langsam und schleppend waren.

Sie nuschelte Lambeau etwas auf französisch zu, als er mir das Glas gab. Ich nahm einen kleinen Schluck Champagner und stellte das Glas dann ab.

»Ich hatte Bernie eigentlich gebeten, mich herzubringen, um Sie...«

»Ich *weiß*, warum Sie hier sind«, unterbrach sie.

»Ach so. Ja, dann...«

»Hat Bernie Ihnen eigentlich erzählt, was für gute Freunde wir alle damals waren?« fragte sie, mit dem Champagnerglas an ihren Lippen entlangfahrend. »So *gute* Freunde. Nicht wahr, Liebling?« meinte sie, blickte zu Lambeau und dann wieder mich an. »All die schönen Stunden, die wir zusammen verbrachten, Ihr Monsieur London, mein Liebling und ich, in jenem Sommer in Paris. In welchem Jahr war das noch? '73? '74?«

»'72«, korrigierte Lambeau trocken.

»Wir waren *so* verliebt, Bernie und ich. So leidenschaftlich und rasend verliebt. Sie würden es nicht glauben, was für eine gute Figur mein Liebling damals machte. So rank und schlank. *So* sexy! Mmm«, murmelte sie, immer noch mit dem Glas ihre Lippen liebkosend. »Du hast mich unwahrscheinlich glücklich gemacht in jenem Sommer, Liebling«, sagte sie und griff nach Lambeaus Hand. »Das hast du wirklich.«

»Monique«, unterbrach er, Unbehagen in der Stimme.

»Aber Liebling, grade wenn's interessant wird!« schmollte sie, mit der Hand seinen Arm hinaufwandernd, während sie mich anlächelte. »Verstehen Sie, Sarah. Auf dem Höhepunkt meiner Verzükkung für diesen Mann verschwindet mein Liebling einfach. Puff!« machte sie, mit den Fingern in der Luft schnippend. Alles in Zeitlupe. Ohne Geräusch. »Drei Tage und drei Nächte läßt er nichts von sich hören! Dieser Mann, den ich mehr geliebt habe als jeden anderen vor ihm. Ich bin verzweifelt! Ich werde verrückt! *Warum* hat er mich verlassen? Was soll es bedeuten? Womit habe ich ihn enttäuscht? War es etwas, was ich gesagt habe? Getan habe? Ich mache mich verrückt mit diesen Fragen. Immer und immer wieder. Und dann, am dritten Abend, tue ich etwas sehr Dummes. Ich schlucke Tabletten. Wie viele, weiß ich nicht mehr. Ich will mich nicht wirklich umbringen. Nein, natürlich nicht. Ich will nur, daß mein Geliebter zu mir zurückkehrt. Aber als ich wachgerüttelt werde, ein paar Minuten oder Stunden später – ich weiß es nicht –, sind es nicht Bernis Augen, die mich so besorgt und bedrückt anschauen. Es ist Ihr Monsieur London. Es ist Stanley. Ich glaube, daß er mir in jener Nacht das Leben gerettet hat. Und dafür – und für vieles, vieles mehr – werde ich diesem großartigen Mann immer zu Dank verpflichtet sein. Ich *erzähle* Ihnen das alles, Sarah, damit Sie mir glauben, daß ich *alles* tun würde, um Monsieur Londons Freilassung zu beschleunigen, *alles*, sofort. Sie glauben mir doch, Sarah?«

»Ja. Ja, selbstverständlich«, antwortete ich und sah von Lambeau zu Monique, wobei ich mich fragte, was sie *wirklich* mit dieser Geschichte sagen wollte.

»Es gibt tatsächlich eine neue Information, allerdings nur eine nebensächliche, die Sie aber interessieren könnte«, sagte Lambeau.

»Verstehen Sie, Sarah«, begann Monique erneut, ihr Glas zur Seite stellend. »Was ich vor einigen Tagen über Monsieur Londons Entführung mithören konnte, betraf auch noch einen anderen Journalisten, von der Pariser Tageszeitung *Le Monde*. Offenbar hat dieser Journalist – ein gewisser Pierre LaPlante – Monsieur London auf seinem Flug von Jerusalem nach Paris begleitet. Und offenbar war es dieser Pierre LaPlante, der Zeuge von Londons Entführung in Orly wurde und der die französische Polizei benachrichtigte.«

»Ich verstehe.«

»Im Moment ist das alles, Sarah, was ich von der ganzen Sache weiß.«

»Nun, zumindest ist es ein Anfang«, sagte ich und stand auf.

»Nicht sehr viel damit anzufangen, fürchte ich.«

»Wer weiß?« sagte ich. Plötzlich hatte ich es schrecklich eilig, hier wegzukommen, zurück nach Paris zu fahren und mit Pierre LaPlante zu sprechen. »Sollen wir aufbrechen?« fragte ich Lambeau.

»Gleich, Sarah.«

»Ich danke Ihnen ganz herzlich, Madame«, bemerkte ich, drehte mich noch einmal um und reichte ihr die Hand.

»Lassen Sie uns das Beste hoffen«, sagte sie sanft und hatte wieder ihr schläfriges Lächeln aufgesetzt.

»Ja. Also dann...« Mit einem letzten Nicken in Richtung der beiden drehte ich mich um und ging aus dem Zimmer.

»Warum fahren Sie nicht einfach alleine los, meine Liebe?« schlug Lambeau vor, als er mich am Fuß der Treppe einholte, zog die Autoschlüssel aus der Hosentasche und gab sie mir.

Ich starrte ihn einen Moment schweigend an, während ich die Autoschlüssel in der Hand wog.

»Sie können ja wohl kaum zurück in Ihr Hotelzimmer, nicht wahr?« sagte er, während er mich zur Tür begleitete.

»Das hatte ich auch nicht vor.«

»Gut. Dann erledigen Sie heute nachmittag Ihre kleine Detektivarbeit und kommen danach wieder her. Monique hat angeboten, uns für ein, zwei Tage aufzunehmen.«

»In Ordnung; gut«, sagte ich und versuchte, nicht an die Zweihundertjahrfeiern in Paris zu denken, über die ich berichten sollte und die in zwei Tagen begannen.

»Und Sarah«, setzte er hinzu, als ich die Eingangsstufen hinablief, »falls Sie vorhaben, diesen LaPlante aufzutreiben, versuchen Sie's mal in der Bar des Hotel Commodore. Wahrscheinlich finden Sie den Knaben dort. In der Commodore-Bar.«

Die Commodore-Bar unterschied sich in nichts vom Rest des Hotels – eine einladende Höhle voller Plüsch. Ich stellte mich ans Ende der langen, spiegelblank geputzten Bar und bestellte einen Kaffee.

»Kennen Sie zufällig einen Pierre LaPlante?« fragte ich den Barkeeper, als er mit meinem Kaffee zurückkam.

»LaPlante?« wiederholte der Mann und reckte den Hals, um einen Blick auf die Uhr über der Bar zu werfen. »Mit Pierre und seiner Clique ist frühestens in ein, zwei Stunden zu rechnen, Mademoiselle.«

»Würden Sie mir Bescheid sagen, wenn er kommt?« bat ich und deutete auf den Tisch, an den ich mich setzen wollte.

Ich ließ mich nieder und verbrachte die nächste Viertelstunde damit, in meinen Espresso zu starren, während mir die gleichen Dinge durch den Kopf gingen, die mich schon auf der Rückfahrt beschäftigt hatten. Die Frage, was Monique, Lambeau und Stanley einander damals wohl bedeutet hatten ... Jener Sommer in Paris ... *Warum* hatte sie sich die Mühe gemacht, mir dieses kleine Rührstück von üblem Verrat und edler Rettung zu erzählen? Um mich ihrer Hilfsbereitschaft zu versichern, hatte sie gesagt. Aber es gab noch ein anderes Motiv, davon war ich überzeugt.

»Sie wollten mich sprechen, Mademoiselle?« fragte ein junger Mann mit offenem Gesicht, einen Stuhl vom Tisch zurückziehend.

»Monsieur LaPlante?«

»Der bin ich«, sagte er freundlich, setzte sich und gab mir die Hand. »Kann ich etwas für Sie tun?«

»Mein Name ist Sarah Calloway«, sagte ich, zog eine Visitenkarte aus dem Rucksack und reichte sie ihm. »Ich bin eine gute Freundin von Mr. London.«

Er nickte, sah sich die Karte an, und richtete dann seinen Blick wieder auf mich.

»Ich versuche herauszufinden, was sich am vergangenen Sonntag abend in Orly wirklich abgespielt hat«, meinte ich, schob die Tasse zur Seite und beobachtete das Gesicht des Mannes genau.

Er verzog den Mund und sah erneut auf die Visitenkarte. »Mit wem haben Sie gesprochen, Miss Calloway?« fragte er, mit der Karte auf den Tisch klopfend.

»Mit einem Inspektor Renard, unter anderem. Von ihm habe ich die Information, daß Stanley von palästinensischen Terroristen entführt worden ist. Mir wurde gesagt, Sie wären Zeuge dieser Entführung gewesen und hätten die französische Polizei informiert. Das stimmt doch, oder?« fragte ich.

»Un whiskey, Jimmie«, sagte er zu einem vorbeieilenden Kellner. Dann wandte er sich wieder zu mir. Meine Karte hatte er ordentlich in der Mitte gefaltet. »Da scheint irgendwas durcheinander geraten zu sein, Miss Calloway. Mit der französischen Polizei habe ich über diese Angelegenheit nie gesprochen. Ich habe nur die amerikanische

Botschaft informiert. Darum hatte Mr. London mich gebeten. Und daß palästinensische Terroristen in die Sache verwickelt sein sollen, davon höre ich zum ersten Mal. Mr. London hatte den Eindruck, die Agenten, die auf ihn warteten, seien vom israelischen Geheimdienst. Vom Mossad.«

»Vom...? Aber warum sollten die Israelis Stanley haben wollen?«

»Offenbar hing es mit dem Buch zusammen, an dem er arbeitet. Mit den Interviews«, setzte er hinzu, faltete die Karte wieder auseinander und stellte sie auf den Tisch. »Ist Ihr Interesse an Mr. Londons mißlicher Lage beruflicher Natur, Miss Calloway?«

»Mr. London ist ein *sehr* guter Freund von mir. Ich kam hauptsächlich seinetwegen nach Paris, weil wir hier einige Zeit zusammen verbringen wollten. Und jetzt ist er verschwunden.«

»Ja. Ja, sicher«, sagte LaPlante, als der Kellner den Whiskey vor ihm abstellte. »Dann sind *Sie* also die junge Dame, mit der er sich hier treffen wollte?«

»Das stimmt«, antwortete ich, obwohl ich mir ehrlich gesagt nicht mehr so ganz sicher war, tatsächlich die »junge Dame« zu sein, mit der Stanley sich hier treffen wollte. »Kennen Sie Mr. London gut?«

»Ich kann nicht behaupten, mit dem Mann auf sehr vertrautem Fuß zu stehen, nein. Aber beruflich haben sich unsere Wege während der letzten paar Monate in Jerusalem öfter gekreuzt. Und dann treffen wir uns in Orly zufällig in der Schlange vor der Zollabfertigung wieder. Es geht nur sehr stockend vorwärts. Wir unterhalten uns, ziemlich oberflächlich, über dies und das – was wir in Paris vorhaben und so weiter –, als er plötzlich diese beiden Männer sieht, die direkt am Ausgang warten. Er macht mich – natürlich sehr diskret – auf die beiden aufmerksam, fragt, ob ich sie kenne. Was nicht der Fall ist. Aber offenbar erkennt er diese Männer. Er läßt auch durchblicken, daß ihn in Jerusalem dauernd solche Leute verfolgt haben. Und in diesem Moment – während wir immer noch in der Schlange stehen – bittet er mich um einen Gefallen«, sagte LaPlante, hob sein Whiskeyglas, nahm einen kurzen Schluck und stellte das Glas wieder hin. »Eigentlich um zwei Gefallen. Sollte sich sein Verdacht bestätigen, sollten die beiden Männer ihn mitnehmen, bitte er mich, sofort Kontakt zur amerikanischen Botschaft aufzunehmen und sie von seiner Lage zu unterrichten. Das ist der erste Gefallen.«

»Und der zweite?«

»Einen seiner Koffer an mich zu nehmen und in Sicherheit zu bringen.«

»Verstehe. Und das haben Sie gemacht?«

»Ja. Das war das mindeste, was ich für einen Kollegen tun konnte.«

»Natürlich... Und Sie haben den Leuten von der amerikanischen Botschaft genau erzählt, was passiert ist?«

»Selbstverständlich. Allerdings ohne den Koffer zu erwähnen.«

»Ah ja. Monsieur – wenn Sie sagen, Sie haben den Koffer in Sicherheit gebracht, dann heißt das, Sie... Sie... was?«

»Ich wurde gebeten, ihn jemandem auszuhändigen. Einem Freund von Mr. London, muß ich annehmen.«

»Einem Freund... Und Sie wissen nicht zufällig den *Namen* dieses Freundes?«

»Die wahre Identität dieses Herrn habe ich nicht erfahren. Und ich wüßte auch nicht, wie man ihn erreichen könnte. Mehr kann ich Ihnen beim besten Willen nicht sagen, Mademoiselle. Sie müssen verstehen, Mr. London verlangte absolute Diskretion, was den Koffer angeht.«

»Ja, sicher. Gewiß doch«, stimmte ich zu, blickte durch den Raum, mir verzweifelt den Kopf zerbrechend, mit welcher neuen Taktik ich diesen jungen Mann dazu bringen könnte, mir mehr zu verraten, doch mir fiel nichts ein.

Wir sprachen noch ein paar Minuten miteinander, überlegten, wie eine Geschichte, die der amerikanischen Botschaft in bestimmter Weise berichtet worden war, drei Tage später mit einem völlig neuen Dreh von der französischen Polizei weitergegeben werden konnte. Irgendwas war in der Tat »durcheinandergeraten«, wie LaPlante es ausgedrückt hatte. Aber wann? Und warum? Und welche Version kam der Wahrheit näher? Wer hielt denn nun *wirklich* Stanley seit drei Tagen als Geisel gefangen?

Der Mann, mit dem LaPlante in der amerikanischen Botschaft gesprochen hatte, war ein gewisser Mr. Samuel Thompson. Durchaus möglich, daß ich bei einem Gespräch mit Mr. Thompson mehr in Erfahrung bringen könnte. Aber es war Samstag und bereits Viertel vor sechs. Ich würde ihn frühestens Montag morgen erreichen können. Und bis dahin – was? Dieses Château Coutinard war vielleicht doch mein bester Zufluchtsort. Unter Umständen sogar mein einziger. Und sollte dieser Ehemann von Monique auftauchen, wer konnte wissen, was Monique – oder ich – von ihm erfahren würden?

Ich dankte Monsieur LaPlante für seine Hilfe, und wir vereinbarten, daß ich mich in ein paar Tagen nochmal bei ihm melden würde. Dann verließ ich das Hotel und ging rüber zum linken Seineufer, um kurz mit Schutzman zu sprechen, bevor ich mich auf den Rückweg zum Château machte. Ich fand den alten Mann auf einem Hocker an seinem Stand sitzend, wobei er drei oder vier Kunden im Auge behielt, die in alten Büchern blätterten und die ausgestellten Postkarten betrachteten.

»So, so, Mademoiselle«, sagte er und schaute mich über den Rand seiner Brille an, die Hände im Schoß. »Ich hab mich schon gefragt, ob ich Sie je wiedersehen werde.«

»Haben Sie einen Augenblick Zeit, Monsieur? Können wir irgendwo miteinander reden?« fragte ich, einen Blick auf die Kunden werfend.

»Ist es denn so wichtig? Kann es nicht bis sieben warten, bis ich schließe?«

»Um sieben bin ich nicht mehr hier.«

Er warf resigniert die Hände in die Luft, erhob sich von seinem Hocker und schlurfte die paar Meter zum Nachbarstand, wo er den jungen Mann dort offenbar bat, seinen Stand während seiner Abwesenheit zu beaufsichtigen.

»Kommen Sie, Mademoiselle. Ich werde uns ein kleines Abendbrot machen«, sagte er und überquerte die Straße. Ich folgte ihm.

»Ich habe keine *Zeit* für ein Abendbrot. Ich hab noch eine lange Fahrt vor mir.«

»Und warum plötzlich diese Eile? Wo waren Sie denn seit gestern abend?«

»Darüber will ich ja gerade mit Ihnen sprechen«, sagte ich. Wir gingen um die Ecke in die Rue de Bac. »Sehen Sie, nachdem ich Sie gestern abend verlassen habe, ging ich...«

Ein junger Mann trat uns in den Weg. »Entschuldigen Sie. Würden Sie bitte in den Wagen steigen?«

»Was?«

»Machen Sie kein Aufsehen«, zischte er und drückte mir eine Waffe in die Rippen.

Ich blickte entsetzt über die Schulter und sah einen zweiten Bewaffneten, der Schutzman in die gleiche Richtung trieb, zu einer großen, schwarzen Limousine, die am Straßenrand parkte. Himmel, doch nicht schon *wieder*? Sah denn niemand, was hier *passierte*?

»Steigen Sie ein, und *halten Sie den Mund*«, knurrte der junge Mann, als würde er meine Gedanken lesen. Ich stieg ein, fassungslos und wie gelähmt. Der junge Mann setzte sich neben mich, seine Waffe immer noch gegen meine Rippen gepreßt. Schutzman wurde auf den Vordersitz geschoben, zwischen den Fahrer und den zweiten Bewaffneten.

»Der alte Mann ist *sehr krank*«, sagte ich ohne große Hoffnung, daß jemand mir zuhören würde. »Sein Herz.«

»Ruhe«, schnauzte mein bewaffneter Begleiter mich an und stieß mir die Waffe tiefer in die Rippen. »Keinem geschieht etwas. Verstanden?«

Ich nickte, erstarrte völlig und betete zu Gott, daß die verdammte Knarre nicht entsichert war.

Wir fuhren los, schlitterten quietschend um die Ecke, bogen zweimal kurz ab und waren wieder an der Seine, auf dem Pont Neuf. Die Seitenfenster waren geschwärzt, so daß man weder raus- noch reinsehen konnte. Ich blickte starr geradeaus und machte langsame, tiefe Atemzüge, um die Panik zu unterdrücken.

Innerhalb weniger Minuten waren wir auf der Autobahn und fuhren in südliche Richtung. Eigenartig, aber je länger wir fuhren, desto mehr schien sich die Situation zu entspannen. Unsere drei Geiselnehmer unterhielten sich wohlgelaunt über unsere Köpfe hinweg – auf arabisch, wobei sie sich offenbar köstlich amüsierten. Vermutlich über uns. Wer konnte das wissen? Doch zumindest hielt mein Kumpan seine Kanone nicht mehr auf mich gerichtet. Sie lag friedlich in seinem Schoß.

Ich wagte einen schnellen Blick in seine Richtung und stellte fest, daß er keinem der beiden Männer glich, die letzte Nacht versucht hatten, mich zu erwischen. Dieser hier war jünger, eigentlich noch ein richtiges Jüngelchen. Siebzehn? Achtzehn? Er fing meinen Blick auf und lächelte mich tatsächlich an. Ich hätte beinahe zurückgelächelt.

Es war bereits Nacht, als wir die Autobahn wieder verließen. Der Fahrer steuerte auf eine Zubringerstraße, die zwei oder drei Kilometer parallel zur Autobahn verlief. Je einsamer die Umgebung, desto nervöser wurde ich.

»Aussteigen«, befahl mein Begleiter, als das Auto am Straßenrand hielt.

»Was haben Sie mit uns vor?« brachte ich raus, unfähig, mich zu bewegen.

»Ein Freund wünscht Sie zu sehen«, sagte er und schubste mich mit der Pistole zur Tür.

»Ein Freund?«

Ich schlüpfte vom Rücksitz, als Schutzman gerade aus der Vordertür stieg. Schweigend begegneten sich unsere Blicke. Der Mann sah furchtbar aus. Totenbleich und verzerrt. Ich drehte mich um und entdeckte ein zweites Auto, das ein paar Meter weiter geparkt war. Zwei Männer in Straßenanzügen, die am Wagen gelehnt hatten, kamen auf uns zu. In diesem Moment legte mir einer der Bewaffneten eine Binde fest über die Augen, und ich konnte nichts mehr sehen. Aber ich hatte gerade noch einen der beiden Männer, die auf uns zukamen, erkannt – der große, massige, dunkelhäutige Mann war niemand anderes als der »Capitaine«, der gestern nachmittag in Inspektor Renards Büro gesessen hatte. War *das* also der sogenannte Freund, der mich sehen wollte? Oder konnte es am Ende der Inspektor selber sein? Keins von beidem ergab irgendeinen logischen Sinn.

»Muß das sein?« murmelte ich, als mir die Hände auf dem Rücken gefesselt wurden. Offenbar. Man führte Schutzman und mich zu dem zweiten Auto, an dem irgendwelche Veränderungen vorgenommen wurden. Ein Rücksitz entfernt? Mir wurde befohlen, mich auf den Boden zu legen. Dann spürte ich, wie Schutzman neben mich kroch; sein Körper drückte mich gegen das Lederpolster des Vordersitzes, und sein Ellbogen stach mir in den Rücken. Türen wurden geöffnet und geschlossen, und dann ging es wieder los.

Als ich mich hin und her schob, um eine wenigstens einigermaßen bequeme Lage zu finden, verrutschte meine Augenbinde ein ganz klein wenig. Genug, um mir ein schmales Stückchen Aussicht durch das Rückfenster des Wagens zu erlauben.

Wir waren wieder auf der Autobahn, wie ich aus den strahlend hellen Lichtern schloß, die über uns aufblitzten. Helle, rhythmische, weiße Lichter, die mich plötzlich durch die Zeit zurückkatapultierten in ein anderes Auto, ein anderes Leben. Ein Kind, ausgestreckt auf dem Rücksitz des elterlichen Wagens, fasziniert die aufblitzenden Autobahnlichter beobachtend. Irgend etwas an diesen hellen, weißen Lichtern, an ihrem hypnotischen Rhythmus, mitten in der Nacht, mitten im Nirgendwo – hatte für dieses Kind Freiheit und Abenteuer bedeutet. Große zukünftige Abenteuer warteten dort draußen in der Dunkelheit.

Tja, meine Gute, flüsterte ich mir innerlich zu, durch die Zeit zurückreisend, um ein Wörtchen mit dem Kind zu wechseln, das dort ausgestreckt auf dem Rücksitz lag – oder kam das Kind durch die Zeit zu mir? –, hier ist sie nun, die Zukunft, auf die du so scharf warst. Hier hast du das große Abenteuer. Nun mach was draus!

Wir fuhren weiter und weiter. Die Unterhaltung auf dem Vordersitz war eingeschlafen. Nur der Verkehr um uns herum und Schutzmans rasselnde, unregelmäßige Atemzüge an meiner Seite waren zu hören.

»Monsieur?« wisperte ich irgendwann. »Sind Sie in Ordnung?« Er antwortete nicht. *»Monsieur?«*

»Was ist los?« ertönte es scharf von vorne.

»Dem Mann hier geht es nicht gut«, sagte ich und versuchte, mich aufzusetzen. »Er hat Probleme mit dem Herzen.«

Die Männer auf dem Vordersitz diskutierten darüber. Zumindest bildete ich mir das ein. Aber trotzdem hielten wir erst nach mindestens vier weiteren Stunden an. Vielleicht sogar mehr. Schutzman schien eingeschlafen zu ein.

Es war schon fast hell, als wir an unserem Ziel ankamen. »Passen Sie auf«, wurde mir gesagt, als man mir aus dem Wagen half. Wir waren in einer ländlichen Gegend, nach dem frischen, feuchten Geruch der Luft zu schließen und dem weichen Boden, der unter meinen Füßen nachgab.

Ich wurde eine äußerst wackelige Holztreppe hinaufgeführt und mir wurde befohlen, stehenzubleiben, während eine Tür entriegelt und aufgeschlossen wurde. Dann führte man mich in einen Raum, der leicht nach Schimmel und vermodertem Holz roch. Die Augenbinde wurde abgenommen. Ich blinzelte, drehte mich um und stand direkt vor dem Capitaine, den ich schon im Büro des Inspektors gesehen hatte. »Was geht hier eigentlich vor?« verlangte ich zu wissen und blickte vom Capitaine auf den zweiten Mann, der hinter ihm stand.

»Wir werden versuchen, es Ihnen so bequem wie möglich zu machen«, antwortete der Capitaine und schloß die Handschellen auf, während sein Assistent meine Taschen durchsuchte. Und dann meinen Rucksack. Nach Waffen, nahm ich an. Einer Pistole?

»Und was ist mit dem alten Mann? Was haben Sie mit ihm...?«

»Wir kümmern uns um ihn. Machen Sie sich um ihn keine Sorgen.«

»Er braucht einen Arzt.«

Sie ignorierten mich und gingen zur Tür. »Arbeiten Sie für Inspektor Renard?« rief ich.

»Sie sind jetzt in Sicherheit, Mademoiselle«, sagte der Capitaine, sich auf der Schwelle drehend. »Das ist alles, was Sie im Augenblick interessieren sollte.« Und mit einem letzten, bedeutsamen Nicken gingen er und sein Kumpan hinaus und verriegelten die Tür hinter sich.

»Und was zum Teufel soll ich hier?« schrie ich ihnen durch die verdammte Tür nach. Ihre Schritte verhallten. »Sie sind *jetzt* in Sicherheit«, hatte er gesagt. Sollte das heißen, daß ich auf den Straßen von Paris *nicht* in Sicherheit gewesen war? Hatte man mich etwa hierhergeschleppt, um mich zu *beschützen*? fragte ich mich und sah mich genauer in diesem »sicheren Haus« um. Ein sehr altes Bauernhaus, so wie es aussah. Uralte Steinwände, vermoderte Dachbalken, modrige Holzbohlen als Fußboden. Neben einem rudimentären »Badezimmer« – ein Hahn mit kaltem Wasser und ein Loch im Boden – und einem enormen Kamin, der in eine der Wände gebaut war, gab es nur diesen einen großen Raum.

Minuten später wurde die Tür wieder aufgesperrt. Der jüngere der beiden Bewaffneten, der Teenager, kam herein, beladen mit einem Stoß dicker Holzkloben und Kleinholz. Ohne ein Wort zu sagen, machte er sich daran, ein ordentliches Feuer aufzuschichten.

»Wer bist du?« fragte ich leise und stellte mich neben ihn. Er ignorierte mich. »Welchen ›Freund‹ soll ich hier treffen?« Er schaute mich schweigend an und wandte sich wieder seiner Aufgabe zu. »Kannst du mir denn gar nichts sagen? Kann ich denn nicht wenigstens erfahren, wie lange ich hier bleiben muß? Ich hab schließlich einen Auftrag zu erfüllen hier in Frankreich«, setzte ich etwas lahm hinzu. »Ich muß in zwei Tagen zu einer Pressekonferenz in Paris.«

Ebensogut hätte ich mit den Wänden sprechen können. Nachdem er fertig war, stand der junge Mann auf und ging mit einem unbestimmten Nicken zur Tür hinaus.

Eine Zeitlang stapfte ich auf und ab. Dann setzte ich mich vors Feuer und versuchte, mich mit der Situation abzufinden. Gab mir Mühe, Dankbarkeit für die kleinen Dinge zu empfinden. Daß mir die Augenbinde und die Handschellen abgenommen worden waren. Daß ich ein Feuer hatte, um mich zu wärmen. Daß es sich hierbei offenbar nicht um die typische Geiselsituation handelte. Oder doch?

Und dieser angebliche »Freund«, der meine Fahrt hierher veranlaßt haben sollte? Außer Assam, oder eventuell Inspektor Renard, kam nur noch Stanley in Frage. *Konnte* es Stanley sein? Vielleicht waren die Männer doch keine Palästinenser? Sondern Israelis, die in Verbindung mit dem Mossad standen?

Stanley. Ich begann, vor der Aussicht auf ein mögliches Wiedersehen zurückzuschrecken. Unter den gegebenen Umständen, die verdammt mies waren, was würde ich empfinden, wenn ich ihn wiedersähe? Wie würde ich reagieren, wenn ich ihn wiedersähe? Wie würde ich reagieren, innerlich und äußerlich? Ich starrte ins Feuer und stellte mir die Frage, die ich mir seit Beginn dieses Alptraums immer und immer wieder gestellt hatte. Angenommen, wir kamen heil aus diesem Durcheinander heraus, könnte es zwischen uns jemals wieder so sein, wie es war? Würde es uns gelingen, das wiederzufinden, was wir einst hatten? Und das war *so viel* gewesen. Es war so gut, so *richtig* gewesen zwischen uns, von Anfang an.

Ich schloß die Augen, gab mich der Wärme des Feuers hin und

ließ mich wieder in die Vergangenheit zurücktreiben, was mir ein wenig Trost verschaffte. Prompt fiel mir unsere erste gemeinsame Nacht ein, vor über einem Jahr. Kein Wunder! Denn man sagt ja, die erste Nacht ist eine Vorausahnung der künftigen Liebesbeziehung, bestimmt sie und formt sie.

Besonders gut war mir noch meine wie elektrisierte Vorfreude im Gedächtnis, die mich an jenem Abend erfüllte, als ich in der Badewanne lag und genüßlich ein Glas Weißwein trank, danach den Kleiderschrank meiner abwesenden Freundin durchstöberte und mich schließlich für eine ihrer verführerischen, halb durchsichtigen Seidenblusen und einen bunt gemusterten, bodenlangen Baumwollrock entschied. Ein paar Tropfen eines besonders aufregenden Parfüms vervollständigten das Ganze, und ich war bereit für einen berauschenden, romantischen Abend mit einem Himmel voller Geigen. Genau das, was ich brauchte!

Stanley kam um Punkt sechs, wie ich es nicht anders erwartet hatte.

»Für wie viele Leute willst du eigentlich kochen heute abend?« rief ich erstaunt, als er zwei riesige Tüten mit Lebensmitteln in die Küche schleppte, und starrte auf die verlockenden Köstlichkeiten, die er auf dem Küchentisch ausbreitete. Rote, reife Tomaten, glänzende grüne Paprikas, Zwiebeln, Petersilie, Brandy und Butter, Knoblauch und Cilantro, außerdem zwei Flaschen Burgunder, etwas Brie und ein knuspriges Sauerteigbrot.

»Linguini con Granchi«, verkündete er und erlaubte mir einen kurzen Blick auf zwei lebende Krebse, die versuchten, aus ihrem Keramiktopf zu krabbeln.

Stanley übernahm den größten Teil der Vorbereitungen. Mein Anteil beschränkte sich darauf, die erste Flasche Wein zu öffnen und ihn zu unterhalten, während er werkelte, ihm die neuesten Verwicklungen und Erlebnisse der Geschichte zu erzählen, an der ich damals arbeitete. Irgendwann zogen wir uns mit Brie, Brot und Wein ins Wohnzimmer zurück, da sein italienischer Krebseintopf ein gutes Stündchen vor sich hin kochen mußte.

»Weißt du, es ist schon verrückt«, erklärte ich fröhlich, während ich mich auf einem Haufen Kissen niederließ und er es sich auf dem gegenüberstehenden Sofa bequem machte. »Aber irgendwie hab ich das Gefühl, dich schon mein ganzes Leben zu kennen. Wie erklärst du dir das? Wir haben uns vor zwei Tagen zum ersten Mal gesehen, und trotzdem hab ich das Gefühl, dich schon ewig zu kennen!«

»Muß wohl an meiner schlichten Erscheinung liegen. Der typische Junge von nebenan.«

»Glaubst du? Und ich hab immer gedacht, ich wär das typische Mädchen von nebenan. Scheint sich wohl um eine Art nachbarschaftliche Anziehung zu handeln. Was meinst du?«

Er lächelte und schüttelte den Kopf. »Du bist wohl kaum das typische Mädchen von nebenan, Sarah. Glaub mir das.«

»Wirklich? Kein Abklatsch von Doris Day?«

»Ganz bestimmt nicht.«

»Gut«, murmelte ich und hob mein Glas, im stillen auf die unwiderstehliche Garderobe meiner Freundin anstoßend. »Verrat mir eins, ja?« meinte ich, strich ein wenig Brie auf eine Scheibe Brot und reichte den Teller an Stanley weiter. »Was hat dich davon abgehalten, die Recherchegeschichten, die du erwähnt hast, weiterzuverfolgen und die Hintergründe aufzudecken? Darauf bin ich schon die ganze Zeit neugierig, seit du davon angefangen hast.«

»All die schmutzigen Einzelheiten dürften dich kaum interessieren, Liebste.«

»Doch, tun sie wohl.«

»Ich verrat sie dir aber trotzdem nicht. Nur soviel, daß ein bestimmter einflußreicher Bürger dieser Stadt mehr als einmal damit gedroht hat, mich aus der Zeitung und aus der Stadt zu jagen, falls ich gewisse Geschäftsverbindungen enthülle, in die er seit Jahren verwickelt ist.«

»Welche Art von Geschäftsverbindungen?«

»Gegenseitige Abkommen mit zwei Bürgermeistern von San Francisco zum Beispiel.«

»Welche Art von Abkommen?«

»Profitable Abkommen. Sehr profitable Abkommen.«

»Soviel ist mir auch klar, Stanley. Lieber Himmel, bist du immer so schrecklich diskret? Ich hasse Diskretion. Macht keinen Spaß. Ich selber bin furchtbar indiskret. War ich schon immer. Und da du das jetzt weißt, darf ich dir mal eine indiskrete Frage stellen?«

Er hob die Augenbrauen, wachsam, abwartend.

»Warum rauchst du immer meine Zigaretten? Nicht, daß es mir was ausmacht, verstehst du. Es gefällt mir sogar. Aber ich bin einfach neugierig. Ich meine, so ein Typ bist du eigentlich gar nicht.«

»Was für ein Typ?«

»Du weißt schon. Schnorrer. Abstauber. Also?«

»Es kommt dir bestimmt absurd vor.«

»Herrlich. Ich liebe das Absurde.«

Er räusperte sich, schaute in sein Glas, sah wieder auf.

»Mein Vater ist vor ein paar Jahren an Lungenkrebs gestorben. Von all der Raucherei. Er brachte es glatt auf drei Päckchen pro Tag. Nach seinem Begräbnis bat meine Mutter mich, ihr etwas zu schwören.«

»Oh?«

»Ich mußte ihr versprechen, nie wieder ein Päckchen Zigaretten zu kaufen. Das war vor vier Jahren. Seitdem habe ich keine Zigaretten mehr gekauft.«

»Verstehe. Dir liegt wohl nicht daran, über die Moral der Sache zu reden, oder?«

»Nein. Absolut nicht«, sagte er und zog eine Zigarette aus dem Päckchen auf dem Tisch.

»Na gut. Und jetzt bist du dran«, verkündete ich, lehnte mich in die Kissen und lächelte ihn über mein Glas hinweg an.

»Ich bin dran?«

»Mir eine Frage zu stellen. Jede Frage, die du willst. Ich verspreche, sie zu beantworten, ohne mit der Wimper zu zucken.«

Er schaute amüsiert auf mich runter und legte erst den einen, dann den anderen Fuß auf den Couchtisch. »Jemals verheiratet gewesen?«

»Nee.«

»Warum nicht?«

»Wie abgedroschen, Stanley. Fällt dir nichts Besseres ein?«

»Und wer zuckt hier jetzt mit der Wimper, heh?«

»Ich nicht! Also gut, ich wollte nie heiraten. So einfach ist das. Seit ich ein kleines Mädchen war und sah, wie mein Vater jeden Tag zur Arbeit ging und meine Mutter zu Hause festsaß und sich um uns Kinder kümmern mußte. Für so was bin ich zu egoistisch. Und vermutlich auch nicht liebevoll genug.«

»Bißchen hart dir gegenüber, oder?«

»Vielleicht. Es stimmt aber trotzdem.«

»Viele Ehefrauen haben doch heutzutage einen Job. Die meisten sogar.«

»Dieses Superfrau-Syndrom ist nichts für mich. Auf keinen Fall. Außerdem gibt's doch *keine* Ehe, die völlig ausgewogen und gleichberechtigt ist. Die Frau von Herrn Soundso zu sein? Wozu denn? Und dem Schneeball-Effekt entkommt keiner.«

»Dem Schneeball-Effekt?«

»Erst kommen die Kinder eins nach dem anderen, und bevor du dich versiehst, wohnst du draußen in einem Vorort, platsch. Dann kommt das größere Auto, die Familienkutsche. Dann der elektrische Rasenmäher. Die Country Clubs. Die schicke Einbauküche. Der Mikrowellenherd. Der Gartengrill. Ich würde unter dem Gewicht zusammenbrechen. Vermutlich bin ich ganz schön abartig. Gib mir heißes Wasser, saubere Laken, einen Schreibtisch, gute Bücher, guten Wein, und ich habe das Gefühl, im Luxus zu leben. Es *ist* ein Luxusleben. Warum trinkst du nicht?« fügte ich hinzu und deutete mit dem Kopf auf sein volles Weinglas.

»Warum ißt du nichts?«

»Kein Hunger. Hab ich nie, wenn ich in dieser Stimmung bin.«

»Und welche Stimmung ist das?«

Ich grinste anzüglich.

»Nee. *Absolut* nicht das typische Mädchen von nebenan«, erklärte Stanley, stand vom Sofa auf und kam mit der Weinflasche zu mir rüber, füllte mein Glas nach und ließ sich neben mir nieder.

»Der Kerl kann wirklich singen, nicht?« murmelte ich und meinte damit Sinatra, dessen Song »There Will Never Be Another You« gerade aus dem Lautsprecher tönte.

»Hängen 'ne Menge Erinnerungen dran«, sagte Stanley und lehnte den Kopf an die Wand.

»Ah, ja?«

»Meine erste wilde und atemlose Liebesaffäre, vor zwanzig – Gott nein, vor fünfundzwanzig Jahren – spielte sich vor dem Hintergrund dieser netten kleinen Melodie ab.«

»Ehrlich?« Igitt.

»Und bei dir?«

»Bei mir – was?«

»Welches Lieblingslied hattest du bei deiner ersten feurigen ›Herzensaffäre‹?«

»Ich glaube, wir hatten keins.«

»Erzähl mir doch nichts, Liebste. Keine vernünftige Liebesaffäre kommt ohne so ein Lied aus.«

»Na gut, dann war es am ehesten noch ›My Girl‹, glaub ich.«

»My Girl?« wiederholte er ungläubig.

»Weißt du nicht mehr – The Temptations? – ›My Girl‹? Manchmal brachte er es mir sogar als Ständchen, bevor wir ins Bett gingen.«

»Wie... romantisch.«

»Nicht wahr? Allerdings änderte er den Text in ›Migraine‹, noch bevor die Beziehung aus war«, setzte ich hinzu. Eine Bemerkung, für die ich mit Stanleys trockenem, hinreißenden Lachen belohnt wurde. Gott, wie ich dieses Lachen liebte.

»Der Kerl kann wirklich singen«, sagte ich noch mal, legte meinen Kopf an Stanleys Schulter und versuchte mir vorzustellen, wie es weitergehen würde. Stanleys Berührungen, Stanleys Küsse. Stanleys Hände. Aber ich brauchte nicht mehr länger zu warten, bis ich es wußte. Und alles war genau so zärtlich und wunderbar, wie ich es mir erträumt hatte. Um die Wahrheit zu sagen, es war danach sogar immer besser geworden.

Mist. Ich stand auf und legte Holz nach. Setzte mich wieder. Beobachtete die Flammen, die an der trockenen Rinde züngelten. Wo immer du auch bist, Stanley – lieber Gott, laß ihm nichts geschehen sein. Schließlich rollte ich mich auf dem modrigen Holzfußboden zusammen und versuchte verzweifelt, ein wenig Schlaf zu finden, wobei mir der verdammte Sinatra-Ohrwurm nicht aus dem Kopf gehen wollte.

Sonntag, 11. Juni 1989

Als ich aufwachte, war es auf meiner Uhr Viertel nach drei. Nachmittags, nach dem Licht zu schließen, das durch die verbarrikadierten Fensterläden sickerte. Das Feuer war ausgegangen. An der Tür stand eine Tüte mit Lebensmitteln, daneben lagen zwei mottenzerfressene Decken.

Ich sah mir die Lebensmittel genauer an: zwei Baguettes, etwas Käse, Pfirsiche, Tomaten, ein paar Scheiben Schinken. Sogar eine geöffnete und wieder verkorkte Weinflasche. Mit Sicherheit nicht das, was man sich unter einer typischen Geiselsituation vorstellt! Hätten sie noch heißen Kaffee hinzugefügt, wäre ich ihnen am Ende sogar dankbar gewesen. Ich machte mich sofort darüber her und stellte fest, daß es durchaus auch ohne Messer und Gabel ging. Ehrlich gesagt, konnte ich mich nicht erinnern, daß mir jemals ein Käse- und Schinkensandwich so gut geschmeckt hatte.

Wie lange die mich wohl hier festhalten wollten? fragte ich mich, als ich die Reste wieder verpackte, um sie vor den kleinen Nagern zu schützen, die ich im Dachstuhl hatte rumlaufen hören. Wann würde denn nun endlich dieses mysteriöse Treffen stattfinden?

Ich kramte in meinem Rucksack nach dem Eberhardt-Tagebuch und meinem Französischwörterbuch, dankbar dafür, etwas – ganz egal was – zu haben, um mir die Zeit zu vertreiben. Eigentlich konnte man sich in meiner Situation ja kaum einen passenderen Lesestoff vorstellen als gerade dieses Tagebuch. Verglichen mit Isabelles verrücktem, verworrenem, unglaublich abenteuerlichem und einsamen Leben war meine kleine Episode kaum mehr als ein winziges »Blips« im unendlichen Kardiogramm des Lebens.

Als ich weiter im Text vordrang, stieß ich immer wieder auf kurze Passagen, die mit blauer Tinte markiert waren. Zum Beispiel diese:

> Das Leben ist nicht nur ein dauernder Kampf gegen die Umstände, sondern mehr noch ein unaufhörlicher Kampf gegen uns selbst. Diese Wahrheit ist so alt wie die Welt, doch dreiviertel der Menschheit kennt sie nicht. Daher die Unglücklichen, die Verzweifelten und die Böswilligen.

Und diese:

> Solange es die wunderbare Weite der Sahara gibt, habe ich immer eine Zuflucht, wo meine geplagte Seele sich von den kleinlichen Sorgen des modernen Lebens erholen kann.

Und eine dritte, die nicht nur markiert, sondern auch mit zwei Ausrufezeichen am Rand versehen war:

> In der modernen, verzerrten und zerrütteten Welt ist der Ehemann im allgemeinen nie derjenige, der die Sinnlichkeit erregt. Unwürdig und dumm bindet man das Leben des jungen Mädchens an einen Ehemann, eine im Grunde lächerliche Person. Ihm gehört die materielle Jungfräulichkeit der Frau. Und sie muß ihr Leben meist angewidert an seiner Seite verbringen, muß die »eheliche Pflicht und Schuldigkeit« über sich ergehen lassen, bis sie eines Tages einen anderen trifft, der ihr unter finsteren, entwürdigenden und verlorenen Umständen beibringt, daß es eine ganze Welt von Sinnesempfindungen, Gedanken und Gefühlen gibt, die das ganze Wesen regeneriert.

Warum war ich nur so überzeugt, daß Assam diese Passagen markiert hatte? Merkwürdig, wie *deutlich* ich das vage, spöttische Lächeln auf seinem Gesicht vor mir sah, während er las, daß der Ehemann »eine im Grunde lächerliche Person« sei und die Frau nur darauf wartet, jemanden zu treffen, der ihr »ganzes Wesen regeneriert«. Ich konnte nicht nur sein Lächeln sehen, sondern auch seine Gedanken lesen, während er ein Bild seiner wunderschönen Frau heraufbeschwor, »wo immer sie auch sein mag«, die von einem anderen in eine ganz neue »Welt der Sinnesempfindungen, Gedanken und Gefühle« eingeführt wird.

Denn hatte Assam schließlich nicht erwähnt, daß ihm dieses Tagebuch in die Hände gefallen war, als er nichts anderes zu tun hatte, als »die Zeit totzuschlagen«? Damit konnte er doch nur die Jahre meinen, die er in dem italienischen Gefängnis verbracht hatte! Und wenn das stimmte, wenn er im Gefängnis auf diese letzte Passage gestoßen war, was war natürlicher, als daß er sich Gedanken darüber machte, *wie* und mit *wem* seine Frau ihre Zeit verbrachte, während er weg war?

Doch dann fiel mir wieder ein, daß Inspektor Renard mir erzählt hatte, Assams Frau sei 1982 im Flüchtlingslager Shatilla umgekommen. Wenn also seine Frau tot war, an wen hatte Assam sich dann neulich abend mit seinen Gedichten gewandt? An eine Frau, die schon seit sieben langen Jahren tot war? Aber er sprach von ihr, als wäre sie noch am Leben. Ich konnte die Leidenschaft spüren, konnte fühlen, wie sie den Raum erfüllte. Konnte all diese Leidenschaft, dieses nackte Verlangen, diese Sehnsucht auf eine Frau gerichtet sein, die vor sieben Jahren gestorben war? Oder auf eine andere, eine zweite Frau irgendwo dort draußen?

Ich blätterte weiter, suchte nach anderen markierten Abschnitten:

> Jenes eigentümliche, zweite Leben der Wollust! Der Liebe! Die gewaltige und schreckliche Trunkenheit der Sinne, heftig und quälend, so ganz anders als mein tägliches Leben, das so ruhig und schwermütig verläuft... welch ein Rausch! Welch trunkene Liebe unter der heißen Sonne!

Und noch eine andere, die Isabelles Reaktion auf eine antifranzösische, blutig verlaufene Demonstration schildert, an der sie kurz nach dem Tod ihrer Mutter teilgenommen hatte:

> Zum ersten Mal habe ich den wilden Rausch des Kampfes gespürt, blutig und primitiv, von Männern, die sich Leib an Leib preßten, wild vor Zorn, blind vor Wut, trunken vor Blut und einer instinktiven Grausamkeit. Ich habe die verzehrende Wollust strömenden Blutes gesehen, die abscheuliche Brutalität des *Handelns*, das über das *Denken* triumphiert.

Diese Passage, die ich immer und immer wieder las, überzeugte mich mehr als alles andere, daß nur Assam/al-Malruki die Markierungen in dem Tagebuch angebracht haben konnte, einige von Isabelles Gedanken für sich, und unbeabsichtigt auch für mich, unterstrichen hatte.

> Ich habe die verzehrende Wollust strömenden Blutes gesehen, die abscheuliche Brutalität des *Handelns*, das über das *Denken* triumphiert...

Diesen Mann, denjenigen, der diese erschreckenden Worte unterstrichen und hervorgehoben hatte, diesen Mann konnte ich mir als Mitglied von Abu Nidal vorstellen. Aber den Mann, den ich in Paris kennengelernt hatte, *den* Mann nicht. Obwohl ich zugeben mußte, daß sich die beiden immer stärker miteinander vermischten, je mehr ich von dem Tagebuch las. Nicht nur Assam und al-Malruki, sondern auch Isabelle Eberhardt mit beiden. Ich vergaß, wo Isabelle Eberhardt aufhörte und wo Assam / al-Malruki begann...

Meine Lektüre wurde plötzlich unterbrochen. Ich hörte, wie der Riegel zurückgeschoben und die Tür aufgeschlossen wurde. Herein kam Monsieur Schutzman, noch recht schwach, aber schon besser aussehend, begleitet von dem Capitaine. »Wie fühlen Sie sich, Monsieur?« fragte ich und sprang auf, erstaunt darüber, wie froh ich war, den alten Mann wiederzusehen.

»Sie brauchen sich keine Sorgen zu machen«, antwortete der Capitaine an seiner Stelle, half erst Schutzman ins Zimmer und zündete dann das Feuer wieder an. »Er ist von einem Arzt untersucht worden. Er braucht jetzt nur ein wenig Ruhe.«

»Was er *braucht*, ist sein Zuhause und sein eigenes Bett«, keifte ich zurück, während ich Schutzman nachsah, der in eine Ecke schlurfte und zu Boden sank, einen Napf mit irgendwas – Suppe? Couscous? – in der Hand.

»Er besteht darauf, bei Ihnen zu bleiben«, sagte der Capitaine mit einem kurzen Achselzucken, drehte sich um und ging zur Tür.

»Und wie lange sollen wir hier noch bleiben?«

Wieder wurde meine Frage ignoriert. Der Capitaine warf mir die Tür vor der Nase zu, verschloß sie, und ich konnte hören, wie er danach den verdammten Riegel wieder vorschob.

»Monsieur Schutzman, fühlen Sie sich wirklich gut?« fragte ich und ging zu ihm rüber.

»Ich bin am Leben. Ich atme noch, wenn Sie das wissen wollen. Aber wie lange noch?« fragte er, mit seinem Löffel in der Luft herumwedelnd. »Warum war ich nur so dumm, auf Sie zu hören, Mademoiselle? *Warum*? Meine Frau, die hat es mir doch gesagt, hat mir von dieser fremden Frau gesprochen, die an unsere Tür kommt. Die uns nur Schwierigkeiten bringen wird. Warum war ich dann nur so dumm, ihr...«

»Monsieur«, unterbrach ich, kniete mich neben ihn und legte ihm meine Hand auf den Arm. »Haben Sie nur *deshalb* darauf bestanden, bei mir zu bleiben? Um mich auszuschimpfen? Mich für den ganzen Schlamassel verantwortlich zu machen?«

Er seufzte erschöpft und schüttelte den Kopf, wobei ihm die Brille nach vorne rutschte.

»Wirklich, Monsieur«, fuhr ich fort, nachdem ich mich neben ihn gesetzt hatte, »wir sind beide in die Sache verwickelt, stimmt's? Sie wollen Ihre Enkeltochter finden. Ich Mr. London. Darum sind wir *hier.*«

»*Wo?* Wo befinden wir uns denn? Und wer soll jetzt bitte *wen* finden?«

Schutzman beschäftigte sich wieder mit seinem Abendessen. Ich saß schweigend da und dachte über die ganze Ironie unserer Lage nach.

»Hören Sie«, begann ich schließlich und sah ihm direkt ins Gesicht. »Ich habe mich gefragt, ob Ihre Enkelin... ob Greta Ihnen irgend etwas Genaueres über diesen Mohammed Assam erzählt hat... über sein persönliches Leben? Ob er vielleicht wieder geheiratet hat? Oder...?«

»Mein Kind, eine solche Frage stellen Sie mir?« murmelte er, als er seinen Napf beseite stellte. »Sie verstehen immer noch nicht?«

»Was verstehen?«

Er betrachtete mich aufmerksam. »Unsere Greta, sie...« Hilflos zuckte er die Schultern.

»Sie... was? *Sie* und Assam?«

»Sind Mann und Frau.«

»*Greta* und Assam?« fragte ich erstaunt.

»Der Inspektor hat Ihnen das nicht gesagt?«

»Nein. Nein, hat er nicht.« Ich erhob mich und durchquerte den Raum. *Greta* und Assam?

»Überrascht Sie das so sehr?« fragte Schutzman.

»Nun, nein, es ist nur... also doch, *ja*. Ich bin total schockiert, um die Wahrheit zu sagen. Sie haben sich in Paris kennengelernt? Oder...?«

»In London. Vor vier Jahren. Nur einen Monat kennen sie sich. Nur einen kurzen Monat! Und heiraten! Es ist natürlich ein Geheimnis – diese Heirat. Bis heute ist es ein Geheimnis. Greta hat Feinde genug in Israel, mit all der Friedensarbeit, die sie macht. Dazu noch einen palästinensischen Ehemann, und ihre Schwierigkeiten würden kein Ende finden!«

»Hat sie damals in London gearbeitet?«

»Zu der Zeit arbeitete sie überall. Immer in Bewegung. Niemals stillsitzen. Denn wenn man stillsitzt, fängt das Denken an. Und damals durfte sie nicht nachdenken. Durfte es nicht.«

Ich sah Schutzman an und wartete, daß er weitersprach.

»Warum nicht?« fragte ich schließlich.

»Das ist eine traurige Geschichte. Aber es gibt so viele traurige Geschichten in unserer Zeit. So viele.«

Schutzman verfiel in Schweigen. Ich nahm meine Wanderung durch den Raum wieder auf und bemühte mich nach Kräften, Schutzmans Worte zu verdauen. Meiner kleinen Diashow ein neues Bild hinzuzufügen. Das Bild von Greta und Assam. Je länger ich darüber nachdachte, desto logischer schien mir das Ganze. Also war *sie* diejenige, der Assam seine Gedichte neulich nachts gewidmet hatte: *Greta*.

All diese Verknüpfungen sahen langsam ganz schön übel aus. Stanley und Greta. Greta und Assam. Assam und Stanley. Und wie zum Teufel paßte *ich* in dieses ganze Durcheinander?

»Sie waren Kinderfreunde, verstehen Sie?« begann Schutzman wieder und blickte zu mir auf.

»Augenblick mal. Doch nicht Greta und Assam?«

»Nein, nein. *Jergen* und unsere Greta. Sie wachsen zusammen auf, dort in Jerusalem. Und immer, immer sieht man sie zusammen spielen, ihre besonderen Spiele, ihre geheimen kleinen Abenteuer. Wie alt ist Greta, als sie verkündet, sie will Jergen heiraten? Vielleicht zwölf? Vielleicht dreizehn? Er war ein *guter* Junge, dieser Jergen. Verstehen Sie mich nicht falsch. Aber mit dreizehn, wer kann so etwas da schon wissen? Sie glauben vielleicht, sie fragt ihren Großvater, was er von dieser Heirat hält? Nein, nein. Sie sagt es ihrem Großvater. So ist sie nun mal – teilt mir einfach mit, daß sie ihren Jergen heiraten will, wenn sie achtzehn ist. Und was glauben Sie? Sie wird achtzehn, und sie heiraten. Einfach so. So eine wunderschöne Braut können Sie sich nicht vorstellen! Und was für eine

Hochzeit! Die schönste Hochzeit, die ich je gesehen habe. Meine Frau, die weint die ganze Nacht nach der Hochzeit«, fügte er hinzu, hielt inne, blinzelte zur Decke hinauf und starrte wieder auf seinen Schoß. Sah er Greta in ihrem Hochzeitskleid vor sich? Oder seine geliebte Frau, die eine ganze Nacht lang weinte?

»Und dann?« fragte ich schließlich und ließ mich wieder neben dem alten Mann nieder.

»Und dann?« wiederholte er, die Achseln zuckend. »Dann wird er getötet. In diesem *farshtinkenen* Krieg in Libanon.«

»Er war in der israelischen Armee?«

»Was sonst? Jeder Jude muß seine Zeit in der Armee abdienen. Aber Jergen – sein Tod – war ein zu schlimmer Schlag. Zu sterben, und für was? Denn für was war dieses idiotische Kämpfen gut, dort im Libanon? Greta zerbrach unter diesem Schlag. Sie war wie von Sinnen vor Kummer. Darum – darum muß sie weg aus Israel. Und wir müssen auch weg. Das gebe ich offen zu. Weg von diesem Irrsinn, der in unserem Land ausgebrochen ist. Meine Frau hat Verwandte hier in Paris. Und so kommen wir hierher und beginnen ein neues Leben. Aber Greta kann nicht länger an einem Ort bleiben. Immer unterwegs ist sie, von einer Stadt zur anderen. Zu lange an einem Ort heißt, zuviel zu denken. Und zuviel denken heißt, verrückt werden vor Trauer um ihren Jergen. So kommt sie schließlich nach London. Und dort trifft sie diesen palästinensischen Wunderknaben. Und plötzlich ist die Welt wieder fröhlich und jung! Nur ein paar Tage, nachdem sie ihn kennengelernt hat, muß sie uns erzählen, welches Wunder geschehen ist. Dieser wunderbare Mann, der ihr das Leben wiedergeschenkt hat. Nie habe ich soviel dummes Zeug gehört«, sagte er, schüttelte den Kopf, schaute mich blitzschnell an und dann wieder weg. »Und in den folgenden Jahren, wie oft kriegen wir da Gretas Superstar zu sehen? Vielleicht drei-, vielleicht viermal? Er war ein sehr beschäftigter Mann, dieses palästinensische Wunder.«

»Er war im Gefängnis«, erinnerte ich ihn. »In Italien. Fast drei Jahre lang.«

»Ja. Hat Ihr Inspektor gesagt.«

»Glauben Sie ihm nicht?«

»Ich glaube ihm. Ich glaube ihm. Aber ich will Ihnen sagen, was ich sonst noch glaube. Es ist schon wieder dieser meschuggene Elefant. Ich sehe den Schwanz. Ihr Inspektor, der sieht den Rüssel. Und Gott weiß, was unsere Greta sieht. Es ist nur ein Segen«, brummelte er, während er sich die Decke fester um die Schultern zog und ins Feuer starrte. »Ein Segen, daß meine Frau, möge sie in Frieden ruhen, nicht mehr lebt, daß ihr diese schlimmen Zeiten erspart bleiben.«

Schutzman ließ sich vor dem Feuer nieder. Ich blieb in meiner Ecke und dachte über Schutzmans Geschichte nach. Versuchte, alle Teile wieder zusammenzusetzen. Aber manche schienen nicht passen zu wollen. Ich brauchte eine Zigarette. Oder ein Glas Wein. Irgendwas, um mich von den düsteren Gedanken abzulenken, die mir durch den Kopf gingen. Schließlich ließ ich kaltes Wasser in das Waschbecken laufen und tauchte mein Gesicht hinein. Als ich ins Zimmer zurückkehrte, hatte Schutzman sich auf seiner Decke ausgestreckt und starrte zum Dach hinaus. Falls ich mich nicht irrte, hatte er geweint.

»Monsieur?« murmelte ich. Er schüttelte den Kopf, drehte sich zur Seite und starrte an die Wand. Ich stand einen Moment lang da, starrte ihn an, starrte die Wand an. Dann trat ich zurück, um noch mehr Holz aufzulegen, und ließ mich neben Schutzman nieder. Fest in die zweite Decke gewickelt, dachte ich über die »zufällige« Bedeutung von Beirut nach. Wie dieser eine tragische Sommer – die israelische Invasion, ihre Nachwirkungen, die Überfälle auf die Flüchtlingslager Sabra und Shatilla – derart dramatische und einschneidende Auswirkungen auf das Leben so vieler Menschen gehabt hatte. Das Leben der Schutzmans. Gretas Leben. Assams. Lambeaus. Dieser eine Ort, diese eine Zeit, der Juni '82 im Libanon, als Ausgangspunkt eines mysteriösen Dramas von Verschwörung und Intrigen, das sich genau hier, in Frankreich, im Juni '89 abspielte. Sollte es was mit diesem Sieben-Jahre-Zyklus zu tun haben, von dem meine Freundin und begeisterte Astrologin in San Francisco dauernd redete? Die Tendenz, daß sich im Leben bestimmte Muster, bestimmte Grundzüge alle sieben Jahre wiederholten?

Als ich endlich einschlief, hatte ich prompt einen scheußlichen Traum. In einem Pariser Café lief ich Greta und Stanley in die

Arme, doch die beiden waren so intensiv miteinander beschäftigt, als würde ich überhaupt nicht existieren.

Ich wachte mit einem Ruck auf, als die Tür aufgeschlossen wurde. Der Capitaine kam herein, gefolgt von dem jüngeren seiner Leute.

»Sie werden einen kleinen Besuch machen«, sagte er und half mir auf.

»Einen Besuch?« erwiderte ich und schaute auf Schutzman, der zu meinen Füßen friedlich schnarchte.

»Der alte Mann bleibt hier.«

Ich nickte, blickte von einem Mann zum anderen und dann auf meine Uhr. Drei Uhr früh.

Diesmal wurden meine Hände nicht gefesselt. Aber mir wurde wieder die Augenbinde angelegt. Ich wurde die Treppe hinabgeführt und auf den Rücksitz eines Autos geschoben. Ein Mann setzte sich neben mich, und der andere glitt hinter das Steuer. Wir fuhren schweigend eine knappe halbe Stunde lang über einen holprigen, ungeteerten Weg, bevor wir auf einen Kiesweg bogen und anhielten. Man half mir aus dem Auto, führte mich über ein Feld mit hohem, nassem Gras, ein paar Stufen rauf, in ein Haus. Drinnen war es sehr warm. Ich konnte Stimmen hören, die sich auf arabisch unterhielten, und das Knacken brennenden Holzes im Kamin. Dann verstummten die Stimmen, und die Tür wurde leise hinter mir geschlossen. Waren die Männer, die mich hergebracht hatten, gegangen?

Ich riß die Augenbinde runter, drehte mich um und blickte direkt in das Gesicht von Mustafa al-Malruki alias Mohammed Assam.

»Sie!« stammelte ich und starrte ihn an.

»Wollen Sie nicht Platz nehmen?« schlug er vor, auf das Sofa deutend, das neben dem Kamin stand.

»Was zum Teufel fällt Ihnen ein, mich hierher zu verschleppen? Ich habe Ihnen vertraut, verdammt noch mal! Ihre Freundschaft angenommen. Und was hat es mir gebracht? Sie haben mein Leben zur *Hölle* gemacht! Und warum mußten Sie den alten Mann mit hierherschleppen? Der Schock hätte ihn töten können«, fügte ich hinzu, meine Fäuste geballt, während er ruhig dastand und mich ansah.

»Es tut mir leid, daß der alte Mann mit hineingezogen werden mußte«, sagte er ruhig. »Das war ursprünglich nicht geplant.«

»Und was zum Teufel war geplant? Was *wollen* Sie eigentlich von mir, Assam?«

»Möchten Sie sich nicht setzen?« schlug er wieder vor. »Sich wie zu Hause fühlen?«

»Zu Hause?« wiederholte ich sarkastisch. Zu Hause? Ich schaute weg, während in meinem Kopf die widersprüchlichsten Gefühle miteinander kämpften. Ich bemühte mich nach Kräften, den Mann durch die Augen des Inspektors zu betrachten, in ihm den gefährlichen Superterroristen auf der Flucht zu sehen. Aber irgendwie gelang mir das nicht. »Und warum zum Teufel haben Sie mir nicht erzählt, daß Sie Stanley kennen?«

»All Ihre Fragen werden eine Antwort finden, meine Freundin. Wenn Sie doch nur...«

»Wissen Sie, daß mir Inspektor Renard alles erzählt hat?« unterbrach ich. »Alles über Sie.«

»Ich verstehe.«

»Ihre Verbindung mit Abu Nidal. Die Bombe, die Sie in dem Reisebüro in Rom gelegt haben. Der Prozeß. Alles.«

»Ja, ich verstehe.«

»Das ist also alles wahr?«

»Wahr?« wiederholte er, verschränkte die Arme und lehnte sich gegen die Wand und neben den Kamin. »Es ist wahr, daß ich die Bombe, von der sie sprechen, dort gelegt habe. Wahr ist aber auch etwas anderes: Ich habe dafür gesorgt, daß sie nicht explodierte. Können Sie mir glauben, wenn ich das sage?«

»Ich weiß nicht mehr, was ich glauben soll.«

Er nickte und trat an die Tür zur Küche, öffnete sie einen Spalt und äußerte eine kurze Bitte auf arabisch. Dann lehnte er sich wieder, die Arme vor der Brust verschränkt, an die Wand und betrachtete mich aufmerksam. Er schien mich genau einschätzen zu wollen.

»Ich habe Sie einmal gefragt, ob Sie an Vorsehung glauben... erinnern Sie sich?«

»Sie haben gefragt, ob ich an Zufälle glaube. Und ich glaube daran, Sie aber offenbar nicht.«

»Ob wir es Vorsehung nennen oder Zufall, das kommt doch aufs gleiche raus, nicht wahr? Aber ich muß Ihnen sagen, meine Freundin, meiner persönlichen Überzeugung nach war es Vorsehung, daß ich Sie letzten Dienstag in Paris traf. Und die gleiche Vorsehung hat Sie jetzt wieder zu mir geführt.«

»Wenn Sie zwei Killer mit gezückten Pistolen als Vorsehung bezeichnen wollen.«

»Ah. Nun ja.« Das Lächeln. »Die Vorsehung hat viele Gesichter, nicht wahr?«

»Wissen Sie, daß Sie mich in Paris in eine sehr mißliche Lage gebracht haben?«

»Ja. Ich fürchte, das war unvermeidlich.«

»Wieder die Vorsehung?«

»Vielleicht.«

»Und würden Sie mir jetzt wohl sagen, was mit Stanley passiert ist?«

»Haben Sie *Geduld*, Sarah. Alle Ihre Fragen werden beantwortet. Leben sind in Gefahr – vielleicht das Leben sehr vieler Menschen –, und ich erbitte Ihre Mitarbeit in einer äußerst delikaten und wichtigen Angelegenheit. Darum habe ich Sie heute nacht herbringen lassen. Um Ihnen meine Geschichte zu erzählen. Denn mir ist völlig klar, daß ich nicht mit Ihrer Hilfe rechnen kann, wenn ich Sie nicht ins Vertrauen ziehe. Was ich Ihnen erzählen werde, ist vielleicht nicht die ›volle‹ Wahrheit, aber im wesentlichen doch. Verstehen Sie das?«

Ich nickte. Während ich mich zögernd auf das Sofa setzte, spürte ich förmlich, wie sich eine verschwörerische Atmosphäre im Raum ausbreitete, die von dem knackenden Kaminfeuer noch eigentümlich verstärkt wurde.

»Ah. Unser Kaffee«, meinte Assam, als sein junger Freund, kaum älter als elf oder zwölf Jahre, mit einem Tablett, auf dem zwei Mokkatassen standen, aus der Küchentür kam. Er stellte das Tablett auf den Tisch, sagte etwas auf arabisch zu Assam und verschwand wieder.

»Erzählen Sie mir, Sarah«, sagte Assam, reichte mir eine der Tassen und setzte sich dann in einen Sessel mir gegenüber. »Was genau hat Ihnen der französische Inspektor über mich gesagt?«

»Nur das, was ich schon erwähnt habe, und«, ich stockte, »und wie Ihre Frau und Ihre Söhne... was '82 im Flüchtlingslager Shatilla geschehen ist. Daß Sie und Ihre Mutter die einzigen waren, die entkommen konnten«, setzte ich hinzu und fühlte, wie ich rot wurde.

»Ich war nicht in Shatilla, als die Invasion stattfand, falls das der Eindruck ist, den der Inspektor bei Ihnen erweckt hat.«

»Oh?«

»Nur sehr wenige Männer waren in den Lagern, als die Invasion begann. Wir kämpften in den Straßen Beiruts. Versuchten, den Angriff der israelischen Armee auf unsere Stadt und unser Zuhause abzuwehren. Wie viele Wochen dauerten diese Kämpfe? Und die Belagerung? Bis die Amerikaner ihren ›Evakuierungsplan‹ ausgearbeitet hatten. Das war Ihr Philip Habib. Unsere Kampftruppen wurden aus der Stadt getrieben, und unsere Familien blieben in den Lagern zurück, mit der Vereinbarung – dem festen Versprechen –, daß keine feindlichen Armeen, weder Israelis noch christliche Phalangisten, wieder zurück nach West-Beirut durften. Ich mache die Amerikaner nicht direkt für das verantwortlich, was dann geschah. Ich glaube, was auch viele andere glauben: daß Ihr Monsieur Habib in gutem Glauben handelte. Aber ihr Amerikaner mit eurer merkwürdigen Diplomatie, die es allen Seiten recht machen will! Die andere in Sicherheit wiegt; wenn sie Unheil anrichtet, werdet ihr einfach wegsehen. Und das tut ihr immer und immer wieder! Ihr seid so geschickt darin, einfach wegzusehen, wenn es euren Zwekken dient! Immer schaut ihr in die falsche Richtung! Dieses besondere Talent, das mache ich dafür verantwortlich, was dann geschah. Denn erst, als wir den Bedingungen der Evakuierung zustimmten, als unsere Kampftruppen nicht länger in West-Beirut waren, um unsere Lieben zu beschützen, erst da beschlossen diese feigen Barbaren, unsere Lager zu überfallen und unsere Kinder und Frauen, unsere Mütter und Väter niederzumetzeln, wie Schafe an der Schlachtbank. Selbst in den tiefsten, dunkelsten Ecken meiner Phantasie kann ich mir kein brutaleres, kein bestialischeres Verbrechen vorstellen als das, was in jener Nacht und am folgenden Tag in den Lagern geschah. Tausende wehrloser Frauen und Kinder abgeschlachtet. Und für was? Für *was*?« Er war aufgesprungen bei diesen letzten Worten, die er wohl mehr an sich selbst als an mich gerichtet hatte.

»Von jenem Tag an«, fuhr er fort, setzte sich wieder und sah mir ins Gesicht, »von jenem Tag an lebte ich nur noch für die Rache. Sie erfüllte meine Gedanken und tröstete meine Seele, Tag für Tag,

Nacht für Nacht. Können Sie das verstehen? Sie wurde mein Lebenszweck. Der einzige Grund, am Leben zu bleiben. Den bestialischen Tod meiner jungen Frau, meiner beiden Söhne und meines alten Vaters zu rächen. Wie diese Barbaren unschuldiges Blut vergossen hatten, so würde auch *ich* unschuldiges Blut vergießen. Wie sie unsere Seelen mit diesem sinnlosen Abschlachten zerstört hatten, so würde auch *ich* ihre Seelen mit der gleichen Tat zerstören. Aus dieser Verfassung heraus war es nur ein kleiner und wohl verständlicher Schritt, mich einer Organisation wie Abu Nidal anzuschließen. Einer Organisation, deren erklärtes Ziel – die Waffe auf das Herz des Feindes zu richten – in meinen Ohren wie köstlicher Balsam klang. Verstehen Sie mich nicht falsch, Sarah. Ich fühle keine Scham, keine Reue wegen meines Hasses. Denn nur der Haß hielt mich am Leben. Nur er. Nichts anderes«, fügte er hinzu, wieder ins Feuer starrend. Ich fühlte mich unbehaglich, aufgewühlt.

»Und dann kam das Training im Bekka-Tal?« warf ich ein.

Er sah auf, ein bitteres Lächeln im Gesicht. »Das ist der romantische Mythos, den die Geheimdienste so gern verbreiten. Aber in Wirklichkeit erhielt ich den größten Teil meiner Ausbildung in einem winzigen Apartment in der Innenstadt von Bagdad. Ich und noch zwei weitere Männer, deren wirkliche Namen ich nie erfuhr. Als die Ausbildung abgeschlossen war, wurde ich nach London geflogen – ›eingesetzt‹, wie man das nennt –, wo ich die Universität besuchen, zu Parties und in Kneipen gehen, das ›schöne Leben‹ genießen sollte, wie ihr sagt... Um mir dadurch eine hieb- und stichfeste Tarnung zu verschaffen. Als die Tarnung aufgebaut war, begann mein eigentlicher Job, das Sondieren des Terrains. Ich mußte Geheiminformationen über verschiedene israelische Institutionen im Bereich von London sammeln. Institutionen – verstehen Sie – die sich irgendwann als passende Ziele unserer Ideologie der ›gezogenen Waffe‹ erweisen könnten. Bei diesem Sammeln von Informationen über israelische Einrichtungen«, fuhr er fort, mir einen schnellen Blick zuwerfend, »lernte ich eine Frau kennen. Und durch diese Frau, durch das Kennenlernen dieser Frau, veränderte sich mein Leben total.« Er hielt inne.

»Sie sprechen von Schutzmans Enkeltochter?« fragte ich, das Schweigen brechend.

Er schaute auf und blinzelte. »Der alte Mann hat Ihnen also davon erzählt?«

»Ein wenig, ja.«

Er nickte, schaute ins Feuer und dann wieder zu mir. »Diese Frau war meine Erzfeindin. Ein Mitglied der verhaßten Rasse, der ich Blutrache geschworen hatte. Was geschieht, wenn man sich in den Erzfeind verliebt? Ich kann Ihnen sagen, es ist eine furchtbare, schmerzliche Angelegenheit! Und diese Frau lehnte es einfach kategorisch ab, meinen Haß zu akzeptieren! Wie viele Nächte haben wir damit verbracht, zu reden und zu reden, bis die Sonne hoch am Himmel stand? Ich bin mir nicht sicher, wann diese Frau leidenschaftlicher war... wenn sie liebte oder wenn sie redete. Wie konnte mein Haß, mein Verlangen nach Rache, vor so einer Leidenschaft bestehen? Vor einer derart bedingungslosen Liebe? Wenn diese wunderbare Seele, diese wunderbare Frau mein Feind war, dann schien mir nichts übrigzubleiben, als meinen Feind als Freund zu akzeptieren. Und bald schon als meine Geliebte. Und schließlich als meine Frau. Nie hatte ich mir vorstellen können, wieder zu heiraten. Nie! Und *niemals* hätte ich mir vorstellen können, den ›Feind‹ zu heiraten...«

Assam stand auf und stocherte im Feuer, worauf er mit seiner Geschichte fortfuhr, seine Stimme durchdrungen von Leidenschaft.

»Kurz nach unserer Hochzeit erhielt ich den Befehl, nach Rom zu fliegen. Warum Rom, habe ich mich gefragt? Warum nach all diesen Jahren in London sollte ich nach Rom fliegen? Aber bei einer solchen Organisation hat man seine Befehle nicht zu hinterfragen. Man empfängt seine Anweisungen und gehorcht. Alles andere würde sofortigen Tod bedeuten. So arbeiten diese Leute nun mal. Und daher tat ich, wie mir befohlen wurde. Ich verließ meine wunderschöne Frau und flog nach Rom, wo ich in einem schäbigen Hotel in der Innenstadt abstieg. Und dort hatte ich zu warten. Eine Woche. Zwei Wochen. Schließlich kommt ein weiterer Befehl. Ich habe mich an einer bestimmten Straßenecke mit einem Mann zu treffen, der mir einen Koffer überreicht. Einen Koffer, der Plastiksprengstoff und einen Zünder enthält und den ich am folgenden Morgen im Büro der British Airways deponieren soll. *Warum* ein Büro der British Airways? *Warum* in Rom? Was hatte all das mit den unschuldigen Frauen und Kindern zu tun, die vier Jahre zuvor in Sabra und Shatilla abgeschlachtet worden waren? In der Nacht kann ich nicht schlafen. Wie soll ich auch? Ich bin zwischen zwei verhängnisvollen Alternativen gefangen. Ich kann die Bombe nicht dort hinbringen. Aber es ist unmöglich, sie nicht dort hinzubringen. Dann fällt es mir plötzlich ein. Zwischen diesen beiden verhängnisvollen Alternativen gibt es noch eine dritte. Ich kann die Bombe einfach dort abstellen, aber dafür sorgen, daß sie nicht explodiert. Und genau das tat ich. Vier Stunden später, als ich das Flugzeug besteigen wollte, das mich aus Rom wegbringen sollte, wurde ich von der italienischen Polizei verhaftet. Es schien, daß meine ›hieb- und stichfeste‹ Tarnung doch nicht so sicher war.«

»Hat irgend jemand davon erfahren, daß Sie die Bombe entschärft haben?«

»Ich war bestimmt nicht so dumm, darüber zu sprechen. Hätte ich einen solchen ›Verrat‹ zugegeben, wäre das mein sicherer Tod gewesen. Davon war ich überzeugt. Und so verrotteten wir in diesem italienischen Gefängnis, Jihmad und ich. Es ist schon seltsam, nicht wahr? Daß wir zwei blutrünstigen, mörderischen Terroristen, wie wir immer wieder genannt wurden, zusammen in eine Zelle gesperrt wurden. Vielleicht hofften sie, wir würden uns gegenseitig umbringen. Aber als wir da so vor uns hinrotteten, Woche um Woche, Monat um Monat, begann der Kodex der Geheimhaltung, der uns während unseres Trainings so eingehämmert worden war, langsam zu zerbröckeln. Und wir fingen an, über unsere Erfahrungen mit Abu Nidal zu sprechen. Und zu erkennen, daß wir beide unter dem gleichen Unbehagen gelitten hatten. Dem gleichen Gefühl der *Sinnlosigkeit* dieser Organisation. Sie müssen verstehen, daß es in einer solchen Organisation absurde Strukturen gibt. Jede Zelle, jeder einzelne muß in totaler Isolierung von den anderen Mitgliedern der Gruppe arbeiten. Es gibt keine Diskussionen. *Niemals* Auseinandersetzungen. Ist das Training einmal abgeschlossen, hat jede Kommunikation zu unterbleiben.

Unsere einzige Aufgabe ist es, zu gehorchen. Wir sind Roboter, mehr nicht. Und die Organisation ist eine Ein-Mann-Diktatur, in der alle Anweisungen von ganz oben kommen, als kämen sie direkt von Allah. Aber *wer*, fragten wir uns, *wer* erteilt uns letztlich die

Anweisungen? Wer bestimmt unsere Ziele und unsere Grundprinzipien? Ein *Verrückter*? Denn ich muß Ihnen sagen, meine Freundin, das, was alle Abu Nidal zugeschriebenen Terrorakte auszeichnet, ist ihre absolute Sinnlosigkeit!

Sie könnten sagen, daß Terrorismus an sich schon sinnlos sei! Aber das stimmt nicht! Terrorismus kann durchaus wirksam sein! Denken Sie nur an den jüdischen Terrorismus der Irgun und der Stern-Bande im Palästina der 40er Jahre. Man könnte sogar behaupten, daß die Juden ihren Staat eben diesem Terrorismus verdanken. Denn ohne all das Töten und Bombardieren, ohne die ständigen Angriffe auf unsere Dörfer wären unsere Familien doch nie bereit gewesen, zu Hunderten und Tausenden *freiwillig* ihre Häuser und ihr Land zu verlassen und gegen die unendliche Hölle der Flüchtlingslager einzutauschen! Und die Anführer der jüdischen Terroristengruppen der 40er Jahre sind heute die politischen Führer Israels! Ist das nicht Beweis genug, daß Terrorismus – wenn er gezielt und durchdacht eingesetzt wird – Berge versetzen kann?

Aber der Terrorismus von Abu Nidal, welchem Zweck soll er dienen? Welchem *Zweck* dient es, all die hohen Funktionäre der PLO umzubringen? Bei all den Zielscheiben, unter denen sie wählen können, warum da die eigenen Landsleute umbringen? Und wenn es nicht die PLO-Funktionäre sind, auf die Abu Nidal es abgesehen hat, dann sind es die europäischen Regierungen, die sich der PLO gegenüber freundlich zeigen. Deshalb wird der Schalter einer Fluggesellschaft in Rom in die Luft gejagt. Oder eine jüdische Synagoge in Wien. Aber welchem Zweck dienen diese absurden Angriffe, außer das palästinensische Volk zu isolieren? Mit jedem Angriff auf ein europäisches Ziel, ob es ein Restaurant ist, ein Reisebüro oder eine Synagoge, wird der gesamten Welt schon das Wort Palästina abscheulicher und widerwärtiger! Wir werden zu den Parias der modernen Welt gemacht! Aber *warum*, fragten wir uns, Jihmad und ich, dort in unserer Gefängniszelle. Warum greift Abu Nidal nicht unsere wirklichen Feinde an, in Israel und im Libanon? Warum statt dessen die Menschen angreifen, die wir zu unseren Verbündeten und Freunden machen sollten? Und so müssen wir uns wieder die gleiche Frage stellen. *Wer* ist dieser Abu Nidal? Und was soll dieses absurde Spiel, das er mit uns allen spielt?«

»Aber haben Sie ihn denn nie persönlich kennengelernt?«

»Merkwürdigerweise nicht. Fünf Jahre waren wir Mitglieder bei Abu Nidal, aber wir haben unseren furchtlosen Anführer nie gesehen. Jihmad, mein Mitgefangener, so wenig wie ich. Diesen Abu Nidal umgibt eine solche Aura des Mysteriösen! Ein so sphinxartiges Geheimnis! Denn *wer* hat diesen Mann überhaupt je getroffen, fragt man sich. Wer hat ihn jemals gesehen, von Angesicht zu Angesicht? Meiner Kenntnis nach nur ein paar seiner obersten Gefolgsleute; und ein paar privilegierten Journalisten wurde – aus Propagandagründen – eine Audienz mit ihm gewährt. Und selbst ihnen – den Journalisten – wurde nicht gestattet, Fotos zu machen oder Kassettenrecorder mitzubringen.«

»Assam, ich bin sicher, vor kurzem ein Foto von Abu Nidal in der Zeitung gesehen zu haben.«

»Ja sicher. Das berühmte Foto. Undatiert. Aus unbekannter Quelle. Vielleicht interessiert es Sie, daß ein gewisser Abdel Yassine, ein palästinensischer Schriftsteller, behauptet, das Foto sei ein Schnappschuß von *ihm*, aufgenommen 1976 während der Konferenz der arabischen Schriftstellervereinigung in Kairo! Wenn sie noch nicht mal ein vernünftiges Foto unseres Meisterterroristen beibringen können, wenn es niemandem gestattet ist, seine Stimme auf Band aufzunehmen… dann müssen wir uns doch fragen, wer *ist* der Mann hinter der Maske, die Organisation hinter der Fassade?«

»Der französische Inspektor hat mir erklärt, ›Abu Nidal‹ sei das Pseudonym eines gewissen Sabri al-Banna«, sagte ich, schlug die Beine übereinander und fragte mich, wohin zum Teufel diese Unterhaltung führen sollte.

»Ah *ja* … dieser Sabri al-Banna. Der Märtyrer aller Märtyrer. Dessen Familie 1948 ihr ganzes Millionenvermögen an Zitrushainen durch den israelischen Terrorismus verlor. Dieser junge Palästinenser, der gezwungen war, sein Spielzeug und seine Kindheitsfreunde gegen das Elend eines Lebens im Zelt, das in einem Meer von Schlamm versank, einzutauschen. Doch was wäre, wenn ich Ihnen sagen würde, meine Freundin«, fügte Assam hinzu, »was wäre, wenn ich Ihnen sagen würde, daß dieser Sabri al-Banna tot ist?«

»Was?«

»Daß er im Februar 1984 auf dem Operationstisch gestorben ist.«
»Haben Sie Beweise?«
»Das Gerücht gibt es schon seit Jahren. Aber ja, wir *haben* ›Beweise‹. Medizinische Berichte, die sein Sterben während einer Herzoperation in einem Londoner Krankenhaus bestätigen. Ich sollte natürlich hinzufügen, daß al-Bannas tatsächlicher Name in diesen Berichten nicht auftaucht, sondern der eines gewissen Raja Hani; ein Pseudonym, das er bekanntermaßen während dieser Zeit benutzte.«
»Was soll denn das für ein Beweis sein?«
»Das ist eine lange, komplizierte Geschichte. Doch kurz gesagt war Sabri al-Bannas Herzoperation in dem Londoner Krankenhaus nicht seine erste. Die erste Herzoperation fand vor zweiundzwanzig Jahren statt, im amerikanischen Hospital, das der amerikanischen Universität in Beirut angeschlossen war. Damals war er erst fünfundzwanzig Jahre alt, noch nicht der weltbekannte Terrorist, der er einmal werden sollte, und daher nicht gezwungen, unter falschem Namen aufzutreten. Auf diesen Krankenberichten befindet sich also sein richtiger Name. Vergleicht man die beiden Berichte miteinander, auch wenn sie zweiundzwanzig Jahre auseinander liegen, bleibt kein Zweifel, daß der Sabri al-Banna, der 1962 das amerikanische Hospital in Beirut betrat, und jener Raja Hani, der 1984 auf dem Operationstisch starb, *ein und derselbe Mann sind*. Diese Krankenberichte machen unseren ›unsichtbaren‹ Terroristen endlich sichtbar. Wir haben jetzt...«
»Wer ist *wir*?« warf ich ein.
»Meine Mitstreiter und ich.«
»*Welche* Mitstreiter?«
»Kurz gesagt, eine Gruppe von Palästinensern, die genau wie ich ein Interesse daran haben, diese Abu-Nidal-Geschichte endgültig zu klären.«
»Mitglieder der PLO? Arbeiten Sie mit der *PLO* zusammen?« Er antwortete nicht. »Assam, der Inspektor hat mir Fotos von Ihnen und Stanley gezeigt, auf denen Sie mit einem hohen PLO-Funktionär in einem Café in Tunis sitzen. Sind das Ihre Mitstreiter?« drängte ich.
»Gewisse Elemente in der Organisation... ja.«

»Aber Assam«, sagte ich und warf einen Blick durch den Raum. »Wenn schon ein französischer Polizeiinspektor von Ihrer Verbindung mit der PLO weiß, wie können Sie da annehmen, daß Abu Nidal es nicht weiß?«

Er zögerte, sich mit dem Finger über den Schnurrbart streichend.

»Abu Nidal weiß natürlich alles über meine Verbindung zur PLO.«

»Was?«

»Nach meiner Entlassung aus dem italienischen Gefängnis war das mein neuer Auftrag. Ich hatte den desillusionierten Terroristen zu mimen und der PLO meine Dienste anzubieten.«

»Als Maulwurf innerhalb der PLO zu fungieren?«

»Mehr oder weniger, ja. Ich brauchte den Plan nur umzudrehen. Meine Loyalität der anderen Seite zuzuwenden, sozusagen.«

»Sie meinen, statt ein Maulwurf innerhalb der PLO zu werden, wurden Sie zum Maulwurf innerhalb von Abu Nidal, *für* die PLO? So was in der Art?«

»So was in der Art... ja.«

»Du lieber Himmel, Assam«, murmelte ich, schaute mich rasch um, und rutschte unruhig auf dem Sofa hin und her. »Das klingt schrecklich gefährlich. Für Sie. Für alle anderen.«

»Ja. Doch unter den gegebenen Umständen lassen sich Risiken nun mal nicht vermeiden, nicht wahr? Aber das Wichtigste, meine Freundin, ist die Tatsache, daß wir durch den Besitz der Krankenberichte der Demaskierung Abu Nidals einen Schritt näher gekommen sind! Unser nächster Schritt war, einen Journalisten zu finden – möglichst einen bekannten westlichen Journalisten –, der bereit war, ein Interview mit dieser abgeschirmten, mysteriösen Figur zu machen. Einen weiteren Mitstreiter, wenn Sie so wollen. Interessanterweise war es meine Frau, zu der Zeit in Jerusalem, die den Journalisten für uns fand. Einen amerikanischen Zeitungsreporter, der gerade selbst den hochkomplizierten Versuch unternahm, ein Interview mit unserem gefeierten Terroristen zu bekommen. Ein Interview, das er in ein Buch aufnehmen wollte, an dem er arbeitete. *Meetings in Armageddon* soll wohl der Titel sein, oder?«

»Stanley?« murmelte ich, während wieder ein paar fehlende Teile des Puzzles an ihren Platz fielen.

»Ihr enger Freund, Mr. London. Und nun auch unser Freund.«

»*Dort* ist Stanley also jetzt? Beim Interview mit Abu Nidal?« fragte ich erstaunt.

»Ich fürchte nein«, sagte Assam, stand auf und kam näher zu mir. »Es scheint, als habe sich wieder einmal die Vorsehung eingeschaltet und die Sache in die Hand genommen. Am vergangenen Sonntag abend wurde Mr. London vom israelischen Geheimdienst zur Vernehmung abgeholt.«

»Sind Sie sich da absolut sicher?«

»Ich fürchte, ich habe es aus den besten Quellen.«

»Von Ihrem seltsamen Polizei-Capitaine?« Er machte eine nicht zu deutende Bewegung mit dem Kopf. »Also, diese Version habe ich bereits gehört«, sagte ich und erzählte ihm von meinem Treffen mit Pierre LaPlante, dem französischen Journalisten. »*Warum* bringen diese Interviews für sein Buch Stanley in solche Schwierigkeiten? Geht es dabei um ›nationale Sicherheitsinteressen‹? Oder ...?«

»Es geht nicht nur um ein paar Interviews. Die Sache ist ernster«, sagte Assam. »Sie wissen von dieser Liga israelischer Bürger und den Vertretern der PLO, die während der letzten paar Jahre insgeheim miteinander verhandelt haben?«

»Monsieur Schutzman hat mir ein wenig davon erzählt. Nicht viel. Nur daß Greta darin verwickelt ist. Und Sie, nehme ich an. Und Stanley? Hat er ...?«

»Er hat ihnen geholfen, ja. Bei drei verschiedenen Gelegenheiten hat er für sie Videobänder von Tunis nach Jerusalem geschmuggelt.«

»*Video*bänder?«

»Bänder, auf denen Vertreter der PLO direkt zu den Menschen in Israel sprechen und ihren Wunsch nach Friedensverhandlungen ausdrücken.«

»*Dafür* hält der Mossad ihn fest? Weil er Videobänder nach Israel gebracht hat? Das soll gesetzwidrig sein?«

»Aber ja. Die PLO ist – in welcher Form auch immer – in Israel illegal. Kein Mitglied darf im Fernsehen oder im Radio auftreten. In der gesamten offiziellen Presse dürfen deren Äußerungen nicht einmal wiedergegeben werden. Die israelische Regierung zieht es vor, den Menschen nur ihre eigene Version der PLO vorzuführen. Sie verstehen also, wie wichtig diese Videobänder für uns sind, nicht wahr? Sie bedeuten die Möglichkeit, den gewöhnlichen Bürgern Israels zu zeigen, daß die PLO-Führer Menschen sind wie sie. Menschen, die den Frieden wollen und ein Ende all des Kämpfens und Mordens, genau wie sie.«

Ich nickte, schaute von Assam in meinen Schoß, verwundert über Stanleys unerwarteten Abenteuergeist. Seine Bereitschaft, sich auf derart gesetzwidrige Aktivitäten wie Schmuggel und illegale Einfuhr einzulassen. Selbst, wenn die Schmuggelware nichts Gefährlicheres enthielt als Videobänder palästinensischer »Rhetoriker«.

»Was, glauben Sie, hat der Mossad also mit Stanley vor?« murmelte ich und blickte wieder auf.

»Das ist jetzt nur noch ein Geduldsspiel. Sie können den Mann nicht viel länger festhalten, ohne internationalen Protest zu entfachen. Um Sie zu beruhigen, Sarah ... die Räder für Mr. Londons Freilassung sind bereits in Bewegung gesetzt.«

»Aber was ist mit dem Foto von Ihnen und Stanley? Sie müssen doch über alles Bescheid wissen.«

»Und was ist dieses ›alles‹, über das Sie Bescheid wissen müssen?«

»Zunächst mal, Assam... haben Sie offen zugegeben, Mitglied von Abu Nidal zu sein. Selbst wenn sich Ihre Loyalität vor kurzem verschoben hat«, setzte ich leise hinzu, als der Capitaine hereinkam und auf Assam zutrat, um ihm etwas ins Ohr zu flüstern.

»Sie entschuldigen mich bitte?« sagte Assam, sprang auf und fegte am Sofa und dem Capitaine vorbei zur Tür hinaus.

»Haben Sie es bequem, Mademoiselle?« fragte der Capitaine und stellte sich mit seiner massigen Figur, die den ganzen Raum auszufüllen schien, vor mich, wobei er sich kräftig die Hände rieb.

»Bequem genug.«

Seine dicken Lippen verzogen sich zu einem ziemlich unangenehmen Grinsen. »Gut.« Er bellte einen Befehl durch die Küchentür, kehrte mir den Rücken zu und stellte sich dann breitbeinig vor den Kamin und wärmte sich die Hände über dem Feuer. Eine Minute verging. Zwei Minuten. Ich war praktisch nicht mehr vorhanden.

»In welcher Beziehung stehen Sie zu Inspektor Renard?« fragte ich, nachdem mehrere Schweigeminuten vergangen waren.

Er drehte sich um, offenbar erstaunt über meine Frage. Oder vielleicht über die Tatsache, daß ich es gewagt hatte, zu sprechen.

»Der Inspektor scheint zu glauben, daß Mohammed Assam ein sehr gefährlicher Mann ist«, fuhr ich fort. »Wieso sind Sie dann hier und arbeiten mit ihm zusammen? Und *ohne* Wissen des Inspektors, wie ich annehme. Auf welcher Seite stehen Sie eigentlich?«

Er nahm eine Mandel aus der Schüssel auf dem Tisch, rollte sie zwischen den Fingern und betrachtete mich von oben herab. Sein Blick, arrogant und abschätzig, wanderte über meinen Körper, von Kopf bis Fuß.

»Ich vermute, daß Sie derjenige waren, der Assam bei seiner Flucht aus Paris geholfen hat?« setzte ich hinzu, bewegte mich unbehaglich und versuchte zu ergründen, wie er ins Bild paßte.

Als Antwort gab er mir dieses schmierige, unangenehme Grinsen, ließ die Mandel in seinen Mund fallen, kaute, nahm eine weitere. Irgendwas an ihm, an seinem Blick, seinem beharrlichen Schweigen ließ mich regelrecht zusammenzucken. Ich wandte mich ab und konzentrierte meine Aufmerksamkeit auf den Jungen, der hereingekommen war, eine Flasche Pernod, eine Schüssel mit Eis, Wasser und Gläser vor sich hertrug und, nachdem er alles auf dem Tisch abgestellt hatte, wieder in der Küche verschwand.

»Bedienen Sie sich«, sagte der Capitaine, goß sich ein wenig Pernod ein, fügte Wasser und Eis hinzu und sank mit dem Glas in der Hand in den Sessel, den Assam vor wenigen Augenblicken geräumt hatte.

»Sie werden meine Fragen also nicht beantworten?« fragte ich.

»Nein, Mademoiselle, werde ich nicht.«

»Ihr Freund«, sagte ich und nickte zur Tür hin, »scheint meine Mitarbeit bei irgendeiner Angelegenheit zu brauchen. Es würde die Dinge doch wohl vereinfachen, wenn ich mehr Informationen über ihn – und über Sie – hätte, bevor ich mich dazu entscheide.«

»Aber, Mademoiselle, glauben Sie denn, Sie hätten eine *andere* Wahl, als mit uns zusammenzuarbeiten?«

»Selbstverständlich«, sagte ich, an den Rand des Sofas rutschend. »Selbstverständlich habe ich die Wahl.«

»Ihre naive Selbstsicherheit ist wirklich zu bewundern, Mademoiselle«, sagte er und hielt sein Glas gegens Licht. Als er wieder in meine Richtung blickte, grinste er mich an, ließ sich noch tiefer in den Sessel sinken, streckte die Beine von sich und gab insgesamt ein Bild widerlicher Geilheit ab.

»Sie fragen nach ›Seiten‹, Mademoiselle. Aber in diesem Fall *gibt* es keine Seiten. Wir alle bewegen uns in Kreisen. Sie sind Teil dieser Kreise. Genau wie ich, wie unser Mohammed. Wie der Inspektor. Alles Kreise innerhalb von Kreisen«, fügte er hinzu und ließ seinen Pernod im Glas kreisen.

»Was mir verdammt wenig sagt, oder?«

Er ließ die Augenbrauen hochschnellen und verzog die Lippen. »Haben alle amerikanischen Frauen so schlechte Manieren? Vielleicht sollte ich Ihnen erst mal Manieren beibringen? Was meinen Sie? Also kommen Sie«, fuhr er fort, lehnte sich vor, goß Pernod in das zweite Glas, fügte Eis hinzu und knallte das Glas vor mir auf den Tisch. »Sie können wenigstens so höflich sein, ein Glas mit mir zu trinken.«

Ich hob das Glas, nahm einen schnellen Schluck und hielt es dann im Schoß, bevor ich mich zwang, seinen unverschämten Blick kalt zu erwidern.

»Sie finden Assam sicher attraktiv, nicht wahr?« fragte er und nahm einen tiefen Schluck.

»Was?«

»Sie finden ihn anziehend?«

Ich zuckte die Schultern, bewegte mich. »Ich finde ihn weder das eine noch das andere.«

»Ich bitte Sie, Mademoiselle. Er ist schließlich ein gutaussehender Mann. Ein Draufgänger wäre vielleicht die noch treffendere Beschreibung. Ich bin sicher, daß es keiner Frau schwerfällt, sich in einen solchen Mann zu verlieben.«

»Zufällig ist er auch ein überführter Terrorist.«

»Genau. Was, wie ich die Frauen kenne – und ich kenne die Frauen –, seine Anziehungskraft bestimmt noch vergrößert. Gefahr kann ein sehr wirkungsvolles Aphrodisiakum sein, nicht wahr? Besonders für die *amerikanische* Frau, schätze ich? Würden Sie mir nicht zustimmen, Mademoiselle?«

Ich starrte ihn an und wünschte bei Gott, ich hätte diese kleine Unterhaltung nie begonnen. Wo *zum Teufel* steckte Assam? Die Minuten dehnten sich in endlosem Schweigen, während ich an meinem Pernod nippte und meine Hände, den Fußboden, die Tür betrachtete. Alles, nur um dem unverschämten Blick dieses Mannes auszuweichen. Endlich kam Assam wieder zur Tür herein, sprach auf arabisch mit dem Capitaine und gab ihm etwas, das wie eine Kassette aussah, die der Capitaine in seine Tasche steckte.

»Nun gut«, sagte der Capitaine, stellte sein Glas ab und stand auf. »Wie's scheint, kommen die Dinge in Bewegung. Ich überlasse Sie beide Ihren Geschäften«, fügte er mit einem dünnen Grinsen hinzu, »während ich mich um meine kümmere.«

Assam und er wechselten weitere Worte, als sie zur Tür gingen. Und dann war der Capitaine endlich weg. Assam ging hinüber zum Feuer, stocherte mit dem Schürhaken, legte ihn beiseite und ließ sich wieder in seinem Stuhl nieder, sehr viel angespannter und abwesender als vor ein paar Minuten.

»Wer ist dieser Mann?« fragte ich und stellte mein Glas auf den Tisch.

Assam schaute mich schweigend an, mit dem Daumen seinen Schnurrbart glättend, erst die eine, dann die andere Seite, immer und immer wieder.

»Bevor ich nicht sicher bin, daß wir Ihre volle Unterstützung haben, Sarah, muß ich über einige Dinge schweigen.«

»Sie können *nicht* erwarten, daß ich ohne weitere Informationen mit Ihnen zusammenarbeite. Ist der Capitaine von der französischen Polizei? *Arbeitet* er mit Inspektor Renard zusammen? Mit der PLO? Oder was?«

»Er hat Ihnen nichts erzählt?«

»Nichts. Nur... irgendwelchen Schwachsinn über Kreise innerhalb von Kreisen. Ihre, meine, seine, die des Inspektors.«

»Ich verstehe. Nun, man könnte es so ausdrücken: Inspektor Renards Kreis ist Paris. Und Capitaine Kafkas Kreis ist weiter ausgedehnt. Strenggenommen gelte ich als unerwünschte Person. Als gefährlicher Terrorist, der während der Zweihundertjahrfeiern unerfreuliche Zwischenfälle verursachen könnte. In größerem Rahmen gesehen, bin ich jedoch ein Verbündeter der französischen Regierung: ein Freund, der versprochen hat, dafür zu sorgen, daß solche Zwischenfälle unterbleiben.«

»Moment mal. Wollen Sie sagen, Sie arbeiten für die PLO *und* die französische Polizei?« Assam schaute schweigend ins Feuer. »Und daß Abu Nidal sich nicht darum schert?«

Er lächelte vieldeutig und strich über seinen Schnurrbart. »Abu Nidal war derjenige, der meine Beziehung zum französischen Geheimdienst angeregt hat.«

»*Das* auch noch? Lieber *Gott*«, brachte ich hervor und starrte ihn entsetzt an.

»Eine komplizierte Sache, nicht wahr? Kurz gesagt, durch meinen Umgang mit PLO-Vertretern hier in Paris kam ich in Kontakt mit gewissen Organen des französischen Geheimdienstes. Und erhielt vom Oberkommando Abu Nidals die Instruktion, diese Kontakte zu pflegen.«

»Während Sie nach wie vor die Rolle des desillusionierten Mitglieds dieser Organisation spielen?«

»Das stimmt, ja.«

»Um ein – was – ein Spion innerhalb des französischen Geheimdienstes zu werden? Warum?«

»Wie es scheint, hat unser gefeierter Terrorist diesen Sommer große Pläne für Frankreich.«

»Was sind Sie also, Assam? Eine Art Doppel-, Dreifach-Agent? Allmächtiger Gott, das wird ja von Sekunde zu Sekunde gefährlicher. Abu Nidal denkt, Sie arbeiten als sein Mann innerhalb der PLO *und* des französischen Geheimdienstes, während Sie *in Wirklichkeit* für den französischen Geheimdienst und die PLO *gegen* Abu Nidal arbeiten? Habe ich das richtig verstanden?«

»Im großen und ganzen … ja.«

»Aber wie soll *ich* wissen, für wen Sie wirklich arbeiten? Bei all diesem Durcheinander von Zugehörigkeiten und Nichtzugehörigkeiten, in die Sie da verstrickt sind, wie kann ich da sicher sein, wo Ihre *wahre* Loyalität liegt?«

»Meine Loyalität«, sagte er und beugte sich zu mir herüber, »meine Loyalität liegt bei denen, die versuchen, einen *Ausweg* aus diesem Morast zu finden. Einen *Ausweg* aus diesem Sumpf von Vorurteilen und Haß, von Repressalien und Vergeltungsmaßnahmen, in dem wir Palästinenser und die Israelis seit so vielen Jahren stecken. Ich bin fest davon überzeugt, Sarah, daß dieses Interview mit Abu Nidal Folgen haben wird, die uns einen wichtigen Schritt vorwärts bringen.«

»Weil Sie dadurch hoffen, die wahre Identität dieses Abu Nidals aufzudecken?«

»Genau.«

»Wußte Stanley von all den Kreuz- und Querverbindungen, bevor er sich bereit erklärte, das Interview für Sie zu machen?«

»Ja natürlich. Er ist übrigens, außer meiner Frau und ein paar Mitverschwörern, der einzige, der es weiß. Nun, und jetzt wissen es auch Sie.«

»Und jetzt ich«, wiederholte ich, schlug die Beine erst in der einen, dann in der anderen Richtung übereinander, starrte Assam an, starrte in die tanzenden Flammen. Kein Zweifel, Stanley hatte sich verändert während der letzten sechs Monate in Israel. Der Stanley, den ich in San Francisco gekannt hatte, war zu abgeklärt und zu vorsichtig, um sich auf einen so verrückten Plan einzulassen. So was Halsbrecherisches war eher mein Stil. Nicht seiner. Was konnte diesen überraschenden Heldenmut in ihm geweckt haben? Doch wohl hoffentlich nicht...

»Woher wollen Sie wissen, daß hier keine Wanzen sind?« fragte ich schließlich, mich im Raum umschauend. »Woher wissen Sie, daß wir nicht von Abu Nidal oder von diesem Capitaine Was-auch-immer – Kafka? – genau in diesem Moment abgehört werden?«

»Dafür ist natürlich Sorge getragen worden.«

»Und all die Leute hier? Der Junge?« meinte ich und deutete mit dem Kopf auf die Küchentür.

»Alles meine Leute.«

»Aber warum...?« begann ich erneut und hielt inne, als mir allmählich ein Licht aufging.

»Ja?«

»Plant Abu Nidal etwa, hier in Frankreich die Zweihundertjahrfeiern zu sprengen? Geht es darum?«

»Anscheinend ja. Er würde Präsident Mitterand natürlich gerne ein blaues Auge verpassen. Seinen Triumph in einen Schreckensmoment verwandeln.«

»Aber warum Mitterand?«

»Aus den üblichen Gründen. Mitterand hat sich in letzter Zeit gegenüber dem PLO-Vorsitzenden Arafat äußerst freundlich gezeigt. Sie erinnern sich vielleicht an die Verhandlungsrunden, die im letzten Monat in Paris stattfanden? Bisher ist der französische Präsident das einzige europäische Staatsoberhaupt, das sich derart weit ›vorgewagt‹ hat. Und dem will Abu Nidal ein Ende machen, bevor die Dinge aus dem Ruder laufen. An Mitterand will er ein Exempel statuieren, das alle anderen europäischen Staatsoberhäupter das Fürchten lehrt. Sollten sie Yassir Arafat und die PLO hofieren, will er dadurch klarmachen, so käme das einem politischen Selbstmord gleich. Das ist seit jeher Abu Nidals Prinzip, seine einzige Botschaft gewesen. O ja – auch wenn ich diesen Abu Nidal nie persönlich kennengelernt habe, so weiß ich doch genau, wie sein Verstand funktioniert. Sehr genau.«

»Wohin soll das alles führen, Assam? Was wollen Sie von mir?«

Er erhob sich und begann, wieder vor dem Kamin auf und ab zu gehen.

»Mr. Londons Interview mit Abu Nidal war ursprünglich für Mitte Juli geplant. Für den vierzehnten Juli. Dem Tag der Erstürmung der Bastille, um genau zu sein. Aber vor acht Tagen erhielt Mr. London die Nachricht, das Interview sei unerwartet um einen Monat vorverlegt worden. Auf den zwölften Juni.«

»Morgen abend?«

»Heute nacht, genauer gesagt. An einem bisher nicht genannten Ort hier im Südwesten Frankreichs. Worum Mr. London und ich... worum wir Sie bitten, Sarah«, fügte er hinzu, setzte sich wieder mir gegenüber, stützte das Kinn auf die Hände und sah mich eindringlich an, »wir bitten Sie, anstelle von Mr. London das Interview durchzuführen.«

»O Gott«, stammelte ich und schüttelte den Kopf. Von all den verrückten Ideen, die mir durch den Kopf geschossen waren, war dies wirklich das letzte, auf das ich gekommen wäre. Der Coup meines Lebens, journalistisch gesehen. Aber andererseits... »Assam, wieso sollte Abu Nidal mit dieser Änderung in letzter Minute einverstanden sein?«

»Sie haben Ihren Presseausweis dabei, nehme ich an?«

»Ja, natürlich. Aber wenn Stanley zwei Monate komplizierter Verhandlungen über sich ergehen lassen mußte, um dieses Interview zu kriegen, warum zum Teufel sollten sie jetzt plötzlich mich an seiner Stelle akzeptieren?«

»Sie vergessen, Sarah, daß Abu Nidal selbst dafür verantwortlich ist. Sie vergessen ebenfalls, daß ich Mitglied von Abu Nidal bin. Was ich nach Kräften dazu benutzt habe, den Weg für Sie zu glätten. Bisher sind keine Einwände gekommen. Und warum auch? Schließlich sind Sie die ideale Kandidatin, nicht wahr? Eine amerikanische Reporterin, die offiziell hier ist, um über die Zweihundertjahrfeiern zu berichten? Und Sie sind ja durchaus keine unbedeutende Journalistin, oder? Sicherlich keine schlechtere Wahl als andere mögliche Kandidaten.«

»Im Vergleich zu Stanley ist mein journalistischer Ruf gleich Null.«

»Dann überlegen Sie doch nur, meine Freundin, was ein solches Interview für Ihren Ruf bedeuten könnte.«

»Wenn ich es lebend überstehe«, brummelte ich, ins Feuer starrend. Damit hatte er natürlich recht. Aber ich? Ich sollte mich mit dem gefürchtetsten und schlagkräftigsten Terroristen der Welt an einen Tisch setzen und ein Interview machen? »Hat wirklich Stanley mich als Ersatz vorgeschlagen?« wollte ich wissen.

»Kurz vor seiner Festnahme, ja. Durch einen Freund.«

»Einen Freund? Durch diesen Pierre LaPlante?«

»Durch meine Frau Greta. Er versicherte ihr, Sie wären absolut geeignet, ihn zu vertreten. Und, was mindestens so wichtig ist, daß wir Ihnen voll und ganz vertrauen könnten. Als einer weiteren Verbündeten, sozusagen.«

»Und wenn sich herausstellt, daß dieser ›Abu Nidal‹ *nicht* Sabri al-Banna ist? Was dann?«

»Dann müssen wir uns fragen – dann muß *die ganze Welt* sich fragen – wer dieser Betrüger ist. Und warum der Öffentlichkeit – Palästinensern und Nichtpalästinensern gleichermaßen – all die Jahre diese Maskerade vorgespielt wurde?«

Einen Moment lang schloß ich die Augen und versuchte, das alles zu verdauen.

»Wie würden die genauen Bedingungen für das Interview aussehen?« fragte ich schließlich, öffnete die Augen und schaute Assam aufmerksam an.

»Es gibt eine ganze Reihe, fürchte ich. Sie und Ihr Dolmetscher würden an einem noch zu benennenden Ort hier im Südwesten Frankreichs von einem Hubschrauber abgeholt. Sie dürften natürlich keine Waffen mit sich führen; auch Kassettenrecorder und Kamera oder ähnliche Dinge sind wie üblich verboten. Notizblock und Schreibmaterial würden Sie bei der Ankunft erhalten. Die Fragen sind bereits festgelegt. Und von dieser vorgeschriebenen Linie dürften Sie nicht abweichen.«

»Ich wäre an diesen schon feststehenden Fragenkatalog gebunden?«

»So arbeiten solche Organisationen nun mal. Überraschungen gibt es nur von ihrer Seite.«

»Wenn ich zustimme, dieses Interview zu machen, Assam – *wenn* –, dann muß ich auf dem Recht bestehen, meine eigenen Fragen stellen zu können. Sonst läuft gar nichts.«

Er starrte mich einen Moment lang schweigend an.

»Ich werde sehen, was ich tun kann, Sarah. Darüber hinaus sollte ich Ihnen auch sagen, daß die Zeitschrift, für die Sie arbeiten – *Probe*, nicht wahr? –, nicht das Erstveröffentlichungsrecht für das Interview bekäme. *Le Monde* wird es am nächsten Morgen, am dreizehnten, veröffentlichen. Und Mr. Londons Zeitung in San Francisco wird es in der Wochenendausgabe bringen. Vorausgesetzt, das Interview findet wie geplant statt.«

»Und wohin würde mich dieser Hubschrauber bringen?«

»Diese Frage ist noch offen. Vielleicht irgendwohin im näheren Umkreis. Es ist aber ebensogut möglich, daß Sie in die Pryrenäen geflogen werden. Wahrscheinlich zu einem Schlupfwinkel, den die baskische ETA zur Verfügung stellt.«

»Na prima. Große Klasse«, murmelte ich und versuchte, mir das Ganze vorzustellen. Einen Hubschrauber zu besteigen und mich in die Hände dieses übergeschnappten Terroristen und seiner Terroristenfreunde zu begeben...«

»Wissen Sie, Sarah, daß Präsident Mitterand morgen abend die Zweihundertjahrfeiern in Paris eröffnen wird?«

»Ich soll darüber berichten – erinnern Sie sich?«

»Ja. Ja, natürlich. Aber es wird Hunderte von Journalisten geben, die über diese dumme Feier berichten. Und nur eine Journalistin, die Abu Nidal interviewen wird.«

»Und das *Risiko*?«

»In einer Situation wie dieser, Sarah, gibt es immer ein Risiko. Aber auf Journalisten hatte Abu Nidal es noch nie abgesehen. Schließlich sind es die Medien, durch die seine Propaganda das gewünschte Publikum erreicht. In Ihnen sieht er eine Komplizin. Durch Sie – durch dieses Interview – soll Frankreich erfahren, welche üblen Pläne Abu Nidal für diesen Sommer auf Lager hat. Für uns ist es wichtig, daß Sie gleichzeitig als *unsere* Komplizin arbeiten.«

»Um ehrlich zu sein, ist es *genau* das, was mir zu schaffen macht. All diese Kreuz- und Quer-, diese Doppel- und Dreifach-Verbindungen. Ich lauf doch mitten in ein Minenfeld, wenn ich mich mit diesem Mann treffe.«

»Vielleicht beruhigt es Sie zu wissen, daß Sie heute nacht nicht allein sein werden, Sarah. Meine Frau Greta wird Sie begleiten.«

»Ihre *Frau*?«

»Aber ja. Sie wird Ihre Dolmetscherin sein.«

»Ich verstehe«, murmelte ich und fragte mich, *warum* ich, wohin ich mich auch wandte, über diese Greta stolperte. Ich griff nach meinem Pernod und trank hastig einen Schluck.

»Kann ich die Krankenberichte sehen, von denen Sie sprachen?« fragte ich schließlich.

»Ja, selbstverständlich.«

»Wie steht es mit biographischem Material über den Mann? Anderen Interviews? Ich brauche natürlich so viele Informationen wie möglich über ihn.«

»Wir werden unser Bestes tun. Sie stimmen also zu?«

»Dieses Interview ist doch die Chance meines Lebens, nicht wahr?« sagte ich und ließ meinen Kopf gegen die Sofalehne fallen. Wie üblich ignorierte Assam meinen Sarkasmus.

»Ich bin so froh, Sarah«, sagte er lächelnd.

»*Eine* Frage, Assam. Warum zum Teufel haben Sie mir das Ganze nicht schon vor einer Woche erzählt? Bei unserem ersten Treffen? Warum der ganze Zirkus mit den Tagebüchern und Ihrem Interesse an Eberhardt?«

»Sie wußten doch, daß wir genau beobachtet wurden?« fragte er. Ich nickte. In Wahrheit hatte ich, bis zu meiner Begegnung mit Inspektor Renard, nicht die geringste Ahnung, daß wir beobachtet wurden.

»Außerdem«, fuhr Assam fort, »hatte Mr. London uns zwar von seinem absoluten Vertrauen zu Ihnen erzählt. Aber ich mußte mir selbst einen Eindruck verschaffen. Sie selber kennenlernen, bevor ich möglicherweise kompromittierende Schritte unternahm.«

»Und Sie glauben, daß Sie mich jetzt kennen?«

»Soweit es für mich wichtig ist, Bedeutung hat – ja.«

»Das ist seltsam. Denn Sie kommen mir wie zwei verschiedene Personen vor, und ich habe das Gefühl, nicht mal eine davon zu kennen.«

Er lächelte. »Und dabei kennen Sie mich wahrscheinlich besser als die meisten Menschen.«

»Wie können Sie das sagen?«

»Weil es die Wahrheit ist. Und ich versichere Ihnen, meine Freundin, mein Interesse an Isabelle Eberhardt war nicht vorgespielt. Es ist eher einer dieser erstaunlichen ›Zufälle‹, nicht wahr? Während ich in diesem italienischen Gefängnis verrottete, schickt mir meine Frau dieses ungewöhnliche Tagebuch, geschrieben von einer außergewöhnlichen Frau. Kurz darauf freundet sich meine Frau mit einem amerikanischen Journalisten an, den auch ich nach meiner Entlassung kennenlernte. Auch wir werden Freunde, Mr. London und ich. Freunde und Verbündete. Bis die Umstände sich gegen ihn wenden und es ihm unmöglich machen, an unserem Plan teilzunehmen. An seiner Stelle schlägt Mr. London eine Kollegin vor, die gleichzeitig eine gute Freundin ist... Eine Frau, die ausgerechnet jetzt nach Paris kommt, um über die französischen Zweihundertjahrfeiern zu berichten. Und wo kann ich diese Frau in Paris mit Sicherheit antreffen? In einem gewissen Auktionshaus, wo sie vorhat – ausgerechnet – das Reisetagebuch von Isabelle Eberhardt zu erwerben! Ein gutes Omen für uns, finden Sie nicht? Ein erstaunlicher ›Zufall‹, würde ich sagen. Ich war von Ihrer Eignung überzeugt, noch bevor ich Sie kennenlernte. Und noch mehr, nachdem wir uns getroffen hatten.« Er lächelte. »Hatten Sie Gelegenheit, weiter in dem Tagebuch zu lesen, seit wir uns zuletzt gesehen haben?«

»Ja, allerdings, Assam... Ich bin auch auf ein paar Passagen gestoßen, die Sie markiert haben.«

»Nein, Sarah, ich habe die Passagen nicht markiert. Das war meine Frau.«

»Ihre *Frau*?«

»Ich glaube, sie identifiziert sich eher mit Isabelle Eberhardt. Als sie mir das Tagebuch schickte, wollte sie mir wohl einen Teil von sich selbst schicken.«

»Das ist verrückt! Die ganze Zeit habe ich Sie mit Isabelle identifiziert, Assam.«

Er schüttelte den Kopf. »Ich bin im Grunde meines Herzens kein Abenteurer, Sarah. Kein Vagabund. Alles, was ich je gewollt habe, ist mir in all den Jahren versagt worden. Ein Stück Land zum Bebauen. Ein Heim, das ich mein eigen nennen kann. Kinder, eine liebevolle Ehefrau. Nicht gerade außergewöhnlich, oder? Doch für mich so unerreichbar.«

Schweigen senkte sich über den Raum.

»Assam«, meinte ich schließlich. Und schwieg wieder.

»Ja?«

»Also, ich hab mich gefragt... na ja, wie lange kennen Greta und Stanley sich eigentlich?«

Er lehnte sich zurück, die Arme vor der Brust verschränkt.

»Warum fragen Sie?«

»Ich schätze, Sie wissen, wie mich der Inspektor – Inspektor Renard – durch die Mangel gedreht hat, nachdem Sie verschwunden waren. Er hatte die verrückte Idee, daß Sie und Ihre Frau, Stanley und ich, daß wir alle Teil einer – Gott weiß welcher – terroristischen Verschwörung sind. Und er machte alle möglichen Anspielungen. Und er... also, er...« stammelte ich.

»Ja?«

»Ach, eigentlich... eigentlich gar nichts«, sagte ich schließlich, unfähig, meinen Verdacht in Worte zu fassen.

»Wenn Sie die Fotos meinen, Sarah, davon weiß ich.«

»Tatsächlich?«

»Ich habe sie nicht gesehen. Aber ich habe davon gehört... ja.«

»Wie können Sie dann...?«

»Ja?«

»Sie haben ihr verziehen?«

Er lehnte sich über den Tisch, nahm meine Hände. »Aber, Sarah, es gibt nichts zu verzeihen. Was sich zwischen Ihrem Freund und meiner Frau abgespielt hat, war – und ist – eine sehr fruchtbare Freundschaft. Mehr nicht.«

»Hat Greta Ihnen das gesagt?«

»Ja, natürlich.«

»Aber das *Foto*, Assam. Sie...«

Er legte den Finger auf meine Lippen.

»Das sind nur Fotos.«

»Aber...«

»Greta wäre nicht fähig, untreu zu sein. Bei der Art von Liebe, die uns verbindet, wäre so was einfach nicht möglich.«

»Daran glauben Sie?«

»Daran glaube ich... ja.«

Ich starrte Assam an, verwundert über seinen Glauben, seine Einfalt, seine Naivität. Aber er hatte ja auch nicht gesehen, was ich gesehen hatte. Die erotische Spannung, die auf jedem dieser verdammten Fotos förmlich knisterte. Andererseits, fragte ich mich, wäre es am Ende *doch* möglich, daß ich zuviel in die Fotos hineininterpretiert hatte? Wäre es möglich, daß ich genau das darin gesehen hatte, was der Inspektor wollte? Aber die Szene auf der Tanzfläche. Wie zum Teufel konnte man *die* falsch interpretieren?

»Kommen Sie«, sagte Assam, das Schweigen zwischen uns brechend, und faßte mich am Arm. »Lassen Sie uns unsere neue Partnerschaft mit einem frühmorgendlichen Spaziergang feiern.«

Als wir aus der Tür traten, sprang ein junger Mann von seinem Stuhl hoch. Wir hatten ihn offenbar aus dem Schlaf gerissen. Das also war unser ganzer Schutz vor Abu Nidal und seinen Leuten?

Assam und der junge Mann wechselten ein paar Worte auf arabisch, während ich über den Kiesweg vor dem Haus ging und gierig die frische, feuchte Morgenluft einsog. Eine geisterhafte Mondsichel hing über dem Horizont.

»Diesen Weg, meine Freundin«, sagte Assam, der jetzt hinter mir stand und mich nach rechts lenkte, über ein Feld mit kniehohem Gras und eine geteerte Landstraße entlang. Wir folgten der Straße etwa fünf Minuten, in unsere eigenen Gedanken vertieft.

»Erlauben Sie mir, Ihnen etwas zu zeigen?« fragte Assam, nahm meine Hand, führte mich von der Straße einen steilen Fußweg hoch zum Rande einer Felskuppe. Ein paar Meter zurückgesetzt war der Eingang zu einer größeren Höhle zu erkennen. Assam zog eine Taschenlampe aus der Jackentasche, machte mir ein Zeichen, ihm zu folgen und verschwand in der Höhle.

»Assam?«

Ich zögerte einen Moment, dann folgte ich ihm, oder vielmehr dem hüpfenden Licht seiner Taschenlampe, einen schmalen Tunnel mit feuchten, klammen Wänden hinab, wobei die Luft immer kälter wurde, je tiefer wir kamen. Plötzlich endete der Tunnel, und wir standen in einem mittelgroßen Höhlenraum, von dessen Wänden das Geräusch tropfenden Wassers zurückhallte.

»Was sagen Sie dazu?« fragte Assam und richtete den Strahl der Taschenlampe auf die nächstgelegene Wand, wo das prachtvolle Bas-Relief eines Pferdes auftauchte, das in den weißen Stein gemeißelt war.

Ich war überwältigt. »Es ist wunderschön. Unglaublich schön. Wie alt ist es?«

»Es wurde vor 15 000 Jahren aus der Wand gemeißelt. Von einem jener magischen Wesen, die wir Cromagnonrasse nennen.«

»Wirklich unglaublich«, sagte ich und griff hoch, um den kühlen, geriffelten Stein der Pferdemähne zu berühren.

Ich trat zurück, um es mir aus einer anderen Perspektive anzusehen, und mein Blick wanderte von der Skulptur zu Assams Gesicht, dessen Augen glänzten, als wären sie von innen erleuchtet – oder war es das Licht der Taschenlampe? –, während seine Hand über die Flanke des Pferdes strich, unter dem Bauch entlang, den Vorderlauf hinab.

»Eine wirkliche Schönheit, ja?«

»Ja.«

»Zeichnungen und Reliefs wie diese gibt es in allen Höhlen hier in der Gegend. Die meisten sind natürlich der Öffentlichkeit nicht zugänglich. Schade, daß wir keine Zeit haben, mehr davon zu sehen. Aber wir müssen zurück.«

Er drehte sich um, und ich folgte ihm durch den Tunnel hinauf ans Tageslicht.

Wir nahmen einen anderen Weg zurück zum Bauernhaus, durch den Wald. An einer Stelle bat Assam mich, einem Spinnennetz auszuweichen, daß quer über den Weg gespannt war. Wie sollte ich diesen Mann nur einschätzen, einen Mann, der einmal bereit gewesen war, unzählige Menschen aus Rache zu töten, und der sich *jetzt* weigerte, das zarte Gewebe eines einzigen Spinnennetzes zu zerstören?

Als wir beim Haus ankamen, begann Assam eine weitere Unterhaltung mit dem jungen »Wächter«. Ich ging hinein und sah, daß nur eine Lampe brannte, über dem Sofa. Auch unter der Küchentür kam kein Licht hindurch. Schliefen die anderen? Oder waren sie gegangen?

»Soll ich heute hier bleiben?« fragte ich, als Assam hereinkam.

»Es würde die Sache vereinfachen, ja.«

»Aber ist es sicher? Ich meine, der junge Wächter da draußen, der...«

»Und vor wem fürchten Sie sich?«

»Na, vor Abu Nidal zum Beispiel.«

»Aber Sarah... Sie haben zugestimmt, ihn heute nacht zu interviewen. Was sollte er wohl vorher gegen Sie unternehmen wollen? Die einzigen, die momentan ein Interesse an Ihnen – und an mir – haben könnten, sind vermutlich Inspektor Renard und seine Männer. Und gegen diese Möglichkeit schirmt uns der Capitaine ab. Sie sollten versuchen, ein wenig zu schlafen«, schlug er vor, ging zu einer Kommode in der Ecke, zog Decken, Kissen und Laken heraus, die er aufs Sofa warf. »In der Zwischenzeit werde ich die Krankenberichte für Sie besorgen. Und alle Informationen, die wir sonst noch über den Mann – und über den Mythos – finden können.«

»Es wär mir sehr recht, wenn ich später was anderes anziehen könnte. Und duschen? Und vielleicht was Ordentliches zu essen?«

»Ja, selbstverständlich.«

»Wann werde ich voraussichtlich abgeholt?«

»Um Mitternacht.«

»Mitternacht?« murmelte ich und schaute auf die Uhr. Viertel nach sieben. Noch siebzehn Stunden bis zum Abschluß. »Ich hoffe, wir haben noch genug Zeit zum Reden«, sagte ich. »Ich werde eine Menge Fragen an Sie haben, wenn mein Kopf erst mal wieder richtig funktioniert.«

Er lächelte, strich mir eine Haarsträhne aus dem Gesicht. »Ihr Kopf funktioniert bestens. Ich kann deutlich sehen, wie all die kleinen Räder auf Hochtouren laufen.«

Ich schüttelte den Kopf, erwiderte sein Lächeln und merkte erstaunt, daß ich diesen Mann wirklich zu *mögen* begann, diesen Terroristen, Ex-Terroristen, Spion, Gegenspion oder was zum Teufel er eigentlich war. Ja, ich fing wirklich an, ihn zu mögen, und würde ihn sicher vermissen, wenn er gegangen war.

»Sarah?«

»Was?«

»Erlauben Sie mir eine impulsive Geste?» fragte er, immer noch lächelnd, beugte sich vor und küßte mich auf den Nacken. »So«, sagte er, sich wieder aufrichtend, einen verschmitzten Ausdruck im Gesicht. »Nun habe ich schließlich doch nachgegeben. Halten Sie jetzt weniger von mir?«

Ich starrte ihn verwundert an.

»Nicht, wenn Sie mir ebenfalls eine impulsive Geste erlauben«, sagte ich endlich.

Er legte den Kopf schief und lächelte fragend. »Und was könnte das sein?«

Meine Hand schob sich zu seiner Augenklappe. Er zuckte zusammen und trat einen Schritt zurück.

»Ich habe Sie bereits ohne das Ding gesehen, Assam«, sagte ich und ließ meine Hand wieder sinken.

»Ich verstehe. Weitere Fotos vielleicht?«

»Dias. Dias von allem. Ihre Verhaftung, das Verhör, der Prozeß.«

Einen Moment lang sagte er nichts, stand nur da und starrte mich an. Und zog dann, mit einer einzigen, fließenden Bewegung, die Augenklappe über den Kopf.

»Wie ist es passiert?« fragte ich und hob, meinem unerklärlichen Drang nachgebend, die Hand, um das vernarbte Fleisch zu berühren. Augenblicklich griff er nach meinem Handgelenk, hielt es fest, kalte Wut im Gesicht. Wie lange standen wir so da? Zwei Sekunden? Dreißig? Schließlich ließ er los, drehte sich um und schob die Augenklappe wieder über die Narbe. Ohne ein weiteres Wort ging er zur Tür und öffnete sie.

»Assam, ich...« Was? Was gab es da noch zu sagen? Ich hatte alles zerstört, mit einem Schlag.

Assam zögerte an der Tür, schien mit sich zu kämpfen, wobei sein Gesichtsausdruck sanfter wurde, wenn auch nicht viel.

»Es gibt etwas, das ich Ihnen sagen muß«, meinte er schließlich, schloß die Tür wieder und lehnte sich dagegen, seine Arme über der Brust verschränkt.

»Ja?«

Er ging durch den Raum auf mich zu und ließ sich im Sessel nieder.

»Wollen Sie sich nicht setzen?«

Ich setzte mich. Er lehnte sich vor, die Hände ineinandergeballt, während er ins Feuer starrte.

»*Niemand* berührt mich dort«, sagte er endlich, wieder in meine Richtung schauend. »Verstehen Sie? Niemand. Denn mich dort zu berühren, heißt, die Härte in mir zu berühren. Diesen Fels von... von Unbeugsamkeit, durch den ich die letzten Jahre überlebt habe. *Wenn* die Berührung mich heilen würde«, fügte er hinzu, als könne er meine Gedanken lesen. Oder eher noch die Gedanken einer anderen, die vor mir kam. »Selbst wenn die Berührung mich heilen könnte – ich kann mir eine solche Heilung nicht erlauben. Können Sie das verstehen? Wir sind auf ewig miteinander verbunden, dieser Fels und ich. Diese innere Härte. Sie ist für mich zu einem lebenswichtigen Organ geworden. Wie mein Herz. Oder meine Lungen. Ich habe oft gedacht, daß sie vielleicht meine größte Kraftquelle ist. Können Sie das verstehen?«

Ich nickte schweigend.

»Gut«, sagte Assam ruhig, fast erschöpft. »Und jetzt, meine Freundin«, fügte er hinzu und erhob sich, »werde ich Sie Ihrem Schlaf überlassen. Wenn ich in ein paar Stunden zurückkomme, werden wir unsere Strategie für heute nacht genauer besprechen.«

Er ging zur Tür, und mit einem letzten Nicken in meine Richtung trat er hinaus.

Lange Zeit saß ich unbeweglich auf dem Sofa, dachte über seine Worte nach und bemühte mich, die Tiefe des Gesagten auszuloten. Hier hatte ich es nun konkret vor Augen, was mich in den letzten Jahren so verdammt oft deprimiert hatte: das Gefühl, daß es die

Menschen in der sogenannten »Dritten Welt« waren, die stellvertretend für uns unsere Kämpfe ausfochten. Das Leiden und die Höhen und Tiefen dieses Kampfes durchlebten, während wir uns aus allem raushielten, untätig in unseren VCR-betriebenen Kästen herumsaßen und das Leben an uns vorbeiging.

Gegen neun Uhr morgens machte ich mir ein Bett auf dem Sofa zurecht und versuchte zu schlafen. Das war nicht leicht. Und es lag nicht am Licht, das durch die Fenster hereinströmte. Es lag an all den verdammten Bildern, die mir durch den Kopf schossen. Klick, ich sah Greta und Stanley, die engumschlungen tanzten. Klick, und nun war es Assam, an den Stuhl gefesselt, während er von der italienischen Polizei verhört wurde. Klick. Eine Leiche in den Straßen Beiruts – Gretas Mann? –, der Körper von einer Granate zerrissen. Klick, eine Nahaufnahme von Assams Narbe. Die Wunde. Der Fels. Das Leid. Der Schmerz. Vielleicht sogar die Kraft und die Stärke. Aber für *was*? Für *wen*?

Plötzlich war die Leinwand von segensreicher Dunkelheit erfüllt. Und ein Bild des Pferdes aus der Höhle erschien vor meinen Augen. Von strahlender Helligkeit und auf unerklärliche Weise unglaublich beruhigend. Ich hielt es vor meinen Augen fest, weigerte mich, es gehen zu lassen. Als ob mein Leben davon abhing. Und mit dem Pferd als meinem Schutzengel war ich endlich in der Lage, in den so sehr benötigten, wenn auch ruhelosen Morgenschlaf hinüberzugleiten.

Montag, 12. Juni 1989

Ich öffnete die Augen, und vor mir stand der junge Araber, eine Tasse Mokka in der Hand.

»Ist Zeit, ja?« sagte er nickend, mich aus seinen braunen Augen groß und ernst anschauend, während er die Tasse auf den Tisch stellte. Zeit?

Ich kam hoch und sah auf die Uhr. Viertel vor drei. Ich hatte weniger als sechs Stunden geschlafen. Tatsächlich fühlte ich mich, als hätte ich überhaupt nicht geschlafen. Wo zum Teufel war Assam?

Der Junge fuhr mit seinen einsilbigen Anweisungen fort, während er mir das Badezimmer zeigte, wo ein Handtuch und die versprochenen Sachen zum Umziehen auf mich warteten. Ein langes, schwarzes Kleid, das stark an einen Schador erinnerte. Das war also die Rolle, die ich zu spielen hatte?

Drei oder vier Minuten lang stand ich unter der eiskalten Dusche, hoffend, damit die Spinnweben aus meinem Kopf zu vertreiben. Dann zog ich mich an und ging zurück ins Zimmer, wo der Junge gerade ein neues Feuer entfachte.

»Wo ist Mohammed Assam?« fragte ich.

»Er kommt«, sagte der Junge, nickte, lächelte.

Ich faltete das Bettzeug zusammen, ließ mich auf dem Sofa nieder und trank meinen Mokka; es war die gleiche Art türkischen Gebräus, das uns der Junge am Abend zuvor serviert hatte. Gestern hatte ich ihn nicht runtergekriegt. Heute morgen – besser gesagt, heute nachmittag – goß ich ihn in Minutenschnelle runter und bat um einen weiteren.

»Gleich, Miss«, sagte er.

Als der Junge in der Küche verschwand, sah ich den Stapel Zeitungsausschnitte durch, der vor mir auf dem Tisch lag. Ich hatte um

Informationen und biographische Daten über Abu Nidal gebeten, und hier waren sie. Seitenweise. Manche auf französisch. Die meisten auf englisch.

Pentagonbericht bezeichnet Abu Nidal als tödlichste Gruppe war die Schlagzeile eines Artikels aus der Washingtoner *Times*. *Wenn Terror auf den Plan tritt* hieß eine andere Geschichte aus dem *U.S. News and World Report*. *Der meistgejagte Mann der Welt* lautete die Überschrift einer dritten Geschichte – ausgerechnet aus *Readers Digest*: der Artikel begann mit einer ziemlich düsteren Beschreibung der Terrorakte Abu Nidals und brachte dann eine Beschreibung des Mannes selbst:

Weißglühende Flamme

Sabri al-Banna, der Junge, der einmal Abu Nidal werden sollte, wuchs als Sohn eines vermögenden palästinensischen Landbesitzers und Exporteurs auf. Sein Vater hatte dreizehn Frauen und besaß ein weiträumiges Herrenhaus in Jaffa. Den Sommer verbrachte die Familie Banna in ihren Villen in der Türkei, in Frankreich und Ägypten.

Als Jaffa zum Schauplatz heftiger Kämpfe zwischen Juden und Arabern wurde, floh die Familie nach Süden, erst auf ihre Besitzungen an der Küste und später, nach Gründung des Staates Israel im Mai 1948, in eines der überfüllten Flüchtlingslager im Gazastreifen. Die Güter und Besitztümer der Bannas blieben zurück. Mit Ausnahme der Wertsachen und Gelder, die sie bei sich führten, waren sie mittellos.

Die Propaganda der radikalen Palästinenser, von denen die Lager kontrolliert wurden, stieß bei dem erst elfjährigen Sabri al-Banna auf offene Ohren. »Es kann keine Verhandlungen geben!« schrien sie. »Keine friedliche Rückkehr in das Land unserer Vorfahren ohne die Zerstörung Israels!« Die Reden entzündeten einen Funken des Hasses in Sabri, einen Funken, der zur weißglühenden Flamme wurde, die Hunderte unschuldiger Leben verschlang...

Und so ging es weiter, Artikel auf Artikel. Mit dem Mokka in der Hand las ich sie alle durch, gebannt, nicht so sehr von ihrem Inhalt – die meisten Artikel waren vorhersehbar und wiederholten sich – als von der unheimlichen, unfaßbaren Aussicht, diesem Superterroristen – oder vielleicht einem Betrüger, der sich für ihn ausgab – in ein paar Stunden Auge in Auge gegenüberzustehen.

Abgesehen von seiner wohlhabenden Herkunft und den frühen Jahren in einem palästinensischen Flüchtlingslager schien nur sehr wenig über das persönliche Leben des Mannes bekannt zu sein. Er hatte einen Abschluß als Ingenieur von der Kairoer Universität – oder von der amerikanischen Universität in Beirut, je nachdem, welcher Geschichte man mehr Glauben schenkte. Er hatte sich in den späten 60er Jahren der PLO angeschlossen und wurde 1970 zum Führer des irakischen Teils der Organisation ernannt. Während der nächsten drei Jahre wurde er vom irakischen Geheimdienst unterwandert und korrumpiert, war zu einem Lakai des Irak geworden. Ein Killer unter irakischer Kontrolle.

Daraufhin wurde al-Banna 1974 aus der PLO ausgeschlossen. Er rächte sich durch den Versuch, den PLO-Vorsitzenden Yassir Arafat umzubringen. Die PLO rächte sich ebenfalls und verurteilte Sabri al-Banna, alias Abu Nidal, in Abwesenheit zum Tode, was ihn in den Untergrund trieb. Dort gründete er – mit Hilfe und unter dem Schutz des Irak – die Terrororganisation »Schwarzer Juni«, die schon bald von den meisten Geheimdiensten einfach als Abu Nidal bezeichnet wurde. Eine Organisation, die abwechselnd vom Irak, von Syrien und jetzt auch von Libyen unterstützt wurde – und die zur engmaschigsten, geheimsten, diszipliniertesten und gefährlichsten Terroristengruppe wurde, die es je gab. So hieß es zumindest.

Aber es gab mehr als genug Unstimmigkeiten in all diesen Artikeln über den »meistgesuchten« Mann. Einerseits wurde er als paranoider und gewalttätiger Psychopath dargestellt. Andererseits galt er als »brillanter Stratege mit einer natürlichen Begabung für Organisation«. Einer Ansicht nach war er ein »Playboy«, verrückt nach italienischen Anzügen und Zigarillos mit Goldmundstück. Andere berichteten, er sei ein sehr kranker Mann und habe sich in den letzten Jahren mehreren Herzoperationen unterziehen müssen. (Das Gerücht, er sei aufgrund von Herzversagen gestorben, wurde in verschiedenen Artikeln erwähnt, wie auch seine zeitlich gut geplante »Auferstehung« 1985 für einige Interviews.)

Am dringendsten stellte sich folgende Frage: Wie brachte es ein derart »gesuchter« Mann fertig, so verdammt viel in der Gegend rumzureisen? Sogar, laut einem Artikel in *Time*, in die Vereinigten Staaten, um sich 1977 einer Herzoperation zu unterziehen. Waren all unsere westlichen Geheimdienste und ihre Sicherheitsmaßnahmen derart unzureichend? War Abu Nidal derart clever? Oder lag hier eine heruntergespielte, vielleicht sogar unbewußte Komplizenschaft vor? Eine Komplizenschaft, die sich in der Bereitschaft äußerte, nicht hinzusehen? Oder, wie Assam es gestern ausgedrückt hatte, die Neigung, nur in die eine Richtung zu sehen, statt in die *andere*?

Ein typisches Beispiel dafür fand ich in einer englischen Zeitung:

> Bereits 1979 hatten westliche Geheimdienste der PLO versichert, daß es keine Nachforschungen, keine ernsthafte Untersuchung geben würde, falls Abu Nidal in einem Londoner Krankenhaus, in dem er nach einem Herzanfall behandelt wurde, ermordet würde. Ein solches Unternehmen war zu dieser Zeit sehr schwer durchzuführen. Der »Renegat« war in einem speziellen Flugzeug von Bagdad nach London geflogen worden und wurde rund um die Uhr von fünfundzwanzig irakischen Leibwächtern bewacht...

Aber wenn diese »westlichen Geheimdienste« 1979 von Abu Nidals Aufenthalt in einem Londoner Krankenhaus wußten, warum zum Teufel waren sie dann nicht hingegangen und hatten den verhaßten Terroristen selber umgebracht? Warum der PLO den Schwarzen Peter zuschieben und ihr nahelegen, sie solle die Sache erledigen? Wenn diese »westlichen Geheimdienste« Abu Nidal wirklich loswerden wollten, hätten »fünfundzwanzig irakische Leibwächter« sie doch wohl kaum davon abhalten können? Warum diese Vorsicht? Was befürchteten sie? Jemandem auf die Füße zu treten? Und wenn ja – *wem?*

Der Artikel, der meine Fragen noch am ehesten beantwortete, war im britischen *Guardian* erschienen. Nach der üblichen Analyse der möglichen Unterstützung, die Abu Nidal vom Irak, von Syrien und von Libyen erhielt, ging der Artikel noch einen Schritt weiter und führte einen *vierten* möglichen Unterstützer an:

> Und da alles möglich ist, warum nicht auch das Absurde? Warum nicht das Undenkbare? In den letzten Jahren wurde Abu Nidal von PLO-Mitgliedern vorgeworfen, er würde als Agent für Israel arbeiten...
>
> Wagte man in der Vergangenheit auch nur andeutungsweise die Frage nach der israelischen Mitverantwortung zu stellen, erhielt man unweigerlich einen scharfen Verweis der Botschaften oder ein Schulterzucken der Geheimdienste. Abu Nidal mochte sich bestimmt ein facettenreiches Instrumentarium geschaffen haben, aber doch nicht das! Diese Vorwürfe seien nichts anderes

> als reine anti-israelische Propaganda, zusammengekocht von Palästinensern, denen sonst nichts mehr einfiel.
>
> Doch man sollte festhalten, daß sich, wann immer in den vergangenen Wochen diese Frage gestellt wurde, im Westen eine gewisse Peinlichkeit breit machte, *besonders in französischen Kreisen.* Liegen den Franzosen neuere Informationen vor? Neue Analysen, die ein anderes Licht auf diese ganze verworrene Angelegenheit werfen? Halten wir einfach das Unbehagen bestimmter verläßlicher Quellen fest und diesen Kommentar eines französischen Geheimdienstspezialisten: »Israels Mitverantwortung? Die sollte man sicher nicht aus dem Auge lassen.«

»Die sollte man sicher nicht aus dem Auge lassen.« Immer und immer wieder ging mir der Satz im Kopf herum. *Israel* war mitverantwortlich für Abu Nidal? Welcher französische Geheimdienstspezialist hätte eine solche Behauptung machen können? Doch sicher nicht Inspektor Renard und sein »Kreis«? Aber vielleicht – wer weiß? – Capitaine Kafka und der seine? Drehte es sich darum bei der Zusammenarbeit zwischen Assam, seinen PLO-Freunden und dem französischen Geheimdienst? Um den Verdacht, daß Israel an den Terrorakten Abu Nidals beteiligt war?

Erklärte das die schweigende Komplizenschaft seitens der westlichen Geheimdienste, von der ich zwischen den Zeilen gelesen hatte? Und war es vielleicht möglich, daß die französische »Komplizenschaft« allmählich zusammenbrach? Dem gereizten Entschluß Platz machte, diesem »Irren« und seinen verrückten »Spielchen« ein Ende zu bereiten, dank des sprichwörtlichen Tropfens, der das Faß zum Überlaufen brachte? Und der Tropfen? Konnte der nicht Abu Nidals ungeheure, zur Unzeit vorgebrachte Drohung sein, das zu sabotieren, was als die grandioseste Geburtstagsfeier aller Zeiten angekündigt worden war – die das ganze Jahr dauernden Feiern zum zweihundertsten Jahrestag der Französischen Revolution?

Der Artikel im *Guardian* hatte die Frage aufgeworfen, ob die Franzosen »neuere Informationen« hätten, »neue Analysen, die ein anderes Licht auf diese ganze verworrene Angelegenheit werfen?« Die gleiche Frage hatte ich mir auch gestellt. *Hatten* die Franzosen zusätzliche Informationen über Abu Nidal? Konnte Assams Arbeit zu diesen »neueren Informationen« beigetragen haben? Und waren die erwähnten Krankenberichte Teil der »neuen Analysen«? Und wo zum Teufel waren diese Analysen, fragte ich mich, die Zeitungsausschnitte nochmals durchgehend.

Wie auf Stichwort kam Capitaine Kafka zur Tür herein und warf einen großen, braunen Umschlag auf den Tisch. Erst in diesem Moment bemerkte ich eine ältere Frau, ziemlich groß und freundlich aussehend, die hinter ihm das Haus betreten hatte.

»Haben Sie gut geschlafen, Mademoiselle?« fragte der Capitaine, ging zur Küchentür und bellte einen seiner Befehle.

Ich machte mir nicht die Mühe, ihm zu antworten. Statt dessen schaute ich in den Umschlag: Krankenhausberichte, Untersuchungsberichte, vor- und nachoperative Aufzeichnungen von zwei verschiedenen Krankenhäusern, eins in Beirut, das andere in London. Die meisten Informationen unverständlich aufgrund unleserlicher Handschrift und medizinisch-technischer Ausdrücke.

»Haben Sie *gut* geschlafen, Mademoiselle?« wiederholte der Capitaine gereizt. Ich schaute ihn an und fragte mich, wer von uns beiden den anderen weniger leiden konnte. Es hielt sich sicherlich die Waage. Ich selber hätte es vorgezogen, mich mit einer von Lambeaus Schlangen abgeben zu müssen.

»Wo ist Mohammed Assam?« fragte ich und schaute von der Frau auf den Capitaine. Er beantwortete meine Frage mit dem üblichen, unverschämten Schweigen und schmierigen Lächeln. »Ich brauche Antworten auf eine Reihe von Fragen«, fuhr ich fort. »Da Sie sich weigern, mit mir zusammenzuarbeiten, weiß ich wirklich nicht...«

»Madame Benoit ist hier, um Ihre Fragen zu beantworten«, unterbrach er, auf den Umschlag in meiner Hand deutend.

»*Dr.* Benoit, Capitaine«, schnappte die Frau. Ihr herrischer Ton stand in krassem Gegensatz zu ihrem sanften Gesicht. »Und wenn Sie darauf bestehen, diese Zigarren zu rauchen, muß *ich* darauf bestehen, daß Sie es außerhalb des Hauses tun«, fügte sie hinzu, zog ein Notizbuch aus ihrer Schultertasche und ließ sich neben mir auf dem Sofa nieder. *Spitze*, Lady! »Das gilt auch für Sie, junge Frau«, sagte sie, einen angewiderten Blick auf die Zigarette in meiner Hand werfend.

Der Capitaine und ich wechselten einen raschen Blick, bevor er durch die Küchentür verschwand.

»Also gut«, begann sie sachlich und ohne weitere Verzögerung, während sie auf einer leeren Seite in ihrem Notizbuch etwas skizzierte, »aus diesen Krankenberichten können wir entnehmen, daß unser Mr. al-Banna seit frühester Jugend an einem chronisch rheumatischen Fieber und einer davon ausgelösten Herzkrankheit leidet. Ein für uns im Westen ungewöhnliches Phänomen, da Mandelentzündung bei uns im allgemeinen mit Antibiotika behandelt wird. In den Entwicklungsländern aber kaum, wo Mandelentzündungen oft unbehandelt bleiben und die Streptokokkeninfektion zu Folgeerkrankungen führen kann.«

»Strepto... was?«

»Zu rheumatischem Fieber, das zu einer chronischen rheumatischen Herzerkrankung führt, was sich als Herzklappeninsuffizienz äußert«, meinte sie weiter, als müßte ich wissen, wovon sie sprach.

»Herzklappeninsuffizienz?«

»Eine Insuffizienz der Mitral- oder der Aortaklappe«, fuhr sie fort, ihre Zeichnung zwischen uns auf das Sofa legend. »Hier sehen wir, wie das Blut von den Lungen hinabfließt, den linken Vorhof erreicht und durch die *Mitral*klappe in die linke Herzkammer, dann durch die *Aorta*klappe in die Aorta gepumpt wird. Damit das Herz Blut in die Aorta und durch den gesamten Körper pumpen kann, sind gut funktionierende Mitral- und Aortaklappen nötig. Ist eine der beiden Klappen geschwächt, aufgrund einer Herzklappeninsuffizienz, kann es zu zwei verschiedenen Verläufen der Krankheit kommen. Beim ersten Verlauf kommt es zu einem langsamen und chronischen Herzversagen durch Blutandrang, dessen Symptome Kurzatmigkeit, immer stärker nachlassende Fähigkeit zu körperlichen Aktivitäten und eine bläuliche Färbung des Gesichts und der Extremitäten sind. Der *zweite* Verlauf ist akut. Entweder durch das Lösen eines Blutgerinnsels aus dem Vorhof, das in den Körper wandert, oder durch eine bakterielle Endokarditis, wobei die Bakterien eine dieser lebenswichtigen Klappen infizieren. Letzteres war der Fall bei unserem Mr. al-Banna. Eine bakterielle Infektion der Mitralklappe.«

»Lassen Sie mich sehen, ob ich das richtig verstanden habe«, sagte ich in dem Versuch, die Frau abzubremsen. »Der Kerl hatte eine Mandelentzündung, die ein rheumatisches Fieber auslöste, das zu einer Infektion seiner... was war das? ...seiner Mitralklappe führte.«

»Was wiederum seine erste Herzoperation nötig machte«, sagte sie, das erste Bündel von Krankenberichten aus dem Umschlag ziehend. Die Berichte aus dem amerikanischen Hospital in Beirut. »Eine Erneuerung seiner Mitralklappe.«

Die Ärztin fuhr fort, mir eine kurze Analyse der ersten Berichte zu geben, in denen ein Sabri al-Banna am 4. September 1962 in die Abteilung für Herzchirurgie des amerikanischen Hospitals in Beirut aufgenommen wurde, weil er über »einen Druck auf der Brust, der in den linken Arm ausstrahlt, Schwindelgefühle und Übelkeit«, klagte. Er wurde drei Tage unter Beobachtung gehalten. Am siebten September fand die Operation statt – ihm wurde nach dem Starr-Edwards-Verfahren eine Kugelventilprothese oder künstliche Mitralklappe eingesetzt. Zehn Tage später ging es dem Patienten »soweit gut«, und er wurde entlassen.

»Aber wie wir anhand der zweiundzwanzig Jahre später geschriebenen Berichte sehen können«, fuhr die Ärztin fort, das zweite Bündel von Krankenberichten vom Stretford Hospital in London hervorziehend, »hatte der Patient auch weiterhin chronische und akute Probleme durch Blutdrang. Woran, wie es scheint, sein übermäßig aktiver Lebensstil schuld war. Und natürlich«, fügte sie hinzu, mir einen scharfen Blick zuwerfend, »das viele Rauchen. Dieser Mann hätte nie im Leben auch nur eine Zigarette rauchen dürfen«, sagte sie und raschelte mit den Papieren in ihrer Hand, »und doch war er jahrelang Kettenraucher.«

»Sie *glauben* also, daß es sich um den gleichen Mann handelt?« stellte ich fest, von dem einen Bündel Berichte zum anderen schauend. »Daß dieser Raja Hani, der 1984 auf dem Operationstisch in London *starb*, und Sabri al-Banna, der 1962 in Beirut operiert wurde, ein und derselbe Mann sind?«

»Ich würde sagen, die Wahrscheinlichkeit besteht. Obwohl man es natürlich nicht mit absoluter Gewißheit behaupten kann.«

»Was macht es wahrscheinlich?«

»Die Fallgeschichten. Wie Sie hier sehen können, wird in Mr. Hanis medizinischer Vorgeschichte das Einsetzen einer künstlichen Mitralklappe 1962 erwähnt. Das gleiche Jahr, in dem Mr. al-Bannas

Klappe ersetzt wurde. Außerdem ist da die Tatsache, daß beide Patienten allergisch auf Dermol reagieren. Und daß die Herzkrankheiten in der Familie liegen. Aber es gibt durchaus auch größere Diskrepanzen. Vor allem die Tatsache, daß Mr. al-Bannas medizinische Vorgeschichte eine 1959 ausgeführte Rückenoperation aufweist, eine Harrington-Skolioseoperation, und in Mr. Hanis Geschichte eine solche Operation nicht verzeichnet ist. Das kann natürlich an schlampig geführten Krankenhausberichten liegen. Außerdem gibt es deutliche Unterschiede in der körperlichen Verfassung beider Patienten. Scharfe Abweichungen bei Blutdruck, Cholesterinspiegel und Körpergewicht. Aber andererseits dürfen wir nicht vergessen, daß zweiundzwanzig Jahre zwischen den Untersuchungen der beiden Patienten liegen. Solche Abweichungen sind eigentlich zu erwarten.«

»Wie hoch schätzen Sie die Wahrscheinlichkeit ein, daß die beiden tatsächlich ein und derselbe Mann sind? Zehn zu eins. Fünf zu eins. Was?«

»Ich bin es nicht gewohnt, mich bei solchen Dingen auf Schätzungen einzulassen, Mademoiselle. Die Frage, die man sich vermutlich stellen sollte, ist: Wieviel Männer arabischer Herkunft haben sich 1962 auf der ganzen Welt einer Mitralklappen-Operation unterzogen? Das könnten natürlich eine ganze Reihe sein, nicht wahr?«

»Die *außerdem* allergisch auf Dermol reagieren?«

»Ja. Nun gut, ich schließe die Möglichkeit nicht aus, daß es sich um ein und denselben Patienten handelt. Daß Raja Hani tatsächlich ein Pseudonym für Mr. al-Banna ist. Aber gleichzeitig schließe ich auch die Möglichkeit nicht aus, daß es sich um zwei verschiedene Patienten handelt. Und jetzt, fürchte ich, muß ich mich auf den Weg machen. Ich wurde angewiesen, Ihnen das hier zu überlassen«, setzte sie hinzu, legte die zwei Mappen auf den Tisch und stand auf. »Sollten Sie weitere Fragen haben, dann weiß der Capitaine, wie ich zu erreichen bin.«

»Nur eines noch, Doktor. Ich nehme an, daß all diese Herzoperationen Narben hinterlassen haben?«

»Ja, natürlich. Und auch Mr. al-Bannas Rückenoperation müßte eine ziemlich große Narbe hinterlassen haben. Da ist noch etwas«, meinte sie, öffnete die Tür und drehte sich zu mir um. »Es betrifft Ihren Freund, Mr. Schutzman.«

»Geht es ihm gut?«

»Ich habe ihn heute morgen erneut untersucht, und es ging ihm gut, ja. Aber er bat mich, Ihnen eine Botschaft zu übermitteln.«

»Oh?«

»Etwas, das ihm offenbar seine Frau gesagt hat.«

»Ja?« Jessas, nicht *schon* wieder.

»Ja. Daß Sie auf das Unerwartete vorbereitet sein sollen. Das war alles. Nur das. Es schien ihm sehr wichtig zu sein, daß ich es an Sie weitergebe. Also gut, wie schon gesagt, wenn Sie irgendwelche Fragen haben, weiß der Capitaine, wie er sich mit mir in Verbindung setzen kann. Guten Tag, Miss Calloway«, fügte sie energisch hinzu und ging hinaus.

Auf das Unerwartete vorbereitet sein? Na so was. Als ob diese ganze Woche etwas *anderes* gewesen wäre als eine nicht abreißende Kette unerwarteter Ereignisse.

Ich setzte mich wieder aufs Sofa und fing an, die Krankenberichte nochmals durchzusehen, dann die Zeitungsausschnitte, dann erneut die Berichte, wobei ich mir ständig Notizen machte. Und bei jedem Mal mehr Informationen in mich aufnahm, wobei die Fragen für das bevorstehende Interview allmählich Gestalt in meinem Kopf annahmen.

Irgendwann nach sieben tauchte Assam endlich wieder auf, eine Tüte in der Hand.

»Na, was ist?« fragte ich, als er die Tüte auf den Tisch abstellte und den Mantel auszog. »Habe ich das Recht, meine eigenen Fragen zu stellen?«

»Sie scheinen mit dieser Bedingung einverstanden zu sein, ja.«

»Und, wo wird das Interview stattfinden?«

»Das ist immer noch nicht raus«, sagte er, setzte sich in den Stuhl mir gegenüber, nahm kleine weiße Kartons aus der Tüte und baute sie vor mir auf. Chinesisch? Vietnamesisch? Er schob mir ein Paar Eßstäbchen zu.

»Kein Hunger«, sagte ich und zündetet mir eine weitere Zigarette an.

»Dann nicht«, antwortete er, öffnete einen der Kartons und nahm seine Stäbchen in die Hand. »Ich aber schon. Und, kommen Sie gut voran?« fragte er, auf den Stapel Notizen vor mir deutend.

»Ja, ganz gut. Ist doch interessant, Assam, daß die heute nacht Dolmetscher einsetzen. Ich meine, Sabri al-Banna spricht selber Englisch«, sagte ich und zog ein medizinisches Formular vom amerikanischen Hospital in Beirut hervor. »Er hat dieses Formular selber ausgefüllt. Frage eins: Sind Sie zuvor schon einmal operiert worden? ›Skoliose‹ hat er geschrieben, ›1959‹. Frage zwei: Sonstige Krankenhausaufenthalte *außer* Operationen? ›Von einem Frisbee am Auge getroffen, 1960.‹ Das ist offensichtlich *seine* Handschrift«, erklärte ich, auf das kindliche, ungleichmäßige Gekritzel deutend. Ungewöhnlich kindlich, wenn man bedenkt, daß er zu der Zeit bereits Anfang Zwanzig war.

»Überrascht Sie das so sehr? Daß ein Palästinenser es geschafft hat, Englisch zu lernen?«

»Der Punkt ist doch, wenn der Mann, den ich heute nacht treffe, *kein* Englisch spricht, könnte dadurch ganz einfach bewiesen werden, daß er ein Betrüger ist.«

»Ich füchte, so einfach wird es nicht gehen, Sarah. Sabri al-Banna spricht niemals Englisch mit seinem Interviewpartner. Eine ›imperialistische Sprache‹ nennt er es. Er besteht auf Dolmetschern. Was ist dieses… dieses ›Frisbee‹?« wollte er wissen, mit dem Finger auf das Formular klopfend.

»Das ist ein… Sie haben noch *nie* von einem Frisbee gehört?«

»Ich fürchte nein. Ist das eine sehr schlimme Bildungslücke?«

Ich lachte. »Nein, natürlich nicht. Es ist nur… na ja, in den Staaten kennt es halt jeder. Es ist eine flache runde Plastikscheibe, mit der die Kinder spielen. Und Erwachsene übrigens auch. Wie ein Baseball, aber es macht mehr Spaß, weil auch der Wind dabei eine Rolle spielt. Sie haben als Kind *nie* ein Frisbee geworfen? Unglaublich«, sagte ich, meinen Kopf in gespieltem Erstaunen schüttelnd.

»Wir werfen nur Steine. Wissen Sie das nicht?« sagte er trocken, in einem der Kartons stochernd.

»Das stimmt, ja.«

»Ganz unabhängig vom Wind, diese Steine. Aber mit großem Durchschlagvermögen.«

»Ganz bestimmt.« Ich lächelte. Er auch. »Aber da laßt ihr euch was entgehen. Denken Sie nur, wie die Schlagzeilen aussehen könnten: ›Soldat erschießt Jungen beim Frisbeewerfen.‹ Könnte der Sache einen ganz anderen Dreh geben, meinen Sie nicht?«

»Das sollte man vielleicht überlegen... ja.«

»Vielleicht.«

»Allerdings gibt es da ein kleines Problem«, sagte er, mit den Stäbchen in der Luft herumwedelnd. »Unsere Steine sind umsonst. Wir finden sie überall. Wie sollen wir an all diese... Frisbees kommen?«

»Ein kleines Problem, ja. Vielleicht durch die Flüchtlingshilfe der Vereinten Nationen?«

»Ah«, sagte er und nickte weise. »Vielleicht.«

»Woher hatte Sabri al-Banna denn wohl das Frisbee?« wunderte ich mich laut, auf das Formular blickend.

»Vielleicht ein Überbleibsel aus seiner dekadenten, bourgeoisen Vergangenheit? Und Sie? Haben Sie Ihren Fragenkatalog beisammen?« fragte er, wieder ernst werdend, und deutete auf meine Notizen.

»Es macht sich langsam... ja.«

»Darf ich sie sehen?«

»Meine Fragen? Alles hier oben«, sagte ich, mir an die Stirn klopfend.

»Aber das ist doch sicher nicht die richtige Art, sich einer solchen Begegenung zu stellen? Man muß vorbereitet sein.«

»Ich dachte, ich dürfte meine Notizen nicht mitnehmen?«

»Trotzdem ... den Ablauf der Fragen im voraus auszuarbeiten wäre doch sicher ratsam, nicht wahr?«

»So arbeite ich nicht.«

»Oh?«

»Wenn ich zu sehr vorbereitet bin, versaue ich alles. Dann bin ich so damit beschäftigt, mich zu erinnern, was ich sagen wollte, daß ich total vergesse zuzuhören. Ich will direkter reagieren, ihn herausfordern. Ich frage, er antwortet, und ich reagiere auf die Antwort. Verstehen Sie?«

»Aber, Sarah, wäre es nicht klüger, wenn wir...?«

»Assam, wer führt dieses Interview? Sie oder ich? Schauen Sie, ich *weiß* doch, auf was Sie hinaus wollen und auf was ich es anlegen soll heute nacht. Mir wird immer klarer, was Sie und Ihre Leute von diesem Mann halten. Aber bevor wir uns weiter darin vertiefen, würden Sie mir wohl sagen, zu wem zum Teufel dieser Capitaine Kafka gehört?« Schweigen, während Assam sorgfältig seine – was? – Shrimps kaute? »Gehört er zum DST?« fragte ich, einen der französischen Geheimdienste meinend, der in dem *Guardian*-Artikel erwähnt wurde. Direction de la surveillance du territoire.

»DSGE«, sagte er schließlich.

»DSGE?« wiederholte ich, schaute auf meine Notizen, rasch eine Seite überfliegend. »Direction générale de la sécurité extérieure? Zu denen?«

»Zu denen... ja.«

»Warum *lächeln* Sie?«

»Über Ihren Akzent. Er ist... wie soll ich sagen?« meinte er und wedelte wieder mit seinen Stäbchen herum.

»Lausig. Ich weiß. Und was ist mit diesem Inspektor Renard? Zu wem gehört *der* nun wieder?«

»Welche Rolle spielt das schon, Sarah? Der Inspektor ist ein Offizier der RG.«

»Der RG?«

»Renseignements généraux.«

»Lieber Gott, wie kommen sie nur auf all diesen Mist?«

»Nicht viel anders als in Ihrem Land: CIA, FBI, DEA, NSA und all der ›Mist‹.«

»Sie kennen all diese verschiedenen Geheimdienste?«

»Man könnte sagen, ich bin darin Experte.«

»Verstehe«, murmelte ich, sah zu, wie er in seinen Shrimps stocherte, beugte mich vor und inspizierte den Inhalt eines der kleinen weißen Kartons. Gewürzte Auberginen? Warum nicht? Ich drückte meine Zigarette aus, nahm den Karton hoch und lehnte mich wieder zurück.

»Und nun erzählen Sie mir bitte«, sagte ich, ein Stück Aubergine auf mein Stäbchen spießend, »warum Inspektor Renard aus der ganzen Sache herausgehalten wird?«

»Es erstaunt Sie, daß einer dieser Geheimdienste mit dem anderen im Streit liegt?«

»Nicht im geringsten. Passiert bei uns zu Hause dauernd. Ich würde nur gerne wissen, warum die beiden Dienste sich über diese Abu-Nidal-Operation in den Haaren liegen... Um die Wahrheit zu sagen, Assam, habe ich sehr viel mehr Vertrauen zu Inspektor Renard als zu diesem Capitaine. Der ein ausgesprochenes Ekelpaket ist, wie ich finde.«

Assam lächelte und wischte sich den Mund an einer Serviette ab.

»Also?« sagte ich.

»Der RG, dem der Inspektor angehört, unterhält recht freundschaftliche Beziehungen zum israelischen Mossad.«

»Ich verstehe. Sie wollen also den *Mossad* aus der Sache raushalten? Ihr glaubt tatsächlich, daß Israel in die Abu-Nidal-Angelegenheit verwickelt ist? Können Sie denn so was weit Hergeholtes wirklich glauben?

»Und Sie?«

»Ich? Ich glaube, es ist absoluter Schwachsinn. Es ist einfach unmöglich, daß Israel mitmacht, wenn Synagogen zerstört und jüdische Bürger auf Flugplätzen erschossen werden, nur um sich selbst – was? – den Märtyrerkomplex zu erhalten? Unmöglich.«

»Ja. Nun, meine Frau denkt genau wie Sie. Wer weiß? Vielleicht haben Sie recht. Andererseits haben wir vielleicht recht. Verstehen Sie«, fügte Assam hinzu, beugte sich vor und stellte den Karton beiseite. »Wenn wir Israel vorwerfen, Abu Nidal zu unterstützen, dann werfen wir es dem israelischen Geheimdienst vor, *nicht* dem israelischen Volk. Ich will Ihnen etwas sagen, Sarah. Ich bin in den vergangenen Monaten zu sehr interessanten Schlüssen gekommen. Durch die vielen Gespräche mit meiner Frau und mit anderen Israelis glaube ich nicht länger, daß uns Palästinensern unsere arabischen Brüder zu Hilfe kommen werden. Auch die Amerikaner oder die Russen nicht. Ich glaube jetzt, daß die Israelis selbst dazu bestimmt sind, unsere wahren Verbündeten zu werden. Als wir 1982 in Beirut belagert und von allen Seiten angegriffen wurden, ohne Elektrizität, Wasser oder Lebensmittel dasaßen, waren es da die arabischen Nationen, die Protest erhoben? Im Gegenteil, die Syrer zum Beispiel taten das Ihre, uns auszuhungern. Waren es die Amerikaner oder die Russen, die Protest erhoben? Nein. Es waren einzig und allein die Israelis, die uns zu Hilfe kamen! Hunderttausende gingen auf die

Straßen, wurde mir erzählt, und protestierten gegen die Aktionen ihrer Armee im Libanon. Und nach den Massakern von Sabra und Shatilla? Wer war es da? Welche Bürger in welchem Land gingen da auf die Straße, um gegen solche Unmenschlichkeiten zu protestieren? Die Araber? Die Amerikaner? Die Russen? Wieder waren es die Israelis, die Protest erhoben gegen die Untaten ihrer eigenen Armee. *Das* finde ich erstaunlich! Ganz und gar erstaunlich. Und ich glaube inzwischen einfach, daß genau diese Menschen unsere beste Chance auf einen dauerhaften Frieden verkörpern. Wenn wir uns nur zusammensetzen und miteinander reden könnten, ohne von der ständigen Furcht und Paranoia verfolgt zu werden, daß uns solche Verräter wie Abu Nidal wieder dazwischen kommen.«

»Aber glauben Sie tatsächlich…«

»Ich glaube, Sarah«, unterbrach er, »ich glaube, als sich der PLO-Vorsitzende Arafat 1974 vom Terrorismus abwandte und statt dessen Verhandlungen aufnahm, hat das nicht nur Kräfte innerhalb der PLO aufgebracht – die später als Ablehnungsfront bekannt wurden –, sondern auch Kräfte innerhalb Israels! Ist es nicht so? Kräfte innerhalb Israels, die zwar zahlenmäßig gering sein mögen, deren Macht aber groß ist und die nicht verhandeln wollen. Die nicht bereit sind, auch nur einen Augenblick daran zu denken, die besetzten Gebiete aufzugeben, die sie inzwischen als ihr Eigentum betrachten. Kräfte, die Verhandlungen *niemals* zustimmen würden, außer unter dem Druck der Weltöffentlichkeit. Und jetzt frage ich Sie: Was wäre geeigneter, die gesamte Weltöffentlichkeit gegen die Palästinenser aufzubringen und Partei für die Israelis ergreifen zu lassen, als dafür zu sorgen, daß Abu Nidal, dieser palästinensische Frankenstein, weiterhin seine Greueltaten in unserem Namen begeht?«

»Aber, Assam, alles deutet doch darauf hin, daß Abu Nidal vom Irak und von Syrien unterstützt wird. Vielleicht sogar von Libyen. Ist es…«

»Was ich sagen will«, unterbrach Assam erneut, »ist, daß Sabri al-Banna von Anfang an ein Schurke und Verräter war, bereit, sich an den Meistbietenden zu verkaufen. Wer weiß, ob Israel nicht eines Tages daherkam und das höchste Gebot gemacht hat? Die Möglichkeit, daß der Mossad gewisse Teile der Organisation Abu

Nidals infiltriert hat, ist jedenfalls nicht ganz von der Hand zu weisen.«

»Aber damit scheinen Sie doch andeuten zu wollen, daß – falls dieser Sabri al-Banna 1984 tatsächlich starb – es dem Mossad irgendwie gelang, ihn durch jemand zu ersetzen, der ausgerechnet dem israelischen Geheimdienst nahestand. Ist es das, worauf Sie hinauswollen?«

Assam stand auf, lehnte sich an den Kaminsims und starrte ins Feuer.

»So was ist schon öfter vorgekommen, Sarah«, sagte er, sich zu mir umdrehend. »Und es kann wieder geschehen.«

»Was meinen Sie damit?«

»Als ich in Italien im Gefängnis saß, wurde in der Presse über bestimmte Prozesse berichtet. Prozesse, die Mitglieder der Roten Brigaden betrafen. Sie wissen doch sicher von den Roten Brigaden?«

»Die italienische Terroristengruppe?«

»Ja, genau. Eine der vielen interessanten Einzelheiten, die bei diesen Prozessen herauskamen, war die Tatsache, daß Mario Moretti, der die Organisation sieben Jahre lang geführt hatte, ein Agent Ihres CIA war. Aus meiner Sicht noch interessanter aber war, daß der Mossad *ebenfalls* seit langer Zeit in Verbindung mit den Roten Brigaden stand. Im Austausch für zusätzliche Waffen und militärische Ausbildung verlangte der Mossad eine Steigerung der terroristischen Aktivitäten in Italien. Terrorismus, der darauf abzielte, eine Veränderung der italienischen Politik der guten Nachbarschaft mit den arabischen Nachbarn zu bewirken. Wie Sie sich vorstellen können, fiel es meinem Zellengenossen Jihmad und mir nicht schwer, unsere eigenen Schlüsse daraus zu ziehen. Uns einen Reim darauf zu machen, wenn Sie so wollen, welche Kontrollkräfte hinter unserer eigenen Abu-Nidal-Organisation stehen. Hier ist eine Liste, die Sie interessieren könnte«, setzte er hinzu, zog ein gefaltetes Blatt aus der Hosentasche, warf es auf den Tisch und setzte sich wieder.

»Terrorakte, die Abu Nidal während der letzten zehn Jahre zugeschrieben wurden. Sie können es selber sehen: 1985 hat eine deutliche Wandlung in der Gesinnung und Richtung von Abu Nidals Terrorismus stattgefunden. Vor jenem Jahr waren die meisten Angriffe gegen arabische Ziele in arabischen Ländern gerichtet. '85 tritt Europa plötzlich ins Rampenlicht. *Fünfunddreißig* Terrorakte werden Abu Nidal in Europa allein in diesem Jahr zugeschrieben. Eine Änderung der Taktik, muß man dazu sagen, die der PLO unermeßlichen Schaden zufügte, zu einem Zeitpunkt, als sie in europäischen Kreisen gerade an Glaubwürdigkeit zu gewinnen begann. Die Fakten sprechen doch wohl für sich selbst, nicht wahr?«

»Welche Fakten? Assam, die Bombe, die Sie in Rom gelegt haben... *Sie selber* haben zu dem plötzlichen Anstieg der Terrorakte '85 beigetragen. Und Sie haben sicherlich nicht für den Mossad gearbeitet.«

»Aber das ist doch genau der Punkt! Vielleicht *habe* ich – ohne mein Wissen – für diese Kräfte gearbeitet.«

»Oder vielleicht ist Abu Nidal wirklich so verrückt, wie viele Leute zu glauben scheinen. Nur weil Abu Nidal und der Mossad zufällig einen gemeinsamen Feind, nämlich die PLO, haben, ist damit *nicht* bewiesen, daß sie zusammenarbeiten.«

»Also gut, Sarah. Beweisen Sie mir das Gegenteil, wenn Sie den Bastard heute nacht interviewen. Beweisen Sie mir das Gegenteil, oder beweisen Sie, daß ich recht habe.«

Ich kratzte die letzten Auberginenreste vom Boden des Kartons und stellte ihn beiseite.

»So leicht wird das nicht sein. Und jetzt«, ich deutete auf die Papiere, die vor mir lagen, »muß ich mich damit noch ein bißchen mehr befassen.«

Er nickte, sah aber aus, als würde ihn noch etwas beschäftigen. Etwas, das er mir sagen wollte.

»Ich werde ein gutes Interview machen, Assam. Das ist zufällig eine meiner Stärken. Ich werde rauskriegen, was sich rauskriegen läßt heute nacht. In Ordnung? Mehr kann ich nicht versprechen.«

»Also gut«, sagte er, stand auf und griff nach seinem Mantel. »Ich überlasse Sie Ihren Vorbereitungen.« Und damit ging er zur Tür hinaus.

Als Assam zurückkam, betrat er den Raum so leise, daß ich seine Anwesenheit erst bemerkte, als ich die Tür zuschnappen hörte.

»Es ist Zeit«, verkündete er knapp, durchquerte den Raum und griff nach dem Schürhaken, schob Asche über die Glut im Kamin.

»Aber es ist ja noch nicht mal zehn Uhr.«

»Es scheint, unsere Freunde haben die Uhr für uns vorgestellt.«

Ich nickte, sah von dem Stapel Notizen in meinem Schoß zu Assam auf und wünschte bei Gott, ich hätte noch ein oder zwei Stunden mehr Zeit.

»Einen Moment noch«, sagte ich, stand auf und ging ins Badezimmer, spritzte mir kaltes Wasser ins Gesicht. Starrte auf mein Spiegelbild in dem zersprungenen Badezimmerspiegel und redete mir gut zu, obwohl mir weiß Gott nicht danach zumute war. Ich fühlte mich genauso zersprungen wie der Spiegel. Eine passende Metapher. Ich war mir nur nicht ganz sicher, für was.

Als ich ins Zimmer zurückkam, sprach Assam mit einem anderen jungen Mann – erteilte Instruktionen? Der junge Mann wirkte wie unser Wachposten in Kleinformat.

»Kommen Sie«, sagte Assam, gab mir meinen Parka, öffnete die Tür, sprach noch ein paar Worte mit seinem Genossen, bevor er mir nach draußen folgte.

»Nein, Sarah«, sagte er, als ich die Vordertür des Wagens öffnete. »Wir werden hinten sitzen.«

Ich rutschte über den Rücksitz – kaltes Plastik –, und Assam setzte sich neben mich, schloß die Tür, legte die Hände auf die Knie und schien ungewöhnlich angespannt. Oder war ich das?

»Also?« sagte ich, meinen Rücken an die Tür lehnend, damit ich Assam anschauen konnte. »Wo ist dieser Hubschrauber, der mich abholen soll?«

»Es gibt keinen Hubschrauber.«

»Oh?«

»Offenbar sollen Sie doch nicht in die Pyrenäen geflogen werden. Sie haben vielleicht schon von der Höhle von Lascaux gehört?«

»Lascaux?«

»Der Ort, an dem die berühmtesten prähistorischen Felsmalereien entdeckt wurden. Abu Nidals Männer haben die Höhle besetzt. Sie drohen, alles in die Luft zu sprengen, falls die Franzosen sich einmischen.«

»Und *da* soll das Interview stattfinden? In irgendeiner Höhle?«

»In dieser Höhle. Sehr clever von unserem Meisterterroristen. Was könnte mehr Angst und Schrecken im Herzen jedes gottesfürchtigen Franzosen verbreiten und dafür sorgen, daß die ganze Nation während der Festlichkeiten in diesem Sommer dauernd ängstlich über die Schulter blickt, als die Gewißheit, daß dieser gefürchtete Terrorist die französische Grenze passieren kann, wie es ihm beliebt? Oder, noch schlimmer, daß er eine der berühmtesten historischen Stätten des Landes in seine Hand bringen kann. Wenn er in Lascaux eindringen kann, welche Ecke Frankreichs sollte dann in diesem Sommer noch sicher sein vor unserem Terroristen? *Das* ist die Frage, die er in das Herz jedes französischen Bürgers einbrennen will, nach der kleinen Eskapade von heute nacht.«

»Sie haben das bereits gestern gewußt, nicht wahr, Assam? Oder heute morgen? Jedenfalls zu dem Zeitpunkt, als Sie mich zu der Höhle brachten. Sie *wußten* da schon, wo das Interview stattfinden wird.«

»Ich hatte eine Vorahnung. Mehr nicht. Diese Region ist für zwei Dinge berühmt. Für ihre Trüffel und ihre Höhlen. Ich nahm nicht an, daß er Sie hierherbringen ließ, um Ihnen Trüffel zu kredenzen.«

»Und in dieser Lascaux-Höhle sind Bomben gelegt? Das ist der Punkt, nicht wahr?«

»Es hat den Anschein. Ja.«

»Assam, Bomben gehörten *nicht* zu unserer Abmachung.« Ich fragte mich, ob ich mich noch anständig aus der Geschichte zurückziehen konnte.

»*Sie* sind nicht das Ziel, Sarah. Mitterand und Frankreich sind sein Ziel.«

»Sie können das ja leicht sagen. Aber wenn irgendwas schiefgeht? Was ist, wenn jemand vom französischen Geheimdienst auf die verrückte Idee kommt, daß ...«

»Sie vergessen, Sarah, daß der französische Geheimdienst – Capitaine Kafka – dabei geholfen hat, die Wege für dieses Interview zu ebnen.«

Du hast auch auf alles eine Antwort, nicht? dachte ich, und mußte zugeben, daß ich Assams Waghalsigkeit, seine Bereitschaft, die eigene Sicherheit und die aller anderen aufs Spiel zu setzen, um diesem Abu Nidal endgültig auf den Grund zu gehen, nicht gerade beruhigend fand. Letzte Nacht hatte er mir erzählt, daß seine Frau ihm den Haß ausgetrieben hatte. Aber jetzt war ich mir nicht mehr so sicher. Es sah so aus, als hätte sein Haß nur die Seiten gewechselt, das Ziel vertauscht, wäre von Israel auf Abu Nidal übergegangen. Und irgendwie bekam ich mehr ab, als ich erwartet hatte. »Und mein Dolmetscher?« fragte ich, mich wieder Assam zuwendend. »Greta? Wo ist…«

»Dafür wird von der anderen Seite gesorgt«, sagte Assam, als sein junger Kumpan um den Wagen herumging und hinter das Steuer glitt.

Wir fuhren rückwärts aus der Kieseinfahrt und bogen auf die Landstraße. Keiner sprach ein Wort. Schutzmans kleine Prophezeiung ging mir durch den Kopf. Und was zum Teufel mußte man tun, um »auf das Unerwartete vorbereitet« zu sein? Ich konnte mich hier und jetzt noch aus der Sache rausziehen, sagte ich mir, während ich aus dem Fenster starrte. Konnte Assam sagen, daß die Idee mit der Höhle, die Bomben, all diese undurchsichtigen Doppelabkommen eine Grenze darstellten, die ich nicht zu überschreiten gedachte.

Aber das Vorhaben mit all seinen fein gesponnenen Drähten und Verbindungen war schon vor Monaten bis ins kleinste geplant worden. Wie konnte ich – durch einen einzigen Moment Feigheit, den ich vielleicht für den Rest meines Lebens bedauern würde – all die Arbeit und Vorbereitungen durch meinen Rückzieher in letzter Minute zunichte machen? Dann war auch noch zu bedenken, was dieses Interview für meine Karriere bedeuten könnte. Womöglich war dies hier wirklich die Chance meines Lebens. Und so tat ich mein Bestes, meine Untergangsstimmung zu verdrängen, um mich auf all die Daten, Orte und Namen zu konzentrieren, die in meinem Kopf herumwirbelten. Die Fragen, auf die ich Antworten erhoffte. Die Gerüchte, für die ich Klärung erwartete.

»Wir sind da«, verkündete Assam, als wir von der Straße auf eine Wiese abbogen.

»Schon?«

»Und dort sind unsere Freunde«, fügte er hinzu, auf das Auto deutend, das ungefähr zwanzig Meter von uns entfernt geparkt war. »Hier werden wir Sie verlassen, Sarah.«

»Genau hier?«

»Viel Glück, meine Freundin«, sagte er, mir seine Hand reichend, »wir treffen uns in ein paar Stunden wieder.«

»Gut. Also, äh...« Ich öffnete die Tür und trat in das nasse Gras hinaus. »In ein paar Stunden«, sagte ich und wünschte bei Gott, die »paar Stunden« wären schon vorbei; wünschte mir, sicher und geborgen irgendwo in einem Bett zu liegen. Überall, nur nicht hier zu sein, auf dieser Wiese, mitten in der Nacht, mitten im Südwesten Frankreichs, kurz davor, ein Interview in – wie hatte Stanley es genannt – *Armageddon* zu machen.

»Sarah?«

»Ja, schon gut«, sagte ich, leise die Autotür schließend. »Ich soll also da rübergehen und in das Auto steigen?«

Er lächelte tatsächlich. »So ist es, ja.«

Verstehe. Also gut«, murmelte ich, nickte, holte tief Luft und versuchte zurückzulächeln. »Dann mal los.« Und mit einem letzten kleinen Schlag auf die Wagentür drehte ich mich um und ging über die Wiese.

Wenn die Zeit für mich jemals stehenblieb, dann tat sie es in diesem Augenblick, als ich mich auf die schwarze Limousine zubewegte. Meine Brust fühlte sich so eng an, meine Beine so schwer, daß jeder Schritt, jeder Atemzug enorme Mühe kostete. Erst als ich wenige Meter vom Auto entfernt war, stieg ein Mann aus der Vordertür, ein Gewehr in der Hand.

»Sie haben Ihre Papiere dabei, Mademoiselle?«

»Ja, selbstverständlich«, brummelte ich, zog meinen Presseausweis aus der Tasche meines Parkas und reichte ihn rüber.

Er schwang das Gewehr über die Schulter, brachte eine Taschenlampe und irgendwelche eigenen Dokumente – Fotos? – zum Vorschein und begann, beides zu vergleichen, wobei er von seinen Dokumenten auf meinen Ausweis und dann auf mich schaute. »Gut, Mademoiselle. Ziehen Sie Ihren Mantel aus«, befahl er.

Ich zog den Parka aus und sah zu, wie er ihn Zentimeter für Zentimeter untersuchte. Dieser Mann entsprach, ungeachtet des Gewehrs, überhaupt nicht der üblichen Vorstellung eines »Terroristen«; Nickelbrille mit dicken Gläsern, beginnende Glatze, die Körperfülle der mittleren Jahre. Zufrieden mit meinem Parka, kam als nächstes ich dran, wobei seine Hände mich geübt und sachlich von Kopf bis Fuß abklopften und abtasteten.

»Gut«, sagte er wieder, gab mir meinen Parka zurück und öffnete die hintere Wagentür. Ich stieg ein und setzte mich neben einen jungen Herrn in einem weißen Dashiki auf den Rücksitz. Der junge Mann nickte, lächelte. Unsicher lächelte ich kurz zurück und wechselte im Rückspiegel einen Blick mit dem dritten Mann, dem Fahrer. Sein Blick hatte etwas, bei dem sich mir die Nackenhaare aufstellten.

Jetzt stieg auch der Mann mit dem Gewehr wieder ins Auto. »Ihr Dolmetscher, Mademoiselle«, sagte er knapp, mit dem Gewehrkolben auf den jungen Mann neben mir deutend. »Si Mahmoud Essadi.«

»Mein...?«

»Guten Abend«, sagte der junge Araber lächelnd und reichte mir die Hand. »Seien Sie versichert, daß ich mein Bestes tun werde, um dieses Interview so glatt und mühelos wie möglich für Sie zu gestalten.«

»Ja, gewiß«, murmelte ich, starrte den Mann an, wandte mich ab und blickte aus dem Fenster. Wo um alles in der Welt war Greta abgeblieben, fragte ich mich. Und warum hatte Assam nichts von dieser plötzlichen Änderung unserer Abmachung gewußt? Oder *hatte* er davon gewußt? Aber Greta war Teil unserer *gottverdammten Abmachung* gewesen...

Wir fuhren und fuhren, in lähmendem Schweigen. Und es half auch nicht, daß mein junger Begleiter auf dem Rücksitz mir bedeutungsvolle Blicke zuwarf, ein so rätselhaftes Lächeln im Gesicht, daß ich mich allmählich fragte, was zum Teufel hier eigentlich vorging.

Nach ungefähr dreißig Minuten wurden wir von dem ersten einer Reihe von Posten angehalten. Zwei Männer in französischen Polizeiuniformen, Gewehr über der Schulter, beugten sich runter und überprüften uns im Schein ihrer Taschenlampen, ein paar Worte auf arabisch mit dem Mann auf dem Beifahrersitz wechselnd. Ein Stück weiter wurden wir wieder angehalten. Und dann noch mal. Beim vierten Posten wurden wir eine Bergstraße hinaufgewinkt, die auf eine Kalksteinkuppe führte. Oben angekommen, lenkte der Fahrer das Auto von der Straße und hielt ruckartig an. Wir waren da.

Der Fahrer und sein Genosse wechselten ein paar Worte, stießen gleichzeitig die Türen auf und sprangen aus dem Auto.

»Ein paar Minuten noch, Mademoiselle«, sagte der Mann mit dem Gewehr und schlug mir die Tür vor der Nase zu. Ich schaute durchs Fenster und blickte direkt auf den hohen, breiten Eingang einer Höhle. Die Höhle von Lascaux offensichtlich, hier in den Kalksteinfelsen. Zwei Männer standen am Eingang Wache, Gewehre und Laternen in der Hand. Während der Fahrer mit den beiden Männern sprach, verschwand sein Partner in der Höhle.

»Hallo, Sarah.«

Ich fuhr herum und blickte fragend in das Gesicht meines jungen Begleiters.

»Greta?« stammelte ich, wobei mir schlagartig klar wurde, daß dieser junge Mann neben mir mit den angeklatschten schwarzen Haaren und den blitzenden dunklen Augen gar kein Mann war, sondern Assams israelische Frau.

»Hat mein Mann Ihnen das nicht gesagt?«

Ich schüttelte den Kopf, unfähig, meine Augen von ihrem Gesicht abzuwenden. Ich hatte also endlich die wunderschöne Greta vor mir?

»Ich habe gute Nachrichten«, meinte sie, mir mit der Hand über den Arm streichend, ein Glitzern in den Augen. »Ihr Freund – Stanley London – ist freigelassen worden. Er ist frei! Es ist erst vor ein paar Stunden geschehen. Ist das nicht eine gute Nachricht?« sagte sie wieder und lächelte.

»Er wird in Paris auf Sie warten. Sie müssen doch sehr froh sein, ihn nach so langer Zeit wiederzusehen?«

Ich nickte, schaute wieder aus dem Fenster und krallte meinen Blick an unserem Fahrer fest, der nun vor dem Auto auf und ab ging.

»Sarah?« sagte sie wieder. Ich drehte mich um, wartete und fand es unmöglich, diese Frau anzusehen – dieses Gesicht, diese Augen, diesen Mund –, ohne die verflixten Fotos des Inspektors ständig vor Augen zu haben. »Ich würde Ihnen gerne was erklären«, sagte sie.

»Vielleicht ist das hier nicht der richtige Zeitpunkt«, grummelte ich, mich von ihr abwendend. *Nicht hier. Nicht jetzt.*

»Aber es wird vielleicht keinen anderen *geben*. Bitte, Sarah?« wisperte sie und zwang mich, sie wieder anzusehen.

»Mein Mann«, fuhr sie fort, blickte vor sich hin und dann forschend in mein Gesicht, »Sie müssen wissen, daß er für mich das Leben ist. Ohne ihn wäre meine Welt nichts als ein Aschegeschmack im Mund. So wie es war, bevor ich ihn traf. Aber manchmal ist es so schwer. Wir sehen uns so selten. Und wenn wir uns sehen, dann immer nur im geheimen, hinter verriegelten Türen, in verschlossenen Räumen, darauf besteht er natürlich. Für meine Sicherheit. Und für seine. Wenn ich sage, unsere Ehe ist nicht einfach, dann heißt das nicht, daß ich auch nur einen einzigen Augenblick missen oder verändern möchte. Eine Nacht mit diesem Mann wiegt meine ganze Einsamkeit auf. So steht es mit uns«, fügte sie mit einem winzigen Schulterzucken hinzu. »Und dann ist da natürlich noch meine Arbeit. Die mir so viel bedeutet…«

»Und durch die Sie Stanley kennengelernt haben?« fragte ich schließlich, unfähig, das Schweigen, die Spannung noch länger zu ertragen.

»Durch die ich Stanley kennengelernt habe, ja. Verstehen Sie, ich… Wie soll ich das sagen? Mit Stanley ist alles so einfach, so locker. Mit ihm kann man… lachen. Das Leben genießen. Und ich glaube, daß ich ein paar Wochen lang ein kleines Spiel mit mir spielte. Ich spielte ›was wäre wenn?‹. Was wäre, wenn ich mich in einen solchen Mann verliebt hätte? Wieviel leichter wäre dann das Leben! Verstehen Sie? Wieviel einfacher, freier. Aber es war *nur* ein Spiel, Sarah. Ich habe den Mann nicht wirklich geliebt. Und als das Spiel endete, war dieses Ende unwiderruflich und absolut… Ich hoffe sehr, daß Sie mir glauben.«

Ich schloß die Augen, öffnete sie wieder und sah, daß sie mich immer noch anblickte.

»Ich glaube Ihnen, Greta.«

Sie nickte, schaute mir prüfend in die Augen, versuchte, mich zu ergründen.

»Und Sie werden mich nicht dafür hassen?« sagte sie schließlich.

»Nein, Greta, ich werde Sie nicht dafür hassen.«

»Ich bin so froh«, hörte ich sie flüstern, als unser Begleiter, der Mann mit dem Gewehr, an den Wagen trat und die Tür öffnete.

Ich stieg aus, atmete ein paarmal tief die Nachtluft ein und strengte mich gewaltig an, wieder ins Lot zu kommen. Was machte es schon aus? versuchte ich mir zu sagen, was zwischen Greta und Stanley passiert war. Was machte es aus, verglichen mit dem, was in den nächsten sechzig Minuten geschehen würde. Nur *das* zählte jetzt noch.

»Wir dürfen annehmen, Mademoiselle, daß Sie sich der großen Ehre, die Ihnen gewährt wird, bewußt sind«, sagte der Mann zu mir, als er uns zum Eingang der Höhle führte. »Nicht nur der Ehre, ein Interview mit unserem großen Revolutionsführer machen zu dürfen, sondern es an einem Ort wie diesem führen zu können. Diese Grotte wird auch die ›Sixtinische Kapelle prähistorischer Kunst‹ genannt. Tausende von Touristen bewundern jährlich diese kostbaren Malereien und ihre Schönheit. Und jetzt«, sagte er und ließ sich von einem der Männer, die am Eingang standen, eine Laterne geben und hielt sie hoch, mich einen Moment in ihrem Licht betrachtend, »folgen Sie mir bitte«.

Ich wechselte einen raschen Blick mit Greta, folgte ihm dann in die Höhle und einen feuchten, engen Gang hinab, dessen steinerne Wände sich kalt und klamm anfühlten. Je weiter wir gingen – je tiefer wir in die Höhle hinabstiegen –, desto unwirklicher schien die Situation zu werden. Und als wir in den Hauptraum traten, eine ausgedehnte Steinrotunde, die von fünf oder sechs an der Decke aufgehängten Laternen erhellt wurde, hatte ich das unheimliche Gefühl, schon einmal hier gewesen zu sein. Selbst die beiden Bewaffneten, die an den rückwärtigen Ausgängen standen, selbst *die* kamem mir irgendwie bekannt vor... als wäre ich in einen Tagtraum gestolpert.

»Er wird in Kürze hiersein«, wurde uns von unserem Führer mitgeteilt. »Wunderschön, finden Sie nicht?« sagte er und ließ das Licht der Lampe über die Wand gleiten.

Tatsächlich, es war großartig, überwältigend. Der ganze Raum bekam etwas Lebendiges durch die graphischen polychromen Zeichnungen von Bisons, Pferden, Hirschen mit kunstvoll ausgeführten Geweihen, alle im Sprung und im Lauf festgehalten. Aber es waren nicht die Zeichnungen, auf die ich mich konzentrierte. Mein ganzes Interesse galt den Dynamitstangen, die dort oben an den Lampen befestigt waren. Reichlich primitiv, dachte ich unwillkürlich, in dieser modernen Zeit des Plastiksprengstoffs und C-4-Dynamits.

»Setzen Sie sich, Mademoiselle«, sagte der Mann und deutete auf die Decke, die einer der Bewaffneten auf den Boden gelegt hatte. »Entspannen Sie sich einen Moment, bevor wir anfangen.«

Entspannen? Greta ließ sich im Schneidersitz auf der Decke nieder. Ich blieb stehen, sah mich erneut in der Höhle um, zählte die Dynamitstangen über unseren Köpfen, ließ meine Augen die Zündschnur entlangwandern, die über die Decke und die gegenüberliegende Wand gespannt war.

»*Setzen* Sie sich bitte, Mademoiselle«, wiederholte der Mann, diesmal in bestimmterem Ton, während er Block und Bleistift auf die Decke legte. »Er ist eingetroffen«, fügte er hinzu, als Antwort auf meinen fragenden Blick, und nickte in Richtung des langen, dunklen Gangs, vor dem eine weitere Decke lag.

Ich setzte mich, den Block offen im Schoß, und wartete schweigend, in die Dunkelheit starrend. Und gestand mir ein, daß ich trotz allem sehr froh war, Greta an meiner Seite zu haben.

»Masa'a Al-Khalir«, ertönte eine Stimme aus der Tiefe des Ganges, wobei die Worte von den Wänden widerhallten. Dann flammte ein Streichholz in der Dunkelheit auf. »Guten Abend.« Eine Laterne wurde angezündet und erlaubte mir einen ersten Blick auf diesen Terroristen aller Terroristen, diesen Abu Nidal. Ein großer Mann mit schütterem Haaransatz, der im Schneidersitz auf seiner Decke saß, knappe zehn Meter von mir entfernt.

»Guten Abend«, erwiderte ich und spürte, wie ich mich verkrampfte.

Die Antwort des Mannes – auf arabisch – dauerte mindestens eine Minute, während der er gleichzeitig die Laterne in die Mitte der Decke stellte, genau unter sein Gesicht. Das gelbe Licht verzerrte seine Züge, verstärkte sie, gab ihm ein geisterhaftes, maskenartiges Aussehen. Wenn er es auf dramatische Wirkung angelegt hatte, war ihm das zweifellos gelungen.

»Abu Nidal – Vater des Kampfes – heißt Sie willkommen«, sagte Greta, sich zu mir wendend, »und lädt Sie ein, einige Minuten mit dem größten Revolutionär der Welt zu verbringen.«

Ich nickte und wartete auf mehr. Aber offenbar war das alles. Eine volle Minute ohrenbetäubenden Bombasts, dessen Übersetzung sich in ein paar mickrigen Worten erschöpfte?

»Eine Frage zu Beginn«, sagte ich schließlich, zuerst Greta, dann die groteske gelbe Maske anschauend. »Es gab immer wieder unbestimmte, oft widersprüchliche Geschichten über Ihren familiären Hintergrund. Möchten Sie diese Gelegenheit benützen, um die Dinge ins rechte Licht zu rücken?«

Während Greta meine Frage ins Arabische übersetzte, stellte ich verwundert fest, welche Metamorphose sie durchmachte. Wie sie sich durch den simplen Akt, arabisch zu sprechen, und sie sprach es fließend, wieder ganz in den jungen Araber zurückverwandelte, der sie angeblich war.

»Ich – Sabri al-Banna – bin das jüngste Kind der achten Frau meines Vaters!« antwortete der Mann jetzt auf arabisch, was Greta sofort ins Englische übertrug. »Aber mein Vater hatte insgesamt sechzehn Söhne und acht Töchter. Was mich zum stolzen Onkel von mehr als 300 Kindern macht! 300 potentielle Revolutionäre! Es mangelte uns an nichts, als ich ein Junge war. Wir hatten ein Sommerhaus in Marseille. Ein weiteres in der Türkei. Und noch viele mehr in Palästina. Das Haus, in dem ich aufwuchs, hatte zwanzig Zimmer! Ein anderes unserer Häuser besaß den einzigen privaten Swimmingpool in ganz Palästina! Wir hatten sogar einen ganzen Stall voller Araberpferde, wenn Sie sich das vorstellen können. Damals lebten wir wie im Paradies. Es gibt kein anderes Wort, um es zu beschreiben. Ein Paradies, das uns gestohlen wurde, im Jahre 1947, als die zionistischen Kräfte innerhalb der Vereinten Nationen mit ihren Stimmen dafür sorgten, daß uns unser Land genommen wurde!

Wie war das möglich? Daß uns das eigene Land – Land, das uns Jahrtausende gehört hatte – durch eine bloße Abstimmung unter den Füßen weggezogen wurde, wir zusehen mußten, wie es unseren zionistischen Feinden übergeben wurde? *Von imperialistischen Mächten, Tausende von Kilometern entfernt*! Wie ist so etwas möglich, Mademoiselle?

Als die Kämpfe begannen, verschloß meine Mutter all ihre Juwelen im Schrank, weil sie dachte, wir würden in ein paar Tagen in unser Haus zurückkehren. Aber wir kehrten niemals in dieses Haus zurück. Unser Paradies ist für immer verloren.«

»Ist *das* der wahre Grund Ihres Kampfes?« meinte ich. Ich wagte die Offensive, auch wenn mir dabei recht mulmig zumute war. »Kämpfen Sie dafür, Ihren Swimmingpool und Ihre arabischen Pferde wiederzubekommen? Ihr verlorenes Paradies wiederzugewinnen?«

»Mein Kampf ist der Kampf aller Araber!« donnerte er, nun auf englisch, womit deutlich wurde, daß er dieser »imperialistischen Sprache« durchaus mächtig war. »Der Kampf für das Recht, als ein einziger, vereinigter arabischer Staat zu existieren, frei zu sein, über unser Schicksal selber zu entscheiden und unsere natürliche historische Bestimmung zu erfüllen, ungehindert von den imperialistischen, zionistischen Feudalmächten, die uns all diese Jahre unterdrückt haben! *Das*, Mademoiselle, ist mein Kampf!«

»Aber bei allem nötigen Respekt, Mr. al-Banna«, fuhr ich fort, »wenn Ihr Kampf ein arabischer Kampf ist, warum sind dann so viele Ihrer Opfer Araber? Warum müssen Sie so viele von ihnen töten, um Ihr Volk zu befreien?«

»Mademoiselle, Sie müssen sich die Geschichte als einen Zug vorstellen! Einen Zug, den wir unter allen Umständen beschleunigen müssen! Aber dieser Zug kann nicht beschleunigt werden, kann sein Ziel nicht erreichen, solange Verräter in ihm sitzen! Verräter, die mit den gleichen zionistischen Mächten konspirieren, die uns zerstören wollen! Diese Verräter müssen aus dem Zug geworfen werden – rücksichtslos und unverzüglich –, wann immer und wo immer sie auftauchen!«

»Und Sie schließen die PLO und den Vorsitzenden Arafat in die Liste der Verräter, die aus dem Zug geworfen werden müssen, mit ein?«

»Yassir Arafat besonders! Wir sind hundertprozentige Gegner von Mr. Arafats sogenanntem palästinensischem Nationalismus. Dieser Nationalismus, der von uns verlangt, einem palästinensischen Kompromiß an den Grenzen eines zionistischen Staates zuzustimmen. Ein solcher Kompromiß ist der Tod! Ein solcher Kompromiß bedeutet Niederlage! Nicht Sieg! Was ist das für ein Sieg: Die Diebe werden belohnt und die Opfer bestraft? Was ist das für ein Sieg?!« verlangte er zu wissen. Der blanke Zorn in seiner Stimme hämmerte mir in den Ohren und jagte mir Schauder über den Rükken.

»Um auf den Zug zurückzukommen, Monsieur al-Banna. Stimmt es nicht, daß Ihre palästinensischen Landsleute sich vielleicht fragen, in welche Richtung Ihr Zug fährt? Bedenkt man die Auswirkungen Ihres Terrorismus auf das Leben und die Zukunft der Palästinenser, betrachten Ihre Landsleute die Reise Ihres Zugs dann nicht womöglich als Höllenfahrt?«

»Mademoiselle, Sie machen – wie so viele andere auch – den unverzeihlichen Fehler, viel zu kurz zu denken. Man muß in langen Zeiträumen denken! An die Auswirkungen der Auswirkungen denken! Vergessen Sie nicht, eine Revolution entsteht nur dann, wenn sich die Verhältnisse bis zum Unerträglichen zugespitzt haben.«

»Etwas so Unerträgliches wie die israelische Invasion Beiruts 1982?«

»Für die ich schließlich nicht verantwortlich bin. Aber ja... etwas so Unerträgliches wie die Invasion Beiruts 1982. Nur die Verschärfung von Leid und Elend macht Sklaven zu Rebellen! Und Rebellen zu freien Männern! Revolution braucht das Elend, von dem wir sprechen, die im Augenblick unerträgliche Situation meines Volkes, die nur eine Zwischenstation ist, an der die Weichen gestellt werden, um den Zug direkt ins verheißene Land zu führen!«

»Doch welchen Preis müssen die Passagiere zahlen für diese Reise in Ihr verheißenes Land?«

Er antwortete nicht sofort. Er verschränkte die Arme vor der Brust und starrte mich aus diesen seelenlosen Augenhöhlen an. Schleuderte mich für ein paar Sekunden wieder zurück in jenen dämonischen Wachtraum.

»Mademoiselle, ich habe Sie heute abend nicht hierhergebeten, um mit Ihnen hohlköpfige Erörterungen zu führen.«

Seine Stimme klang gepreßt und kalt. »Im allgemeinen halte ich nichts von Interviews. Reden erzeugt Passivität. Am Anfang war das Wort, heißt es? Abu Nidal sagt Ihnen, am Anfang war die Tat! Und die Tat war Gott! Nur Handeln alleine ist Wahrheit!«

Ich nickte und fuhr fort. »Aber, Monsieur al-Banna – wenn Sie Interviews ablehnen, warum haben Sie dann diesem zugestimmt?«

»Aus dem gleichen Grund, aus dem ich allen meinen Interviews zugestimmt habe. Um meinen Freunden zu versichern und meine Feinde zu warnen, daß Abu Nidal lebt, um den Kampf gegen die zionistischen imperialistischen Mächte fortzusetzen, sowohl bei uns als auch im Ausland!«

»Ja. Aber warum hier in Frankreich! In dieser Höhle? In dieser Nacht?«

»Wir müssen unseren Kampf an allen Fronten führen! Und daher *überbringe ich dem französischen Volk heute nacht unsere Kampfbotschaft!* Wenn nun die Franzosen den zweihundertsten Geburtstag ihrer großen Revolution feiern, mögen sie sich daran erinnern, daß auch *wir* davon träumen, eines Tages unsere Revolution zu feiern! Und dieses richte ich nun direkt an den Präsidenten dieser großen Republik: *Begreifen* Sie, Monsieur Präsident, daß unsere Revolution nicht erfolgreich sein kann, daß unser Zug keine Chance hat, seinen Bestimmungsort zu erreichen, solange sich Verräter in unserer Mitte befinden! Begreifen Sie, Monsieur Präsident, daß Zusammenarbeit mit den Verrätern den Konspirator selber zum Verräter macht! Im Namen Abu Nidal – im Namen unserer *beiden* Revolutionen – fordere ich Sie auf, sich öffentlich von dieser ziegenbärtigen imperialistischen Marionette zu distanzieren, die Sie zu unterstützen belieben. Ich fordere Sie auf, augenblicklich *aufzuhören*, sich in Angelegenheiten einzumischen, die *nicht die Angelegenheiten Frankreichs* sind!«

»Halten Sie mich bitte nicht für unverschämt, Monsieur al-Banna, aber stimmt es nicht, daß Gerüchte kursieren, die *Ihnen* vorwerfen, eine imperialistische Marionette zu sein? Hat Ihnen nicht ein gewisser Dr. Issam Sartawi – der PLO-Funktionär, den Sie 1983 ermorden ließen – sogar vorgeworfen, ein Agent des israelischen Mossad zu sein?«

Er saß da, schwieg wieder, sehr lange, wie es schien.

»Nicht nur dieser Sartawi und sein Chef Arafat«, sagte er schließlich, »sondern eine ganze Reihe von Arabern und Weltpolitikern werfen mir vor, ein Agent der zionistischen Mächte zu sein. Andere werfen mir vor, für den amerikanischen CIA zu arbeiten. Oder den sowjetischen KGB. Eines der neuesten Gerüchte ließ mich sogar für den Ayatollah *persönlich* arbeiten, selbst nach seinem Tod! Wem glauben Sie, Mademoiselle? Diesen vagen, absurden Gerüchten oder dem Mann, den Sie vor sich sehen? Sabri al-Banna – Abu Nidal!«

»Ich würde natürlich gern dem Mann vor mir glauben. Aber es existiert noch ein *zweites* Gerücht, nicht wahr? Das Gerücht, daß der wirkliche Sabri al-Banna 1984 auf dem Operationstisch gestorben ist. Können Sie dieses Gerücht für uns entkräften, Monsieur al-Banna? Ein für allemal? Können Sie unseren Lesern, den Menschen in Frankreich, beweisen, daß der Mann, der vor mir sitzt, tatsächlich Sabri al-Banna ist?«

Er warf mir ein vom Lampenlicht geisterhaft verzerrtes Grinsen zu und stellte die Lampe etwas weiter nach vorne auf der Decke. »Ich bin sicher, Sie wissen aus den Berichten, daß ich mich vielen Herzoperationen unterziehen mußte. Würden Sie gerne die Narben sehen, Mademoiselle? Wäre das Beweis genug?« fragte er, während seine Finger zum obersten Knopf seines Hemdes wanderten. Langsam – viel zu langsam – begann er, sein Hemd aufzuknöpfen. Seine Finger wanderten vom ersten Knopf zum zweiten, dritten, vierten... »Ist *das* Beweis genug, Mademoiselle?!« verlangte er zu wissen, riß sein Hemd auf und hielt die Laterne vor seine Brust.

»Und Sie hätten vielleicht gerne noch einen weiteren Beweis, Mademoiselle?« meinte er, als würde er meine Gedanken lesen, und zog sein Hemd vollständig aus.

Er bellte dem jungen Bewaffneten, der neben der Decke stand, einen Befehl zu, drehte sich um, worauf der junge Mann näher trat und die Laterne hochhielt. Ich starrte auf die lange, offenbar von einer Operation stammende Narbe auf seinem Rücken und fragte mich, wie zum Teufel er hatte wissen können, daß *ich* von der Narbe wußte? In keinem der vielen Zeitungsausschnitte war die Rückenoperation erwähnt worden, die Sabri al-Banna als junger Mann gehabt hatte. Nur durch die Krankenberichte – und durch die Bemerkungen von Dr. Benoit – hatte ich von seiner Wirbelsäulenerkrankung, der Operation, der unvermeidlichen Narbe erfahren. *Nur* durch diese medizinischen Berichte.

Mir lief es eiskalt über den Rücken; ich war von der unheimlichen, grausigen Sicherheit erfüllt, daß dieser Mann – wer zum Teufel er auch sein mochte – die letzten paar Tage an meinem Leben teilgenommen hatte. Daß er durch eine undichte Stelle, einen Spion, vielleicht einen Maulwurf innerhalb Capitaine Kafkas Organisation, als Phantom anwesend gewesen war, ein ausgesprochen *böses*

Phantom, das jede Bewegung Assams und durch Assam jede meiner Bewegungen verfolgt hatte, möglicherweise bereits seit dem letzten Dienstag abend.

»Sind Sie nun zufrieden, Mademoiselle? Ihnen scheinen die Worte zu fehlen.« Er schaute mich an und begann, sein Hemd wieder zuzuknöpfen.

Ich blickte in das grinsende, gelbe, maskenhafte Gesicht, in die tiefen Augenhöhlen, mein Gedächtnis fieberhaft nach einer anderen Lösung, einem anderen Ansatz durchforschend.

»Sie haben kein einfaches Leben gehabt, Monsieur al-Banna«, antwortete ich schließlich, nachdem ich Greta einen kurzen Blick zugeworfen hatte. »Sie waren so freundlich, uns Ihre sichtbaren Narben zu zeigen. Aber was ist mit Ihren unsichtbaren Narben? Die emotionalen Narben, die sich in einem Jungen eingegraben haben müssen – sie waren damals erst elf Jahre alt? –, als Sie aus diesem wahrhaften Paradies, das Sie uns beschrieben haben, herausgerissen wurden und in einem Meer von Schlamm landeten«, fügte ich hinzu, unbewußt Assams Wort vom vergangenen Abend wiederholend. »Hat dieses gestohlene Paradies im Flüchtlingslager, in dem überfüllten Zelt, nicht Ihre Träume erfüllt? An was klammerte sich Ihre Phantasie, als Sie alles verloren hatten?«

Er antwortete nicht sofort. Zum dritten Mal seit Beginn des Interviews reagierte er auf meine Frage mit einem langen, eisigen Schweigen und stellte dann die Laterne zur Seite – ein Manöver, das seine Züge veränderte, ihn beinahe menschlich aussehen ließ.

»Diese Frage kann ich leicht beantworten, Mademoiselle. So gewöhnlich und prosaisch es für jemanden wie Sie auch klingen mag, es war mein Fahrrad, von dem ich träumte, jede Nacht wieder. Ja, das ist wahr! Jeden Morgen, wenn ich im Lager aufwachte, fragte ich meine Mutter: ›Wann kehren wir nach Hause zurück, um mein Fahrrad zu holen?‹ Und jeden Tag gab sie mir die gleiche Antwort: ›Morgen. Morgen gehen wir dein Fahrrad holen.‹ Monatelang stelle ich ihr die gleiche Frage. Und monatelang gibt sie mir die gleiche Antwort. Aber nie kommt dieses verheißene Morgen. Und mein Fahrrad bekomme ich nie wieder. Ich will Ihnen etwas sagen, Mademoiselle. Wissen Sie, was es für mich bedeutet, wenn ich einen kleinen Jungen auf der Straße Fahrrad fahren sehe? Es bedeutet

Freiheit. Die Freiheit, die mir und meinem Volk genommen wurde. Die simple Freiheit, Fahrrad zu fahren. So unbedeutend, diese Freiheit, nicht wahr? So gewöhnlich. Aber einem kleinen Kind kann sie alles bedeuten. Die Welt bedeuten.«

»Und wenn Sie einen kleinen Jungen sehen, der mit etwas so Gewöhnlichem wie einem Frisbee spielt? Was bedeutet *das* für Sie, Monsieur?«

Ein kurzes Zögern, ein rasches Schütteln des Kopfes.

»Ich weiß nicht, was das ist, dieses… dieses Frisbee, von dem Sie sprechen. Aber ich will Ihnen etwas sagen, Mademoiselle. Wann immer ich Jungen spielen sehe – Fußball, Baseball, egal was –, sehe ich darin ein Symbol für all das, was wir verloren haben. Für alles, das wir eines Tages zurückzugewinnen hoffen.« Seine Stimme schwoll an, und er straffte die Schultern und hob den Kopf, mich aus zusammengekniffenen Augen anstarrend.

Ich nickte und erwiderte seinen Blick, wobei ich mich fragte, ob die letzte Antwort eine unerklärliche Gedächtnislücke darstellte… oder eine Lücke in der Vorbereitung auf das Interview? War es tatsächlich möglich, daß nach all den gewichtigen Manipulationen auf beiden Seiten die ganze Beweislast für die Frage, ob dieser Kerl der echte Sabri al-Banna war, etwas so Trivialem, so absolut Nichtigem wie einem Plastikspielzeug zukommen sollte? Das unglaublich absurde Finale einer unglaublich absurden Affäre?

»Wenn Sie keine weiteren Fragen haben«, sagte er schließlich, das Schweigen brechend, »schlage ich vor, wir bringen dieses Interview…«

»Nur noch eine letzte Frage, Monsieur. Eine abschließende Frage. Wenn man – rein spekulativ – zu dem Schluß käme, Sie wären nicht der echte Sabri al-Banna, der ursprüngliche Gründer von Abu Nidal, wenn man zu dem Schluß käme, Sie wären ein Betrüger – *wer sind Sie dann*, Monsieur? Und warum beharren Sie auf dieser mörderischen Maskerade?«

Diesmal war das Schweigen drohend, eine unnatürliche Stille, aufgeladen mit der explosiven Spannung unausgesprochener Gedanken. Ich hatte keine Angst, stellte ich fest, während ich auf die leichenhaft gelbe Maske starrte. Irgendwie hatte ich keine Angst. Dann ertönte plötzlich vom Vordereingang der Höhle her das laute

Getrampel rennender Füße. Drei Leibwächter kamen in den Höhlenraum gestürmt, deutlich erregt durcheinanderredend. Greta und ich tauschten entsetzte Blicke aus, während in meiner Brust die Panik explodierte.

»Französische Polizei hat die Absperrungen durchbrochen ... nähert sich der Höhle«, murmelte Greta. Schnell riß ich die beschriebenen Seiten aus dem Block in meinem Schoß und stopfte sie in die Manteltasche.

Abu Nidal fauchte einen knappen Befehl auf arabisch, sprang auf die Füße, die Laterne in der Hand. Weitere Befehle an seinen Adjutanten folgten, worauf zwei der Bewaffneten Greta und mich an den Armen griffen und hochzerrten.

»Sagen Sie Ihren französischen Lesern, Mademoiselle«, brüllte Abu Nidal mir von seinem Höhlenausgang zu, »sagen Sie ihnen, daß die unbesonnene Aktion ihrer eigenen Polizei diese Tragödie über sie gebracht hat! Sagen Sie ihnen das, wenn Sie Ihren Artikel schreiben!«

Er gab noch einen Befehl, diesmal an den ältesten seiner Adjutanten gerichtet, den Mann, der uns in die Höhle eskortiert hatte und der nun ein Feuerzeug aus der Tasche zog und sich auf den Boden kniete. Erst in diesem Moment, mitten in dem ganzen Durcheinander, wurde mir klar, was hier offenbar geschah: Dieser Mann war im Begriff, die Zündschnur in Brand zu setzen, und dieses ganze historische Monument würde – vielleicht in Sekundenschnelle – in die Luft fliegen, auf ewig zerstört.

Der überstürzte, panische Rückzug begann. Zwei der Adjutanten rasten zum Vordereingang der Höhle zurück, zwei weitere folgten Abu Nidal in den Gang, aus dem er gekommen war. Die beiden Bewaffneten schoben Greta und mich in einen zweiten Gang, uns mit ihren Gewehrkolben vorwärts stoßend. Gab es da hinten noch einen Ausgang?

»Schneller!« befahl einer der Männer und stieß mich in den Rükken. Doch *wie* sollte ich schneller laufen in dieser absoluten, pechschwarzen Finsternis? *So* finster, daß ich nicht mal die Hand vor Augen sehen konnte. Warum zum Teufel hatten die Männer keine Laternen? Oder zumindest eine Taschenlampe? Das machte doch keinen *Sinn*. Ein *Hinterhalt*? schoß es mir unwillkürlich durch den

Kopf, während wir durch den Gang stolperten und taumelten. Konnte es sein, daß wir kopfüber auf eine Falle zustürmten?

Der Gang verengte sich rasch zu einem schmalen Tunnel, die Decke so niedrig, daß wir gezwungen waren, auf Händen und Knien weiterzukriechen. Innerhalb von Sekunden brachten die beiden Bewaffneten es fertig, über uns hinwegzukrabbeln und nun vor uns den Tunnel entlang zu hasten. Das Dynamit – die bevorstehende Explosion – war der einzige gemeinsame Feind, den wir jetzt noch hatten.

Dann kam es. Nicht nur eine einzelne, sondern eine Serie von Explosionen. Eine Folge von Donnerschlägen, die widerhallten, sich überlagerten und gegenseitig verstärkten, bis sie zu einem gewaltigen, unerträglichen Getöse wurden. Im einen Moment kauerte ich an der Wand, im nächsten lag ich in Embryohaltung am Boden, meinen Kopf vor den herumfliegenden Steinbrocken schützend.

»Alles in Ordnung?«

Einer der Bewaffneten beugte sich über mich. Sehen konnte ich den Mann zwar nicht; ich konnte ihn nur hören und seinen heißen Atem auf meiner Wange fühlen. War ich ohnmächtig geworden?

»Lieber Gott«, stammelte ich, setzte mich auf und befühlte meinen Körper, um sicherzugehen, daß ich noch ganz war.

»Können Sie sich bewegen?«

»Ja, ich kann mich bewegen«, sagte ich, als er mich fest am Arm packte und mir vorwärts half. Seine Finger gruben sich in meinen Arm, während wir uns Zentimeter für Zentimeter durch den Tunnel tasteten. Plötzlich flammte etwa zehn Meter vor uns ein Streichholz auf. Erst da nahm ich die Stimme wahr – Gretas und die des zweiten Bewaffneten –, die erregt auf arabisch aufeinander einredeten. War noch *mehr* schiefgegangen?

»Die Decke ist eingestürzt«, informierte Greta mich leise, als wir bei ihnen angekommen waren. Womit erklärt war, was ich im Licht des Streichholzes gesehen hatte: der riesige Haufen von Kalksteinbrocken, der jetzt unseren Weg aus der Höhle versperrte.

Was vielleicht ein Segen war, dachte ich innerlich, den Schaden im Licht eines weiteren Streichholzes betrachtend. Jetzt hatten sie keine andere Wahl, als zu warten, bis die Polizei uns ausgrub. Aber wie der Bewaffnete Greta eröffnet hatte, und wie sie nun mir eröffnete, war es für keinen von uns ein Segen, in der Höhle eingeschlossen zu sein. In der gesamten Höhle war Sprengstoff gelegt, und dreißig Minuten nach der ersten Detonation würde alles komplett in die Luft gehen.

»Dreißig Minuten?« murmelte ich und wechselte im Licht des nächsten Streichholzes einen Blick mit einem der Bewaffneten, als mir die ganze Tragweite unserer Situation bewußt wurde. Wieviel Zeit hatten wir noch?

Alle Diskussion hörte abrupt auf – was gab es da auch noch zu diskutieren –, und eine wilde, panische Aktivität setzte ein. Jemand schob mir das Streichholzheft in die Hand. Ich zündete ein Streichholz nach dem anderen an, während die drei sich auf den Haufen von Steinbrocken und Geröll vor uns stürzten. Die Männer mit Hilfe ihrer Gewehrkolben, Greta nur mit den nackten Händen, so schaufelten, wühlten, klaubten sie sich durch den bröckeligen Kalkstein.

Sollte ich hier lebend rauskommen, wird mir niemand die Geschichte dieser absurden, höllischen Woche glauben, war der einzige Gedanke, der mir durch den Kopf schoß, als ich ein weiteres Streichholz anzündete. *Ich* glaubte sie ja nicht mal. Wie konnte ich erwarten, daß irgend jemand sonst mir glauben würde?

Einer der Männer hatte plötzlich ein Messer in der Hand und attackierte die Steinbrocken vor sich mit der verzweifelten Kraft eines Irren, einen solchen Hagel von Geröll hinter sich werfend und sich so rasch vorarbeitend, daß es gefährlich war, ihm zu nahe zu kommen.

»Quat't!« schrie er. Ich bin durch! Er und sein Kumpel droschen mit ihren Gewehrkolben auf die Steine neben der Öffnung ein und hatten schnell den Spalt so vergrößert, daß wir durchkriechen konnten. Einer nach dem anderen krabbelten, drückten und schoben wir uns durch den Spalt und tasteten uns dann hintereinander durch den endlosen Gang, dessen Decke irgendwann so niedrig wurde, daß wir schließlich auf dem Bauch kriechen mußten.

Das Gefühl der Klaustrophobie wurde immer lähmender; ein beklemmendes schwarzes Loch, das auf meinen Kopf drückte. Und dann endlich! Ein Licht am Ende des Tunnels.

»Shurta!« rief der Mann an der Spitze seinem Partner zu. Die

Polizei! Hatte er nicht *erwartet*, die Polizei hier zu finden? Eine kurze, hitzige Diskussion brach aus – auf arabisch –, bei der alle drei auf einmal redeten.

»*Nicht*«, murmelte ich, als der Vorderste mich um die Brust packte und über den Boden schleifte, sein Messer an meiner Kehle.

»Ich will Ihnen nichts tun«, flüsterte er mir heiser ins Ohr, preßte mich an sich und schob sich seitwärts, wie ein Krebs, mit mir ans Licht.

Er wollte mir nichts tun?

»Ne tirez pas!« rief er durch die Öffnung. »Nicht schießen! Ich habe die Amerikanerin bei mir.«

Er kroch ein paar Zentimeter weiter und hielt an, wartete auf eine Antwort. Aber dort draußen war nur Stille. Stille und hartes, blendendes Licht.

»Je sors avec l'Américaine!« wiederholte er auf französisch. Ich komme mit der Amerikanerin raus!

Immer noch das Messer an meiner Kehle, schob er uns langsam durch das Loch und ins Freie, richtete sich auf, mich mit hochzerrend, das Messer an mein Kinn gedrückt.

Im nächsten Augenblick schossen die widersprüchlichsten Empfindungen in mir hoch – der grelle Strahl der Scheinwerfer, die unheimliche Stille dahinter, die kalte Klinge, die sich in meine Haut grub, das schweißnasse Hemd des Mannes, das an meinem Rücken klebte, sein heißer Atem auf meiner Wange, sein Herz, das so laut und wild klopfte, als wäre es mein eigenes, das alles stürzte mich in einen Strudel von Gefühlen, ohne daß ich sie wirklich empfand.

Dann kam die Kugel. Ich hörte sie kaum, aber ich spürte, wie sie an meinem rechten Ohr vorbeipfiff und mit einem knirschenden Geräusch in seinen Schädel drang. *Das* hörte ich. Das leise, Übelkeit erregende Knirschen – ein alptraumartiges Geräusch –, ein tiefes Stöhnen, als das Messer aus seiner Hand rutschte und er zu Boden fiel, mich mit sich ziehend.

Plötzlich war es, als ob ein ganzes Polizeiregiment über uns herfiel, drei oder vier, die mich hochzogen und hinter die Linie zerrten, während ein fünfter Polizist vortrat und eine weitere Kugel durch den Kopf des jungen Mannes jagte.

»*Aufhören*!« schrie ich, ohne zu wissen, wen ich anschrie oder was ich mit meinen Worten bezweckte. »Um Gottes willen, *aufhören*!«

»*Beruhigen* Sie sich, Miss Calloway«, befahl eine Stimme an meinem linken Ohr, und eine Hand legte sich mir fest auf die Schulter. Ich fuhr herum, und vor mir stand Inspektor Renard.

»Sie!« murmelte ich ungläubig, den Mann anstarrend, dessen massige Erscheinung vor meinen Augen verschwamm und nur langsam Gestalt annahm. Also war das hier alles *sein* Werk?

»Mademoiselle, wir brauchen von Ihnen so exakte Angaben wie möglich über den *Standort* und die *Anzahl* der Männer Abu Nidals, die noch in der Höhle sind.«

»Inspektor, Sie verstehen nicht. Die ganze verdammte Höhle ist voller Sprengstoff und wird dreißig Minuten nach der ersten Explosion in die Luft fliegen. Und es gibt keine Möglichkeit...«

»Den *Standort* Abu Nidals und die *Anzahl* seiner Männer!« unterbrach er, meine Schulter drückend.

»Lieber Gott, ich bezweifle, daß Sie... Abu Nidal ist mit zwei seiner Männer durch den rechten Gang geflohen. Zwei andere Männer sind zum Eingang gelaufen. Und die anderen beiden sind mit meinem Dolmetscher und mir durch den linken Gang gekommen. Und der zweite kommt bestimmt nicht raus, nachdem, was Sie grade mit seinem Kumpel gemacht haben. Bestimmt nicht«, fügte ich leise hinzu, während ich versuchte, das verdammte Zittern zu stoppen. Ich warf einen raschen Blick auf den blutigen Leichnam, der immer noch dort im Lichtkreis lag. Wollte ihn denn keiner da wegholen, verdammt noch mal?

Der Inspektor murmelte irgendwelche Befehle in sein Walkie-talkie, dann trat er zurück, um ein paar Worte mit einem Beamten in Zivil zu wechseln, der hinter ihm stand. Der Mann ging nach vorn zum Höhlenausgang, kniete sich nieder und sprach in gedämpftem Arabisch mit den beiden im Gang. Es wurde zu einer Dreierverhandlung zwischen Abu Nidals Mann in der Höhle, dem Beamten davor und Inspektor Renard. *Kommt doch um Himmels willen endlich da raus*, wollte ich schreien.

Nach einer Ewigkeit stand endlich der Beamte auf, nickte und trat hinter die Linie zurück. Wieder senkte sich das unheimliche Schweigen über die Szene, in dem nur der Generator zu hören war –

ein tiefes, elektrisches Brummen, mit dem die Scheinwerfer angetrieben wurden. Dann tauchten die beiden auf, mit dem Kopf zuerst, auf Ellbogen und Knien durch den Ausgang kriechend, die Pistole des jungen Mannes an Gretas Kopf. Ihr Gesicht war erstarrt, stoisch, blicklos. Der Mann sah aus, als hätte er geweint.

Nun trat der Inspektor in Aktion und bellte ein paar Fragen auf französisch. Irgendwas über die Höhle? Den Sprengstoff in der Höhle? Der junge Mann antwortete nicht sofort. Er ging ein paar Schritte bis dicht vor die Höhle, die Pistole an Gretas Schläfe gedrückt, wilde, nervöse Blicke um sich werfend, seinen toten Kumpan vor seinen Füßen anstarrend. Der Inspektor wiederholte seine Fragen und fügte ein paar Worte über einen »Handel« hinzu. Straffreiheit? Diesmal stieß der Mann eine Antwort auf arabisch hervor, die von Greta ruhig ins Französische übersetzt wurde. Eine Antwort, die drei Männer des Inspektors veranlaßte, loszurennen und in der Höhle zu verschwinden. Sollten sie etwa versuchen, den Sprengstoff zu entschärfen? *Jetzt?*

Während der Inspektor Befehle in sein Walkie-talkie bellte, redete Greta weiter, verhandelte mit ihrem Geiselnehmer in ihrer leisen, beruhigenden Art, trotz der Pistole an ihrer Schläfe. Sie redete und redete, während die Blicke des jungen Mannes hin und her schossen und ihm die Tränen über das Gesicht rannen. Er wollte ihr so gerne glauben, was auch immer sie erzählte. Er *wollte* ihr trauen. Das war deutlich an dem ängstlichen, unsicheren Blick zu erkennen, während er ihr zuhörte. Denn schließlich, welche Wahl blieb ihm noch?

Plötzlich wechselte Greta ins Französische über, unterbreitete dem Inspektor ihren Wunsch, den jungen Mann zu begleiten, wohin die Polizei ihn auch bringen würde. Der Inspektor stimmte sofort zu. Weitere Worte wurden zwischen Greta und dem jungen Geiselnehmer gewechselt. Weitere Zusicherungen. Dann ließ der junge Mann langsam, mit sichtlichem Unbehagen, die Pistole sinken und warf sie ein paar Meter vor seine Füße. Das war das letzte Geräusch, das ich wahrnahm – der dumpfe Aufprall der Waffe auf dem weichen Boden –, bevor die Schüsse loskrachten – zwei Schüsse – und der junge Mann zu Boden fiel.

»Salauds!« schrie Greta, immer und immer wieder, kniete über dem Körper, versuchte, mit ihren nackten Händen das Blut zurückzuhalten, das aus der Brust des Mannes quoll. »Ihr verdammten *Schweinehunde*!«

Ich stand nur da, betäubt, sprachlos, als zwei Polizisten vorsprangen und die schreiende und um sich tretende Greta von dem sterbenden Mann wegzerrten. Und der gleiche Polizist, der schon den ersten Mann erledigt hatte, trat ruhig vor und jagte nun auch dem zweiten eine Kugel durch den Kopf.

»Ihr *verdammten* Schweinehunde!« hörte ich Greta schreien, wieder und wieder, während sie auf den Rücksitz eines Polizeiautos geschoben wurde, das einige zwanzig Meter entfernt geparkt war. Die Wut, der Schmerz in ihrem Gesicht waren deutlich sichtbar, selbst von da, wo ich stand.

»Sie ist unschuldig, verflucht noch mal!« schrie ich den Inspektor an, der weiterhin in sein gottverdammtes Walkie-talkie sprach. »Was *zum Teufel* machen Sie hier eigentlich?«

»Reißen Sie sich *zusammen*, Miss Calloway«, zischte der Inspektor, gab zweien seiner Offiziere ein Zeichen, die mich daraufhin prompt an den Armen packten. »Ihre Notizen, Miss Calloway?«

»Meine...? Nehmen Sie die Hände weg!« schrie ich, als mir einer der Offiziere die Arme auf den Rücken drehte und der andere mich abtastete, die zusammengefalteten Blätter aus der Tasche meines Parkas zog und dem Inspektor reichte.

»Dazu haben Sie kein Recht!« sprudelte ich hervor und versuchte vergeblich, nach den Papieren zu greifen.

»Wir werden die Angelegenheit besprechen, wenn Sie nach Paris zurückgekehrt sind. Amenez la à mon bureau quand vous retournez«, fügte er zu einem der Offiziere gewandt hinzu, bevor er sich abrupt umdrehte. Bringen Sie sie in mein Büro, wenn Sie zurück sind.

Ich wurde auf den Rücksitz eines weiteren Polizeiautos geschoben, zwischen zwei Polizisten. Zwei andere stiegen vorne ein, und in Sekundenschnelle folgten wir dem ersten Polizeiauto den Berg hinab. Was zum Teufel war hier gerade passiert? fragte ich mich, die Hände auf meinen Magen gepreßt, und versuchte, wieder zu Atem zu kommen. Warum war alles so schiefgegangen?

Ich schaute an meinen beiden verbissen schweigenden Begleitern vorbei nach vorn durch die Windschutzscheibe und fand, daß die gegenwärtigen Umstände sehr an meine erzwungene Fahrt hierher erinnerten, vor zwei Nächten. In diesem nicht enden wollenden blödsinnigen Terroristen- und Gendarmspiel wurde es immer schwieriger, zu erkennen, *wer* eigentlich *wer* war. Und diese »Kreise«, die Kafka gestern nacht erwähnt hatte, wo zum Teufel fing der eine Kreis an, und wo hörte der andere auf?

Die sechsstündige Fahrt zurück nach Paris verlief so schweigend wie die Hinfahrt. Was mir viel Zeit gab – zu viel Zeit –, über das ganze Durcheinander nachzudenken. Wo war Assam jetzt? Was würden sie mit Greta machen? Was würden sie mit mir machen? War der ganze Plan nach hinten losgegangen? Oder nicht?

Dienstag, 13. Juni 1989

Der Inspektor führte mich in sein Büro und gab mir den Rucksack, den ich vor nunmehr zehn Stunden in dem Bauernhaus zurückgelassen hatte. Rasch sah ich den Inhalt durch: mein Geldbeutel, Adreßbuch, das Isabelle-Tagebuch, ein Pullover, Lambeaus Autoschlüssel – ich mußte mich mit dem armen Kerl in Verbindung setzen, sobald ich hier raus war –, mein Französischwörterbuch, meine Uhr, ein Stadtplan von Paris, eine von Lambeaus Schweizer Schokoladentafeln.

»Wollen Sie sich nicht setzen, Miss Calloway?« meinte der Inspektor, langte in die Schreibtischschublade nach einem frischen Päckchen Gitanes und schob es über den Tisch. Die ein oder zwei Tage alten Bartstoppeln in seinem Gesicht gaben ihm ein völlig verändertes Aussehen.

»Wo sind meine Notizen?« fragte ich und blieb stehen.

»Wenn Sie sich setzen würden, Miss Calloway, könnten wir...«

»Wir können *gar nichts*, Inspektor, bevor Sie mir nicht meine Notizen wiedergeben.«

Wieder einmal starrte Renard mich unter seinen schweren Augenlidern an, griff in die Jackentasche, holte Pfeife und Tabak heraus und begann sein ermüdendes, pedantisches Ritual, Tabak in den Pfeifenkopf zu stopfen.

»Sie können mich einsperren, Inspektor. Sie können mit mir machen, was Sie wollen. Aber ich sage kein Sterbenswort über gestern nacht, oder irgendeine andere Nacht, bevor Sie mir nicht die gottverdammten Notizen zurückgeben!«

Renard schaute mich schweigend an, während er den Tabaksbeutel schloß und in seine Tasche steckte, schwenkte dann mit seinem Stuhl herum, starrte aus dem Fenster und rieb sich mit dem Pfeifenstiel an der Schläfe. Eine Minute verging, vielleicht auch mehr, bevor er sich wieder umdrehte, eine weitere Schublade aufzog, meine gefalteten Notizblätter herausnahm und sie auf den Tisch warf. Rasch überflog ich die Seiten und steckte sie in meinen Rucksack.

»Wollen Sie sich jetzt setzen, Mademoiselle?«

»Wo ist meine Dolmetscherin?«

»Ihrer Dolmetscherin, Miss Calloway, – *und* deren Ehemann – wurde freies Geleit und sofortige Ausreise nach Tunesien gestattet. Ein recht großzügiges Zugeständnis, würde ich sagen, wenn man die Umstände bedenkt. Aber dann, fürchte ich, sind sie auf ihre eigenen Mittel angewiesen.«

»Tunesien? Kann ich mit Capitaine Kafka darüber sprechen?«

»Das wird sich einrichten lassen... ja.«

»*Wann*?«

»Wenn er zurückkommt.«

»Aus Tunesien?«

»Aus Tunesien.«

»Und Monsieur Schutzman. Der alte Mann, der...«

»Monsieur Schutzman ist wieder in Paris, und es geht ihm gut, Mademoiselle. Beantwortet das Ihre dringendsten Fragen?«

»Bis auf eine, Inspektor. Abu Nidal... ich nehme an, daß er...?«

»Zu unserem größten Bedauern ist er uns wieder entkommen. Aber ein positives Ergebnis gibt es doch, Mademoiselle: Ich bezweifle, daß er je wieder so dumm sein wird, sich nach Frankreich zu wagen. Und *jetzt*: Wenn Sie so freundlich wären«, fügte er hinzu, auf den Stuhl deutend.

Ich setzte mich. Für den Inspektor anscheinend das Stichwort, seinerseits aufzustehen, mir den Rücken zuzudrehen und aus dem Fenster zu starren.

»Le terrorisme ... c'est le théâtre, Mademoiselle«, sagte er schließlich und drehte sich wieder zu mir um.

»Terrorismus ist wie Theater. Eine Bühne. Ein Schauspiel«, fuhr er fort, mit der Pfeife gegen seine Handfläche klopfend.

»Da kann ich Ihnen kaum widersprechen, Inspektor«, brummelte ich, zündete mir eine Zigarette an und warf das Streichholz in seinen Aschenbecher.

»Und in diesem Schauspiel gibt es *drei* Schlüsselfiguren, nicht wahr, Miss Calloway?« meint er, drei Finger in die Luft haltend.

»Erstens ist da natürlich die Terroristengruppe selber. Und zweitens... zweitens gibt es die Opfer der Terroristengruppe. Diese beiden Darstellergruppen sind natürlich unentbehrlich. Die Terroristen auf der einen Seite und die Opfer auf der anderen. Doch stimmen wir sicher überein, nicht wahr, daß kein Terrorakt vollständig ist ohne eine *dritte* Gruppe von Darstellern. Stimmt das nicht, Miss Calloway?« fügte er hinzu, sich mit den Händen auf den Schreibtisch stützend, drohend über mir ragend. Er schien eine Antwort zu erwarten. Ich hielt den Mund und rutschte unbehaglich auf meinem Stuhl hin und her. »Was ich damit meine«, fuhr er fort, »ist natürlich die Rolle der *Presse* in unserem Schauspiel. Denn es ist doch eine Tatsache, nicht wahr, daß der eigentliche Zweck jeden Terroraktes *nicht* die ausgeübte Gewalt ist, sondern die *öffentliche Aufmerksamkeit*, die durch diese Gewaltausübung erregt wird! *Ist es nicht so*, Miss Calloway?« setzte er hinzu, mit der offenen Hand auf den Tisch schlagend.

»Vielleicht«, gab ich zu und begann zu ahnen, worauf der Inspektor mit seinem kleinen Vortrag hinauswollte.

»Stimmt es nicht, Miss Calloway, daß die Gewalt Mittel zum Zweck ist? Der Ausgangspunkt jeden Terroraktes. Der Gewalt aber muß die öffentliche Aufmerksamkeit folgen! *So ist es doch*, Miss Calloway?«

»Wenn Sie damit sagen wollen, daß über diese Art von Aktivitäten nicht berichtet werden sollte, dann ist die Pressefreiheit...«

»Ihre Ansicht über die Pressefreiheit interessiert mich nicht, Miss Calloway! Stimmen Sie mir zu, daß der eigentliche Zweck jeden Terroraktes die öffentliche Aufmerksamkeit ist, die durch diesen Akt erregt wird? *Stimmen Sie mir zu*, Miss Calloway? Ein einfaches Ja oder Nein genügt.«

»Ja.«

»Und stimmen Sie mir nicht auch zu, daß aufgrund dieser so großzügig gewährten öffentlichen Aufmerksamkeit den Terroristen das Mittel der Erpressung in die Hand gegeben wird? Daß Erpressung in der Tat die *eigentliche Grundlage* des Terrorismus ist? Die Macht, Regierungen und Staatsführer nach Belieben zu erpressen! *Stimmen Sie mir darin zu*, Miss Calloway? Daß Erpressung die Grundlage jeden Terroraktes ist?«

»Was schlagen Sie also vor, Inspektor? Daß ich das Interview nicht veröffentliche? Daß ich Ihnen gestatte, es zu zensieren? Ist es das, worauf Sie hinauswollen?«

»Miss Calloway, schon nach einem flüchtigen Blick auf Ihre Notizen wird mehr als deutlich, daß Abu Nidal zwei Dinge mit diesem Interview erreichen will: die Einschüchterung einer ganzen Nation während eines Sommers politisch wichtiger Festlichkeiten. *Und die Erpressung* des Staatsoberhauptes dieser Nation. Der eindeutige und unverschämte Versuch, Präsident Mitterand zu zwingen, sich Abu Nidals Haltung gegenüber der PLO zu beugen. Aber *wenn* Ihr Treffen nie bekannt wird, wenn die französische Öffentlichkeit nie erfährt, daß ein solches Interview stattgefunden hat, dann würden Abu Nidals Absichten auf allen Ebenen zunichte gemacht! Würden Sie mir *darin* zustimmen, Miss Calloway?«

»Vergessen Sie dabei nicht etwas, Inspektor? Die Haupthöhle von Lascaux – in der die meisten prähistorischen Zeichnungen waren –, das alles ist in die Luft gesprengt worden. Wie wollen Sie diese Zerstörung erklären, ohne Abu Nidal ins Spiel zu bringen?«

»Niemand muß von der Explosion erfahren.«

»*Hören Sie mal.* Mir wurde gesagt, daß Tausende von Touristen jedes Jahr die Höhle besuchen.«

»Nein, Miss Calloway«, warf er ein, sich wieder auf den Tisch stützend. »Unsere Touristen besuchen eine *Nachbildung* von Lascaux. Ein *Museum*, wenn Sie so wollen. Die Orginalhöhle, in der das Interview stattgefunden hat, ist der Öffentlichkeit seit fünfundzwanzig Jahren nicht mehr zugänglich.«

Ich starrte ihn einen Moment lang schweigend an, sah weg, versuchte, seine Worte zu verdauen – die Bedeutung seiner Worte –, während mir der Grund für das blutige Gemetzel der vergangenen Nacht allmählich klar wurde. Der Grund, warum man sich der beiden jungen Terroristen so unverzüglich entledigt hatte. Keine Zeugen. Irgend jemand in der Hierachie des französischen Geheimdienstes war bestimmt schwer versucht gewesen, auch durch Gretas und meinen Kopf eine Kugel zu jagen. »Im Kreuzfeuer umgekommen«, wäre sicher die Erklärung gewesen. »Im Kreuzfeuer umgekommen.«

Durch welche kapriziöse Laune des Schicksals war es mir vergönnt, heute lebend in diesem Büro zu sitzen? fragte ich mich, und mir lief ein Schauer über den Rücken, als ich an meine gestrige Vorahnung dachte, meinen sechsten Sinn dafür, daß wir vier uns durch diesen Tunnel in eine tödliche Falle stürzten. Durch welche kapriziöse Laune war ich immer noch am Leben? Und welche Rolle hatte der Inspektor dabei gespielt? Aber andererseits, erinnerte ich mich, wenn die französische Sicherheitspolizei nicht versucht hätte, Abu Nidal hochzunehmen, wäre das ganze Fiasko der vergangenen Nacht nicht passiert. Doch *andererseits*, wußte man denn, ob die Geschehnisse der letzten Nacht – inklusive des Einsatzes der französischen Sicherheitspolizei gegen Abu Nidal – nicht von vornherein Teil des ganzen Plans gewesen waren? Woher sollte ich wissen, was nun der eigentliche Plan, die wahre Absicht hinter diesem Wirrwarr von Querverbindungen war, die diese verrückte Idee ins Leben gerufen hatte?

»Und Sie glauben wirklich, daß Sie so was Dramatisches wie die Zerstörung Ihrer berühmtesten prähistorischen Höhle geheimhalten können?« fragte ich schließlich.

»Die Zerstörung ist nicht so groß, wie Sie vielleicht annehmen, Mademoiselle. Fünf oder sechs Monate sollten genügen, um die Höhle zu rekonstruieren.«

»Wie wollen Sie Zeichnungen rekonstruieren, die vor über 15 000 Jahren geschaffen wurden?«

»Sagen Sie mir, Miss Calloway«, sagte er müde auf seinen Stuhl sinkend, »welch andere Wahl blieb uns denn?«

»Den Leuten die Wahrheit zu sagen! Das Interview zum geplanten Zeitpunkt erscheinen zu lassen!«

»Und welche Auswirkungen wird Ihrer Meinung nach eine solche ›Story‹ auf die für diesen Sommer geplanten Festlichkeiten haben?«

»Inspektor, ich bin *verpflichtet*, das Interview zu veröffentlichen. Aus einer ganzen Reihe von Gründen. Vor allem aber, weil ich glaube, daß der Mann, mit dem ich letzte Nacht gesprochen habe, gar nicht...«

»Ist Ihnen bewußt, Miss Calloway«, unterbrach er, sich zu mir herüberbeugend, »ist Ihnen bewußt, welch ungeheurer Aufwand für diese das ganze Jahr dauernde Zweihundertjahrfeier nötig war? Und stellen Sie sich doch bitte eine Frage, Mademoiselle. Wer wird letztlich davon profitieren, wenn dieses Interview veröffentlicht wird, und wer wird verlieren? Die Antwort ist doch klar, nicht wahr? Die Bürger Frankreichs werden mit Sicherheit dabei verlieren. Die Wirtschaft des ganzen Landes, die von den Einnahmen aus dem für diesen Zweihundertjahrsommer erwarteten Tourismus abhängig ist, die wird mit Sicherheit verlieren. Und *wer*, Mademoiselle ... wird profitieren? Es gibt nur eine Macht, die von der Veröffentlichung Ihres Interviews profitieren wird. Die Macht des Terrorismus und die Macht Abu Nidals! Wollen Sie persönlich für die Verluste Frankreichs verantwortlich sein und für den Gewinn, den der Terrorismus unweigerlich daraus ziehen würde?«

»Inspektor, es ist durchaus möglich, daß der Terrorismus und Abu Nidal sehr viel mehr zu *verlieren* haben, wenn das Interview veröffentlicht wird.«

»Worauf wollen Sie hinaus, Miss Calloway?«

»Stimmt es nicht, daß Terrorgruppen wie Abu Nidal und dieses Palästinensische Revolutionäre Kommando oder was auch immer – mit Erfolg...«

»Palästinensisches *General*kommando.«

»Palästinensische Generalkommando mit Erfolg das Vorankommen jeglicher Friedensverhandlungen im Nahen Osten verhindern? Egal, wie viele Friedensinitiativen die PLO auch auf den Tisch legt, wie oft palästinensische oder israelische Bürger ihre Bereitschaft äußern, Seite an Seite zu leben, es muß nur irgend jemand mit dem Finger auf diese extremistischen Splittergruppen zeigen, und schon werden die Friedensverhandlungen wieder verschoben. Richtig? Aber *wer* steht hinter diesen extremistischen Terroristengruppen, Inspektor? Wer ist der Drahtzieher? Wessen Interessen dienen sie wirklich? Doch sicher nicht den Interessen des palästinensischen Volkes?«

»Drücken Sie sich deutlicher aus, Miss Calloway. Worauf wollen Sie hinaus?«

»Nach dem Interview heute nacht, Inspektor, bin ich persönlich der Ansicht, daß Abu Nidal ein Schwindler sein könnte. Ein Betrüger. Ob der wirkliche Sabri al-Banna tot ist oder ob er noch lebt, kann ich nicht sagen. Aber ich habe den starken Verdacht, daß der

Mann, der sich mir heute nacht als Abu Nidal/Sabri al-Banna präsentiert hat, nichts anderes als ein gewiefter Doppelgänger ist. Aber *wessen* gewiefter Doppelgänger? Wollen Sie wissen, was ich denke?« fragte ich nach längerer Pause.

»Ich glaube, Miss Calloway, Sie haben bereits genug gesagt.«

»Aber, Inspektor, ich...«

»*Miss* Calloway, Sie müssen verstehen, daß meine Interessen und Verantwortlichkeiten ausschließlich bei den Menschen Frankreichs liegen. Und machen Sie sich nichts vor, Mademoiselle. Egal, wer hinter diesem schamlosen Terrorakt der vergangenen Nacht steht, profitieren würde trotzdem nur der Terrorismus, und Frankreich würde verlieren, wenn die Fakten einer solchen Travestie ans Licht kämen.«

»Aber, Inspektor... ist denn das nicht der Fall, bei dem man die Schlacht verlieren muß, um den Krieg zu gewinnen?«

»Aber wir sind nicht bereit, eine solche Schlacht zu verlieren!« erklärte er, mit der Faust auf den Tisch schlagend. »Und Sie, Mademoiselle, mit Ihrer engstirnigen Selbstgerechtigkeit, können diese Bereitschaft nicht von uns erwarten! Nicht in diesem Moment unserer Geschichte! Nicht zu Beginn dieses überaus wichtigen Zweihundertjahrsommers! Wir haben *genug* von diesen Schlachten verloren, Mademoiselle!« sagte er, wieder mit der Faust aufschlagend. »Assez! Genug!«

Die Worte des Inspektors hallten in meinem Kopf wider, klangen nach Beschränkung, Einengung. Wer von uns beiden hatte mehr recht? Seine Argumente leuchteten mir zwar ein, aber waren sie nicht nur ein bloßer Vorwand für Zensur? Für das Zurückhalten von Informationen? Was war mit all den Menschen, die darauf warteten – davon abhängig waren –, daß die Wahrheit durch dieses Interview ans Licht kam? Und was war mit meiner Pflicht, diese Wahrheit um jeden Preis zu veröffentlichen?

Oder war es nur mein eigener Ruf als Journalistin, um den es mir im Grunde ging? Der Sprung nach oben, den ein solches Interview und die damit verbundene Publicity für meine Karriere bedeuten würde? Ich war mir nicht mehr sicher, *was* ich wirklich dachte. Oder wo meine Prioritäten lagen.

»A propos«, grummelte der Inspektor, während er in eine weitere seiner Schreibtischschubladen griff. »Capitaine Kafka hat mich gebeten, Ihnen das hier zu geben.«

»Oh«, sagte ich und starrte auf das vergilbte Buch, das er auf den Tisch warf. Ich nahm es auf, um es näher zu betrachten. *Notes de Route* stand in großen Buchstaben auf dem Umschlag. *Un voyage à travers Tunisie, Algier, et Maroc par Isabelle Eberhardt.* Ich sah zuerst den Inspektor erstaunt an, dann das Buch, öffnete es und entdeckte die handgeschriebene Notiz, die auf die erste Seite gekritzelt war:

Sarah,
ich vermute, Sie können dies hier gebrauchen? Sollten Sie immer noch vorhaben, diesem »Reisebericht« durch Nordafrika zu folgen – nun, so wie es mit der Vorsehung zwischen uns beiden steht, bin ich sicher, daß wir uns eines Tages wiedersehen werden! Greta bittet Sie, ihren Großvater aufzusuchen und ihm zu versichern, daß es ihr gut geht und sie sich bald mit ihm in Verbindung setzen wird.
Unsere Gedanken sind bei Ihnen, wie ich hoffe, daß auch Ihre Gedanken bei uns sind. Und vergessen Sie nicht, meine Freundin... wann immer Sie sich zwischen zwei unmöglichen Alternativen gefangen sehen, es gibt stets einen dritten Weg!

Salaam alleichem!

Al Besah

Ich schloß das Buch, hielt es fest in meinen Schoß gepreßt, sah kurz den Inspektor an, dann wieder das Buch und hatte das unheimliche Gefühl, Assam hätte gerade die zwei Dimensionen von Zeit und Raum durchquert, um mir diese kleine Weisheit ins Ohr zu flüstern.

»Also gut, Inspektor«, sagte ich schließlich und schaute wieder auf. »Ich komme Ihnen auf halbem Wege entgegen und erkläre mich einverstanden, das Interview – oder selbst Teile des Interviews – *nicht* zu veröffentlichen, bis die französischen Zweihundertjahrfeiern im Dezember zu Ende sind. Das wäre das eine. Und als zweites... erkläre ich mich bereit, jede Erwähnung des Ortes, an dem das Interview stattgefunden hat, zu unterlassen. Keine Erwähnung der Lascaux-Höhle oder irgendeiner anderen Höhle. Könnten wir uns auf diesen Kompromiß einigen? Könnten Sie damit leben?«

Seine einzige Antwort war ein Drehen des Stuhles, während er sich mit dem Pfeifenstiel am Kinn kratzte und mit dem Fuß auf den Boden tappte.

»Inspektor?« sagte ich erneut, nachdem das Schweigen mehr als eine Minute gedauert hatte.

»Nun gut, Miss Calloway«, sagte er, sich auf die Füße stemmend. »Ich glaube, wir können mit Ihrem Kompromiß leben. Ich muß Sie bitten, eine entsprechende Erklärung zu unterzeichnen, am späteren Nachmittag.«

»Wenn es Ihnen nichts ausmacht, Inspektor, würde ich das Unterzeichnen irgendwelcher Papiere gerne verschieben, bis ich mit Capitaine Kafka gesprochen habe?«

Er nickte, massierte seinen Nacken und sah noch erschöpfter aus, als ich mich fühlte. Zum ersten Mal, seit ich in seinem Büro war, empfand ich echtes Mitgefühl mit diesem Mann, der mit einer so drückenden Verantwortung fertig werden mußte, tagein, tagaus.

»Also gut«, antwortete er schließlich, kam um den Schreibtisch herum und ging zur Tür. »Ich schlage vor, wir verschieben unsere Verabredung auf morgen nachmittag. In diesem Büro. Sagen wir 16 Uhr?«

»In Ordnung«, stimmte ich zu, warf mir den Rucksack über die Schulter und stand auf. Einen Moment stand ich schweigend da und schaute ihn an. »Ich muß sagen, Inspektor, daß die Begegnung mit Ihnen ein unvergeßliches Erlebnis war«, sagte ich, mit nur einem winzigen Hauch Ironie, und reichte ihm die Hand.

»Ich glaube, das kann ich auch von mir sagen, Mademoiselle«, meinte er und lächelte doch tatsächlich. Vielleicht nur der Ansatz eines Lächelns. Und dazu noch ein sehr flüchtiges. Aber ein Lächeln, nichtsdestotrotz.

»Miss Calloway«, rief er, als ich aus der Tür ging. Ich drehte mich um, wartete, während er das Päckchen Gitanes vom Schreibtisch nahm und mir zuwarf. Ich fing es in der Luft auf, wog es einen Moment in meiner Hand und warf es zurück.

»Ich hör auf damit, Inspektor.«

»Ein weiser Entschluß, Mademoiselle. Und nun gehen Sie zurück in Ihr Hotel und schlafen sich erst mal richtig aus«, schlug er vor, mit seiner Pfeife auf mich deutend. Mit einem kurzen Nicken verschwand er endgültig hinter der Tür seines Büros.

Ich blieb noch einen Moment stehen, während mir Bruchstücke unserer Unterhaltung durch den Kopf wirbelten, drehte mich dann um und ging den Flur entlang, die Treppe hinunter und auf die Straße hinaus. Meine Gedanken wanderten zurück zu Assam, zu seiner Nachricht, zu dem Eberhardt-Reisetagebuch, das er mir überlassen hatte, und zu der Hoffnung, daß er und Greta wirklich in Sicherheit waren, dort in Tunesien; daß es ihnen gelingen würde, unbeschadet aus diesem fürchterlichen Durcheinander hervorzugehen.

Vor allem aber hatte ich Gretas Gesichtsausdruck vor Augen, mit all seinem Leid. Dieser Ausdruck unverhüllten Schmerzes – und nackter Wut –, als sie neben dem sterbenden Mann kniete, sich vergeblich bemühend, das Blut zurückzuhalten, das aus seinen Adern schoß. Um wessen Tod hatte sie *wirklich* getrauert in jenem Augenblick? Um den ihres ersten Mannes damals in Beirut? Oder den vorauszusehenden und gewaltsamen Tod ihres zweiten Mannes – Assams – zu einem ungewissen zukünftigen Zeitpunkt? Oder war es wirklich nur die Ermordung dieses jungen Mannes gestern nacht, die ihre Trauer ausgelöst hatte? Ein weiterer sinnloser Tod auf der endlosen Liste sinnloser Tode, die den tragischen Kurs des Nahen Ostens bestimmte.

Wann würde es jemals enden? Wann würde eine vernunftbegabte Mehrheit darauf bestehen, sich an einen Tisch zu setzen und den aufreibenden, qualvollen Prozeß auf sich nehmen, einen gerechten Frieden auszuarbeiten? Einen Kompromiß? Einen dritten Weg?

Es war schon seltsam, festzustellen, daß diese Woche, wie schrecklich sie auch gewesen sein mochte, zweifellos zu den wichtigsten in meinem Leben zählen würde. Wenn das stimmte – und es stimmte wirklich –, warum um alles in der Welt fühlte ich mich so verdammt einsam und leer? Lag es daran, daß etwas Außergewöhnliches und Unvergeßliches vorüber war? Oder weil etwas Außergewöhnliches beginnen würde?

Kaum merkbar, fast unbewußt, beschleunigten sich meine Schritte. Mein langsames Gehen verwandelte sich in Traben, dann in Rennen, während ich den Boulevard Saint Michel entlang und durch den Jardin du Luxembourg sauste – nie hatte er so wunderschön ausgesehen –, zurück zum Hotel, absolut sicher, wer dort auf mich warten würde. Und absolut sicher, daß ein Blick in seine Augen, ein Moment in seinen Armen viel dazu beitragen würde, den Schmerz abklingen zu lassen. Und ebenso sicher war ich mir – in jenem kristallklaren Augenblick, als ich um die Ecke der Rue Madame bog –, *daß* etwas Außergewöhnliches und Unvergeßliches beginnen würde.

Kriminalromane

Eine Auswahl

Viola Schatten
Schweinereien passieren montags
Band 10282
Dienstag war die Nacht zu kurz
Band 10681
Mittwochs war der Spaß vorbei
Band 11297
Donnerstag war's beinah aus
Band 11592
Kluge Kinder sterben freitags
Band 11620

Katrin & Erik Skafte
Lauter ganz normale Männer
Ein Krimi - nur für Frauen
Band 4732

Julie Smith
Blues in New Orleans
Band 10853
Ein Solo für den Sensenmann
Band 11615
Huckleberry kehrt zurück
Band 10264
Ich bin doch keine Superfrau
Band 10210
Die Sauerteigmafia
Band 10475
Stumm wie ein Fisch
Band 11720
Touristenfalle
Band 10212

Marie Smith (Hg.)
Die Lady ist ein Detektiv
Band 10500

Marie Smith (Hg.)
Der Detektiv ist eine Lady
Band 10501

Jean Warmbold
Der arabische Freund
Band 12024

Barbara Wilson
Mord im Kollektiv
Band 8229

Mary Wings
Himmlische Rache
Band 12153

Gabriele Wolff
Armer Ritter
Band 12069
Himmel und Erde
Band 11394
Kölscher Kaviar
Band 11393

Fischer Taschenbuch Verlag

fi 507 / 6 c